W0209124

Sarah Pines

Der Drahtzieher

ROMAN

Diogenes

Copyright © 2024 Sarah Pines
Covermotiv: Gemälde von Janet Hill, ›Comet and Oranda‹, 2018
Copyright © Janet Hill

Der Diogenes Verlag wird vom Bundesamt für Kultur
für die Jahre 2021–2024 unterstützt

Die Nutzung dieses Werks für Text und Data Mining im
Sinne von § 44b UrhG behalten wir uns explizit vor

Alle Rechte vorbehalten
Copyright © 2024
Diogenes Verlag AG Zürich
www.diogenes.ch
80/24/44/1
ISBN 978 3 257 07278 5

Für meine Großeltern. Und für meine Tochter,
die große, gute Sonne in meinem Leben.

Wenn ich einfach nur für mich bin und tief in mich hineinschaue, dann habe ich das zu sagen. Ich erwarte es nicht, aber ich wünsche mir, ich erträume es mir, dass du zu mir kommst, irgendwann, und sagst, es tut mir leid, ich habe das alles nicht so gemeint. Lass uns noch mal beginnen.

Jeder Mensch ist ein Abgrund. Es schwindelt Einem, wenn man hinunterschaut.
Georg Büchner, Woyzeck.

Das Patriarchat ist, so beschreibt es Max Weber, der Glaube an die Unverbrüchlichkeit des immer so Gewesenen, das im Bewusstsein der Unterworfenen allem anderen vorausgeht.

Sauerland, 1926.

Theodor saß unter dem Blatt des Essigbaums. Es war kein Essigbaum, es war die Tapete, an der er lehnte. Dunkel und hell melierte Blätter wie die, die in seinem Herzen wuchsen. Weiber, dachte er. Das klang nach Hüftkurve, Badewanne und schlecht gezupfter Augenbraue. Verdammte Weiber. Theodor stand auf. Er stand gerade. Unten im Garten saß die Frau, um die es jetzt gerade in seinem Leben ging und wahrscheinlich immer gehen würde. Kurz flackerte ein Weh in ihm, diffus, klein, gleich hinter dem Brustbein. Er setzte sich wieder, dieses Mal auf einen Stuhl.

Theodor war groß und stark, elegant und gerade, vor allem wenn er aß, mit eng angelegten Ellbogen Fleisch tranchierte, die Gabel in der rechten Hand, zwischen Mittel- und Ringfinger stets eine Zigarette. Nur selten fiel etwas Asche auf seinen Teller, die er elegant wegpustete. Andere, wenige nannten ihn Ungeheuer. Das waren die, die seine Wut erlebt hatten. Ganz tief fühlte er es ständig, das zornige Weh, das er hinter dem Brustbein verortete und das in passenden, immer ähnlichen Momenten aus ihm herausbrach. Der süße Saft des Zorns, dessen Opfer er war, dessen Täter er war, abenteuerlich und korrupt. In Theodor lagerte der Zorn der Wälder, der Höhenkämme und der Luft der Blätter.

Theodor redete oft zu laut, seine Augen waren blau und seekalt. Alba, die Frau, die er liebte, sprach von Meermannaugen. Die, die ihn hoffentlich bald heiraten würde, fast heiraten würde, das würde schon werden. Alba nannte ihn Löwe, Lowa, mit dem leichten, fast jiddischen Singsang, der ihn an Bacharach denken ließ, an das Knochengerüst der Wernerkapelle, duster wie die Birnbäume unten im Garten, dunkle Rinde, rußig und feindlich, die Blätter knotig. Nichts an Birnbäumen war je schön.

Manchmal nannte sie ihn auch Theodor, und es klang weich. Sie sprach das O offener aus als andere Frauen, runder, er wollte darin eindringen, in den Klang, als würde sie sorgsam mit einem kleinen Pinsel Goldstaub auf den Rand eines Gemäldes auftragen. »Hemden sind wie Tapeten, wenn sie gut sitzen, füllen sie den ganzen Raum aus«, sagte sie und schaute ihn dabei so an. Mit wohlgeformten Augenbrauen allerdings, Venusbrauen, Botticellibrauen, und wenn er ihre Augenbrauen musterte, feine beige Kurven, kam ihm auch ihre Haut am Bauch in den Sinn. Eierschalenfarben und sanft. Sie war schöner als der Tag, so schön wie seine Nacht.

Ihre Mutter aus Südafrika erwähnte in langen, lamentierenden Briefen an sie seine »provinziellen Schuhe«, doch es waren dieselben, die sein bester Freund trug, der Stahlfabrikantensohn Albert. Theodor hatte von Anfang an und haargenau bemerkt, dass Albert nicht allzu lange nach ihrer Ankunft aus Südafrika begonnen hatte, Alba anzuschauen, tief und schelmisch zuerst, über den Tisch hinweg, *seinen*, Theodors Tisch, den er eindeckte, den niemand sonst eindecken durfte. Es war sein Tisch, verdammt, und Alba gehörte auch ihm, mehr noch als das Porzellan, als die dicken, wulstigen Stoffservietten, mehr noch als jede vermaledeite goldumrandete Vase und Servierplatte war sie seins und sie würde es bleiben.

Bereits auf der Rückreise hatte sich herausgestellt, dass Alba nicht von ihm, Theodor, schwanger war, sondern überhaupt nicht. Am liebsten würde er sie wieder und wieder dafür schlagen.

Alba, seine Cousine, war vor zwei Monaten mit ihm aus Südafrika ins Sauerland, auf die Hochfläche zwischen Lenne und Volme gekommen, weil ihr Bauch noch flach genug war, die Schwangerschaft zu verbergen, so behauptete sie, schluchzend, an seinen Ärmel geklammert, sich dann laut schnäuzend. Mit herrlicher Geschmacklosigkeit hatte sie gesagt: »Mein großer, mein starker Theodor, du wirst in mir weiterleben, dabei wollte ich doch Nonne werden.«

Ein paar Wochen später hatten sie an Deck des Frachters gesessen, der sie nach Hause, an die Küste Deutschlands brachte. Tief durchatmend, hatte sie ihn angeschaut und ihm zitternd eine Tasse Tee gereicht.

»Möchtest du etwas Mucker?«

Er hatte gelacht, das Leben war gut. Langsam glättete Alba den Stoff gleich unterhalb ihres Ausschnitts, ihre Hand verharrte knapp über dem Bauchnabel.

»Theo, ich lag falsch, ich bin nicht …«

Mit eleganter, ausholender Geste schlug sie die Hände vors Gesicht, musste niesen, die Tränen erschütterten ihren illustren Körper, ihre Brüste wogten, ihr Kopf senkte sich in Erwartung des Fallbeils. Doch Theodor schwieg. Stand auf und ging unter Deck. Nutte. Schwitzend lag er auf dem Bett der Doppelkajüte, knipste die Nachttischlampe an und aus, stand auf, ging an den Schrank und roch an seinem Mantel. Hülse eines soeben Gestorbenen. Niemand liebte ihn, er hatte also das Recht, sich durch das Bullauge zu drücken und in den Atlantik zu stürzen. Mit zusammengebissenen Zähnen zerrte er an dem verschlossenen Fenster, dann ging es auf. Luft strömte herein. Theodor steckte den Kopf durch die Öffnung. In der Gischt und der blendenden Sonne konnte er die Augen kaum öffnen, versuchte aber trotzdem, erst den einen, dann den anderen Arm in die enge Lücke zwischen Hals und Bullaugenrahmen zu pressen. Bis aufs Äußerste erniedrigt, blieb er stecken. Eine gefühlte Ewigkeit verharrte er so, Kopf und halbe Unterarme draußen, der Rest drinnen, ausgestoßen und gefangen zugleich. Dann gab es Wellen, und im Inneren wurde sein Körper hin und her geschleudert, was dazu führte, dass sich die Unterarme in dem Bullauge lösen konnten, und Theodor kam frei. Im vollen Gefühle seiner Nichtsnutzigkeit legte er sich zurück aufs Bett. Oh, er wollte nicht sagen, er habe nichts geahnt, den Weibern war nie abschließend zu trauen. Und hatten sie nicht vor ihrer Abreise aus Transvaal über seltsame Gelüste geredet? Nun, streng genommen nicht über Körperliches, aber über ihre Hingezogenheit zu wilden Tieren. Obwohl sie Löwen hasste, wolle sie einmal einen streicheln, keinen kleinen, sondern einen ausgewachsenen. Angst habe sie keine, nein. Ihre Anbetung des Wilden war ihm als eine indirekte Herausforderung all dessen erschienen, was ihn körperlich ausmachte. Aber nun war es so. Kein Kind. Kein runder Bauch. Sie blieb Göttin, für ihn ganz allein.

Nachdem er ein Stück Wurst gegessen hatte, ging Theodor wieder an Deck, gen Wonne. Alba saß in derselben Pose, in der er sie verlassen hatte. Ihr Rücken gerade und die Hände im Schoß gefaltet. Oh, du.

Warum sie die Schwangerschaft behauptet hatte, ob es eine Behauptung war oder ob ihr wirklich ein Irrtum unterlaufen war, hatte Theodor bis heute nicht erfahren. Er hätte sie ohnehin gebeten zu kommen. Weil er es so wollte.

»Ein Besuch, bei mir und Mutter, deiner Tante Adelheid mit den großen Kleidern, weißt du noch? Im Sauerland, Westfalen. Ein langer Besuch.«

Er stand ganz gerade, als er das sagte, und sie antwortete, vage und festlich, wie sie es immer tat. Sie freue sich auf Deutschland, sie habe es ja zuletzt als Kind gesehen, und dann lachte sie leise und zupfte ihn am Ärmel. Sie zupfte ihn gern am Ärmel, sagte sie, weil er immer so abwesend war, über Pläne, Papiere, Karten gebeugt saß, und sie wolle seine ganze Aufmerksamkeit eben genau dann, wenn er sie nicht geben konnte. Das war noch in Südafrika, wo das englisch-deutsche Vorhaben, Eisenbahnschienen vom Kap hoch nach Kairo zu verlegen, angelaufen und Theodor Leiter des Planungsstabs war. Er wusste auch damals schon – damals ist hier relativ, streng genommen waren erst zweieinhalb Monate vergangen, aber Theodor, der Afrika hassliebte, doch dazu später, schien es Jahre her –, Theodor wusste also, dass sie sich nicht nur auf ihn, sondern auch auf seinen Reichtum freute und auf den

Status, vielleicht gar Ehefrau der zweitreichsten Familie des Hochsauerlandes zu werden.

Theodor hatte sehr viel Geld, das er gern für edle Dinge und weniger edle Körper ausgab. Und obwohl oder gerade, weil die Konten platzten, nagte an Theodor die Angst vor dem Pleitegeier. Wie ein Hypochonder, der aus Kratzern Abszesse und aus Blasen an den Fersen Pestbeulen macht und in jedem Bauchschmerz mit Bestimmtheit Organauflösungen erkennt, war Theodor überzeugt, es sei bald so weit. Leere Konten, ausbleibende Aufträge. Wenn er es sich genau überlegte, hatte er schon immer Angst vor dem Absturz in die Armut gehabt, vielleicht, weil Vater diese Angst gehabt hatte und vor ihm Großvater, dabei war das Drahtziehen, was Produktion und Abnahme anging, mindestens so verlässlich wie Stahl. Und bestand nicht die ganze Welt aus dem feinen, harten Garn? Autos, Flugzeuge und Maschinen brauchten Draht, die Geräte beim Zahnarzt, Telefone und Kabel, Tee-Eier, Brillengestelle, Maschen und Motoren, Gürtel und Haarnadeln. Wenn er genau darüber nachdachte, war die Drahtzieherei so etwas wie die Gebärmutter der Welt, gar Beginn und Zukunft der menschlichen Zivilisation, und dennoch … Ein gutes Gefühl bedeutet nicht, dass etwas gut ist. Alles andere als pleite zu sein hieß nicht, dass es nicht jeden Moment so weit sein würde.

All das erahnte Alba noch nicht. Was sie wusste, war, dass er Kontraktor ostdeutscher Ländereien war, in die er nie fuhr. Noch im Schlafzimmer des Farmhauses in Transvaal hatte er ihr sein Buch *Der internationale Steinkohlehandel* auf den Nachttisch gelegt, von dem er immer ein

Exemplar dabeihatte, eingequetscht in eine jagdgrüne Mappe. Es war morgens ganz früh, und sie hatte die Augen wieder geschlossen. Sonne fiel auf ihre Mundwinkel. Er hatte gerade das vierte Mal mit ihr geschlafen, und sie sah wieder wie neu aus, neu und weitläufig. Die Zukunft, die er mit ihr eröffnen wollte, entrollte sich in seinem tiefsten, von Theodor nur selten betretenen Inneren wie die Drahtschnüre seiner Fabrik, reduziert und unzerreißbar, mit gleichem Anfang, gleicher Mitte und gleichem Ende. Theodor hatte Alba heiraten wollen, noch bevor der Bauch zunahm. Jetzt saß sie hier bei ihm in Iserlohn, unter dem Birnbaum im Garten seines Anwesens, und ihr Bauch würde flach bleiben.

Zeit aufzustehen.

Draußen stand Nebel vor dem Fenster, stumpf und hell. Das Licht der gesichtslosen Sonne, das in das Zimmer voller Bücher und Aktenstöße kroch. Dazu Hitze, staubige Luft, vermischt mit dem Geruch gerösteter Kastanien und Tauben. Theodor nahm einen Schluck Schnaps aus dem Hornglas. Er stieg mit nacktem Oberkörper vom Stuhl, wie er überhaupt von jedem Möbelstück stieg, als sei es ein Pferd, warf sein Hemd über und einen Blick in den Spiegel. Strenges Antlitz, glatt rasierte Haut, schmale Hüften, lange Beine. Und all diese Pracht sollte bald in einem Sarg liegen, dachte er.

Denn Theodor wollte sich zu gegebener Zeit erhängen, so würde sein Körper für den Tod intakt bleiben. Den lang gehegten Plan, sich einen Schuss in die Schläfe zu setzen, hatte er aufgegeben, da eine Kugel ihm nur den Kopf zerfetzt und ihn, falls fehlgeleitet, schlimmstenfalls ohne Verstand am Leben gelassen hätte. Dennoch betrachtete er die Pistole in der oberen Schublade seines Schreibtischs als seine wohl verlässlichste Gefährtin.

Bald.

Theodor ging die mit Teppich belegte Treppe hinunter, an der Zirrsonn vorbei, an den Leuchtern, dem fragenden Blick von Mutter, immer Mutter mit dem Bauschekleid, gefolgt von den beiden Bluthunden, denen er im Vorbeigehen, eigentlich ein Vorbeigleiten wie das sanfte Gleiten großer Nordseeschiffe, die Leine anlegte, rasch und zupackend.

Im Eingangsportal der Villa stehend, betrachtete Theodor die Bäume, den Kiesweg. Laut stieß er das Gartentor auf und trat unter den Baumkronen ein. Es war wie Tauchen. Er ging vorbei an den Nussbäumen, hin zu den Birnen und lächelte, seltsam, fürstlich und siegessicher. Wenn er sich Alba näherte, kam ihm die Welt in den Sinn. Er vermied das laute Knirschen des Kieses und sprang in die Rhododendren. In den Blättern verborgen, warf er einen Blick zurück auf das Haus und zu dem großen Baum gleich an der Seite, neben den hohen, dünnen Blumen, deren Namen nur Bauschekleidmutter kannte. Noch einmal: bald.

Alba hatte ihn nicht gehört, denn sie war aufgestanden und etwas weiter weg zum Gartenteich gegangen, wo sie mal lauter, mal leiser sprach, dann begann sie das Schreien.

»Lass mich. Ich weiß, dass du da bist. Lass mich. Komm in mich.« Ihr Brustkorb würde sich nun schwer heben und senken. Sie würde gegen einen der Baumstämme sinken, die Fäuste ballen und in die Krone hinaufschauen, dann Blätter pflücken. Erst die untersten, feinen, noch hellgrünen, dann die dickeren, adrigen. Den Blatthaufen würde sie fest an ihr Gesicht drücken und dann reinbeißen, kauen, ausspucken, dann wieder von vorn.

Die ausgespuckten Blätter sammelte sie in einem Taschentuch, das sie unter ihr Kopfkissen legte und das die Haushaltshilfe später heimlich mit spitzen Fingern nahm und wegschmiss. Zumindest war es an besonders schlimmen Tagen so. Heute schien kein schlimmer Tag zu sein, denn Albas Schreien hatte sich auf einen kurz ausgestoßenen Ruf beschränkt, und sie lächelte schon wieder dem Gärtner entgegen. Alba war nicht irre, sie hatte nur »Momente«, hatten Onkel Reingard und Tante Heide in Südafrika gewarnt. Momente, in denen sie meinte, für einen Maler Modell zu stehen, der Arcimboldo hieß und der Obstgesichter malte. Mehr wüssten sie nicht, sie hatten es nie ganz verstanden. Das hatte angefangen, als sie noch ganz klein war. Doch Theodor hörte gar nicht richtig hin.

An diesem südafrikanischen Tag, der wie aus einem anderen Leben zu ihm herüberleuchtete, hatte er trotz Großwildjagd und dem feudalen Gehabe der »afrikanischen« Verwandtschaft, genauer, Vaters ausgewandertem Bruder, dessen Frau Heide und ihrer Tochter Alba, besonderes Heimweh nach Iserlohn gehabt, nach Hohenlimburg und Hagen, nach den Wolkenbildungen des westfälischen Himmels, nach Burg Altena, den kargen Ufern der Lenne, Orte, die nach feuchtem Backstein und Drahtwinden klangen, nach fallendem Laub auch im Sommer und nach von Salpeter zerfressenen Tapeten. Selbst die falbe Farbe des Himmels in Transvaal erinnerte ihn an diesem Morgen, da es um den Maler Arcimboldo ging, an die Holzwickeder Aragonit-Funde, gelblich blau meliert. Insbesondere die farbloseren unter den Aragonit-Stufen, die Theodor im Steinbruch – auch ein Steinbruch gehörte ihm, neben der Drahtseilfabrik, neben kontraktierten Ländereien – meist wegwerfen oder den mumifiziert dreinschauenden Wanderarbeiterinnen schenken ließ, die sich so freuten, dass sie kurz zu glühen schienen, bis ihre Männer mit den Gesichtern von Hasendieben sie ihnen wieder abnahmen.

Der Steinbruch also, an dessen oberem Ende dürre Fichten wuchsen, die kurz vor seiner Reise nach Afrika der Borkenkäfer befallen hatte. Nach seiner Heimkehr aus Transvaal waren sie noch dürrer geworden. Bei Sonnenuntergang schluckten die dunklen Nadeln früher das Licht, und das braune, verdorrte Holz strahlte wie Feuer. Er stand gern dort oben an der Schlucht, oberhalb von Kiesel und Schotter, vor allem früh am Morgen, bevor die Maschinen angingen und alles noch still und ohne Staub in der Luft war. Geruch von Stein und Gras. Kalte Luft brannte in der Nase, machte den Augen Tränen, die manchmal in seine Tränen übergingen.

Nun kamen ihm die Tränen beinahe hier, im Garten, erniedrigt zwischen Rhododendren stehend. Seit gestern war Vater zehn Jahre tot. Und nichts hatte sich geändert. Theodor hatte bis auf eine afrikanische Konkubine keine Frau, keinen Nachwuchs. Seine Familie war weiterhin die zweitreichste des Sauerlandes und nicht die reichste. Das waren die Essenbecks, die besten Freunde, die die Hasselts je gekannt haben. Theodor und Albert junior waren Schulfreunde, Studienfreunde, Fabrikantenfreunde. Ins Bordell gingen sie auch zusammen, bis Alba kam. Im selben Monat Mai unter dem Zeichen des Taurus geboren, waren sie Freunde, ohne je einen Gedanken daran verschwendet zu haben, ob es diese Freundschaft gegeben hätte, wären sie nur Schulkameraden gewesen und nicht reiche Nachbarsjungen, deren Väter ähnliche und regelmäßig miteinander verwickelte Berufe ausübten und zudem dieselben, von Härte geprägten Erziehungsvorstellungen an ihren Söhnen auslebten, die unter keinen Umständen durch weibische Allüren verwässert werden sollten. Obwohl beiden Männern das edle Leben in die Wiege gelegt worden war, bedeutete dieses ihren Vätern Kampf, nimmermüde geführter und hochgeachteter Kampf, solange es auf der Welt noch Stahl zu gießen oder Draht zu ziehen gab. Zur Schule mussten Theodor und Albert trotz aller Erhabenheit über die niederen Stände bis zur Matura zu Fuß gehen, und zwar gemeinsam und bei Wind und Wetter. Tränen, Klatsch und Tratsch, ein flehender Tonfall, die Beine überschlagen waren auf alle Zeit verboten; später durfte Tanzveranstaltungen höchstens mit selbstbeherrschter Distanz zu den Tanzenden beigewohnt werden. Gegessen wurde deutsch; auswärts galt das Restaurant »Neuhaus« als oberstes Prinzip kulinarischer Solidität, die Gerichte waren gut gewürzt, nahrhaft, schlicht.

Der Drill der Kindheit verband Theodor und Albert bis weit über die Jugend hinaus, ihre Universen waren das Stahlwerk für den einen, die Drahtzieherei für den anderen. Und obwohl Alberts Welt aus Albas Sicht verwunschen anders als Theodors dalag, weil sie nach Grünspan riechen musste und nicht nach Basalt und weil es Arbeiter gab, die auf dem weitläufigen Gelände der Essenbecks lebten und sich nicht morgens müde von außerhalb heranschleppten, teilten die beiden Freunde neben dem Studium der Ökonomie und kalten Knien im Winter auch den Glauben, dass es für nichts auch nichts gab und für drei Pfennig entsprechend wenig. Schund blieb Schund, es sei denn, er lässt sich verkaufen.

Entgegen den Vorstellungen der Väter zwang das stetig wachsende Einkommen beider Familien Theodor und Albert ein modernes Leben auf. Sie hatten keine Angst vor Skandalen, trieben neuartigen Sport, Theodor versuchte sich in sogenannten *side strokes* beim Schwimmen, Albert in Golf und Polo, hatten Sinn für den Verspeis von Schalentieren und Cologne für Herren. Auf Tanzveranstaltungen blieben sie zwar weiterhin am Rand stehen, die Hände hinter den straffen Rücken verschränkt, doch warfen sie den tanzenden Damen ihrer Wahl vielsagende Blicke zu, die den bedeutendsten Junggesellen des Sauerlandes allzu gern erwidert wurden.

Unzertrennlich waren Albert und Theodor nie gewesen; sie waren aber durch Besitz, die sicheren Instinkte ihrer Kaste und ein gesundes Misstrauen dem Wort »amüsant« gegenüber verbunden und kannten sich nun mal ein Leben lang, gefangen im Zyklus unvermeidlicher Anlässe, Vorstandstreffen, Treibjagden, Hausfeste. Sie respektierten des anderen Besitz nur bedingt, je nachdem, welche Interessen es zu wahren galt, die geschäftlichen Belange der Familienbetriebe gingen selbstverständlich vor; Frauen wurden nicht geteilt, außer sie waren käuflich. Beide sprachen direkt und manchmal grob miteinander, modellierten im Lauf der Jahre sachte Unterschiede heraus. Albert wurde mildtätiger und geckenhaft, Theodor schloss Zuwendungen an Witwen verstorbener Arbeiter kategorisch aus und wohnte jeder Hauptversammlung der Aktionäre höchstpersönlich bei. Theodor zog es vorübergehend fort, er investierte in den Bau größerer Fabrikanlagen im Osten, Albert blieb. Und wie er blieb.

Das Agglomerat derjenigen Häuser, in denen die ältesten Arbeiter und der Verwalter der Stahlwerke lebten, lag der Essenbeck'schen Villa Luft am nächsten, die einfachen Arbeiter lebten in den Baracken dahinter. Jede Woche war das Stahlwerk vom alten Essenbeck besichtigt worden, wozu er in einer Droschke vom Haupthaus aus losfuhr, »die Luft runter«, bei kaltem Wetter den Kopf von einem hohen Zylinder bedeckt und bei warmem von einem Hut aus Stroh, der beim leichtesten Hubbel von dem unnachgiebigen Haupt abschnackte.

Der alte Essenbeck lebte auch nicht mehr, hatte allerdings vier Jahre länger durchgehalten als der alte Hasselt. Theodors Vater hingegen hatte in den Menschen des Sauerlandes keine Erinnerung hinterlassen. Schon seit Langem war er unter einem prunkvollen Mausoleum begraben, ganz am Ende des parkartigen Gartens, der das Haus umgab. Ein wirklich prunkvolles Mausoleum, nicht aus roastbeeffarbenem Porphyr, sondern aus zerfressenem Stein, von Schlingpflanzen umwuchert, mit so vielen darein gemeißelten Namen, dass kaum mehr Platz war für neue, höchstens noch ganz unten am Sockel, dort, wo schon

Moos wuchs, umgeben von einem Gatter und Eichenbäumen.

Vater war der farblosere, mildere der beiden Männer, der eine Stahlfabrikant Essenbeck, der andere Nadel- und Drahtseilfabrikant Hasselt. Essenbeck breitschultrig, mit gewinnendem Lächeln und immer leicht geröteten Wangen, Vater blässlich und schmalschultrig, mit verzagtem Lächeln, das klüger und verständiger war, als viele dachten, und mit dunklen Nächten. Die Hasselts hatten dem Sauerland nebst Nadel- und Drahtseilfabrik einen Steinbruch geschenkt, außerdem einen zig Hektar umfassenden Jagdgrund zur allgemeinen Verlustierung des Volkes, das nie kam. Doch war Albert Essenbecks Haus mit über dreihundert Zimmern immer das größte gewesen, selbst heute noch, obwohl Theodor das Haus der Hasselts ausgebaut hatte. Die Villa Luft war aufgeschichtet und ausladend wie eine helle Torte, sein Haus war im Vergleich eher dunkler Herrenkuchen. Blutkuchen. Cousine Alba, die nicht seine Cousine ersten Grades war, sondern der Spross aus Mutter Heides erster Ehe, Alba also, da war er sich sicher, wollte dort leben, bei Albert und nicht hier bei ihm. Wenn er daran dachte, wollte er sie erst recht zerhauen und umso mehr haben.

Es war die Magie hinter Theodor, die die Menschen an ihn zwang, ob sie nun wollten oder nicht. Als habe er die Pforten des Sauerlandes geöffnet, und herein wehte die Brise von etwas anderem, Wildem. Theodor war gelernter Drahtzieher und studierter Ökonom der Abendschule. Er hatte in größere Bauprojekte im Osten investiert und brüstete sich mit der Afrika-Sache. Seine Stimme war scharf, die

Rhetorik gewandt. Er gruppierte seine Erfahrungen um die Drahtzieherei und die Überzeugung, dass das Geschäft das Leben beherrscht und die Romantik der Todfeind desselben ist.

*

Als Alba bei Theodor ankam, brachte sie einen für ein Frauenzimmer überraschend kleinen Schiffskoffer mit. Es war der Beginn des deutschen Sommers gewesen und Winterbeginn in Südafrika. Alba hatte auf dem Bettrand im Gästezimmer gesessen, das er für sie neu hatte tapezieren lassen, und fröstelte in ihrem zu leichten, zu afrikanischen Kleid. Sie trug etwas Gelbes, daran erinnerte er sich noch. Unter dem dünn gewordenen Stoff oben auf den Schultern schimmerten ihre Haut und die breiten schwarzen Träger des Büstenhalters. Zögerlich schob sie den Daumen der linken Hand unter einen und schaute vom Bett aus zu ihm auf. Im Untergeschoss kamen die Gäste für das Abendessen an.

Theodor hatte geladen. Es sollte ein modernes Verlobungsfest sein, aber das hatte er ihr nicht gesagt, nur ganz innen in ihm drin stellte er es sich vor. Er, in dunklem Anzug, größer und schlanker denn je, sie im Spitzenkleid zu ihm aufschauend. Kommt Zeit, kommt Rat.

Alba war so klamm im Sauerland, dass sie anfangs kaum Lust hatte zu reden, und auch an diesem Abend war ihre Zunge fast zu schwer, um Theodor zu bitten, ihr doch die Strickjacke aus dem Schrank zu reichen. In letzter Minute hatte ihre Mutter sie noch eingepackt, und in Alba wurde es dunkel bei dem Gedanken an Heides Duft. Heideduft. Nur dass sie nicht, wie die deutsche Heidelandschaft, nach wässrigem Gras und zertretenen blauen Blättern roch, sondern nach warmem Sand und Avocado.

Am Abend ihres Willkommensfestes blickte Theodor Alba oben im Gästezimmer im Spiegel an und lächelte ihr zu, und sie erzitterte leicht. Er stand gerade, wie er schon in Afrika und trotz der Hitze gerade gestanden hatte, den schweren Spazierstock mit dem Messingknauf in der Hand, überaus zufrieden mit den von unten heraufwehenden Essensgerüchen. Er konnte darin Ente ausmachen und den Kakao, der auch in seinem Magen schwappte – Theodor ließ das Pulver in Wasser anrühren, bis das Getränk so dick war, dass der Löffel fast in der Mitte der Tasse stecken blieb –, und befand sich außerdem in vollem Bewusstsein seiner Körpergröße, seiner Rockschöße und langen, schmalen Beine. Reiterbeine. Alba war tatsächlich hier.

Theodor, der Mann mit dem auf Taille gearbeiteten Mantel, von dem Alba bisher gedacht hatte, er sei untrennbar mit seinem Aktenkoffer verbunden oder dem misstrauisch über seine flache Brille hinweg kniependen Blick, den er in Transvaal den Eingeborenen zugeworfen hatte und hier im Sauerland den Hausangestellten – Theodor schaute Alba, die so viele heimliche und schnell wieder verdrängte mittelmäßige Verse in ihm angeregt hatte, lange und tief an, und sie schaute dankbar zurück.

»Theodor, meine Jacke, könnte ich …?«

Und natürlich konnte Theodor, der sich besonders mochte, seitdem Alba im Sauerland war. Neuerdings auf seine Gesundheit bedacht, machte er jeden Morgen am

Fenster die Atemgymnastik, die er sich von einem seiner Arbeiter abgeschaut und rasch vervollkommnet hatte, und so riss er mit einem tiefen, eingeatmeten und dann ausgestoßenen »Hier, Gnädigste!« anstatt der Strickjacke Albas Biberfellmantel schwungvoll vom Hänger, der klappernd zu Boden fiel.

Unten beim Souper für die »Cousine aus Afrika« hielten die wenigen geladenen Gäste und wichtigsten Familien des Hochsauerlandes beschlagene Gläser in der Hand. Manche ließen ihr Glas kreisen, damit sich die Eisstückchen im mit Orangensirup versetzten Schnaps schneller auflösten. Die Horstens und die Falbens, die Kleinens und die Wetterspechte standen mit leerem Blick herum und taten so, als hörten sie Theodors Mutter mit dem Bauschekleid zu, die zwischen Small Talk und herrischen Anweisungen hektisch von Gast zu Gast lief und hinter vorgehaltener Hand die Haushälterin Frau Zirrsonn ankeifte, sie möge doch bitte endlich die überbackenen Weinbergschnecken herumreichen. Als Alba am oberen Treppenaufgang erschien, verstummte das ohnehin schon karge Höflichkeitsgeplänkel unter den Gästen – man war vernachbart und sah sich fast jedes Wochenende –, und man schaute zu der, die man bisher noch nicht einmal aus Erzählungen vernommen hatte, war Theodor doch ganz unerwartet mit diesem prachtvollen, busigen Wesen zurückgekehrt.

Alba lächelte von der Treppe herab, die in einer Rechtskurve geschwungen und mit einem roten Teppich ausgelegt war, der sich wie eine Blutlache vom oberen Absatz bis hinunter auf die schwarz-weißen Fliesen der Eingangshalle ergoss, wo er dann breiter werdend, gen Perser floss und erst kurz vor dem himmelblauen Saum zur fransigen Borte gerann.

»Ausgezeichnet«, raunte Herr Kleinen. Bei Tisch übernahm Theodor es, afrikanische Geschichten zu erzählen, und Alba, deren Dominanz über ihren Cousin sich erst in ein oder zwei Wochen zeigen sollte, schwieg und lächelte mehrgründig, was niemandem sonst auffiel außer Mutter mit dem Bauschekleid. Mit ruhigem Keramik-Blick sprach Theodor von Albas Land, in dem Büffel badeten, von den Strohhütten der Eingeborenen »mit Gesichtern wie Nagetiere, sage ich euch, wie dürres Holz und faserige Arme, die nur so seitlich runterhängen! Haben sie eine Wunde, lassen sie die einfach trocknen, wie Kerben an der Baumrinde. Gott sei Dank haben wir hier alles Essen der Welt.« Theodor prostete sich zu, und, als hätte er es mit dem Küchenpersonal einstudiert, öffneten sich just in diesem Moment die Klappen der Anrichte mit einem festlichen Knirschen.

Die Kastaniensuppe und die Entenkeulen, die sodann serviert wurden, erschienen Alba neu, wundersam glänzend und vertraut zugleich. Zu Hause in Transvaal bestand Mutter Heide auf westfälischer Küche, wenn auch mit eingeborenem *twang*, sagte Vater, ein Wort, das er sich von den britischen Eukalyptuspflanzern der Nachbarfarm abgeschaut hatte, die Filet Wellington mit Antilopenfleisch zubereiteten, und das er als »twäng« aussprach.

»Herzoginnenkartoffeln«, sagte Theodor, als die zu kleinen Hauben gespritzten Kartoffeln kamen. »Warte ab, bis du meine französischen Geschäftspartner kennenlernst, die können dir allerhand –« Theodor stutzte, als hätte ihm jemand auf die Schulter getippt. »Oder die von Essenbecks.«

Bei den ersten zwei Konsonanten des bereits in Afrika so oft vernommenen Namens schaute Alba von ihrem Teller auf, den Suppenlöffel schwebend über der Kastaniencreme. Bald.

Der Abend endete gesellig. Theodor brachte die froh leuchtende Alba zu Bett, indem er gleich mehrmals hintereinander mit ihr schlief. Draußen fiel Regen dick auf die Blätter, drinnen bei ihm war Alba. Wer brauchte schon die Ehe bei so viel Herrlichkeit.

*

Oh, ihr Anfänge und ihr wunden Körper. Oh, erste Küsse, oh, Kuss, den er nicht mehr gibt. Alba schaut sich an, ihr eigenes Antlitz schimmert ihr aus der Fensterscheibe entgegen. Nur ein Kuss, ein einziger, sachte auf die glatte Fläche des Glases gesetzt; der feuchte Abdruck ihrer Lippen bleibt zurück. Wie schön sie ist.

*

Afrika, Winter 1925.

Afrika. Theodor kniepte die Augen. Komm her, *Baby*. Bei dem Gedanken an das für einen Sauerländer ungewöhnliche Wort zuckte er leicht zusammen. Neben ihm roch sie gut, und er wollte seine Hand in das Fleisch ihres Armes drücken. Wie es sich zwischen seinen Fingern wölben würde. Siehst du, siehst du das hier? Wer braucht es schon, all das Blut, all den Staub? Stattdessen aber hielt er still.

Drei Elefanten standen um ein Wasserloch, weiter hinten nahte ein vierter, außerdem etwas, das wie ein wilder Hund aussah, dann noch einer, ein weiterer. Die Hunde zogen einen Ring um die Elefanten, vergeblich, dümmlich, nie würde es ihnen gelingen, einen von ihnen zu reißen.

*

Theodor und Afrika passte so wenig wie Sardelle an Schokolade. Das Projekt »Wiederaufnahme vom Kap nach Kairo«, das noch einmal versuchen wollte, den schwarzen Kontinent von Südafrika bis in die Sahara mit einer Eisenbahnlinie zu durchziehen, sollte mit einer informellen Begehung verschiedener Umgebungen und möglicher Strecken beginnen, dazu hatte General von Spitzig-Weißhausen den Besuch eines Herrn Heesterberg in Transvaal angekündigt. Theodor, den die Hochkonjunkturphasen und Niedergänge des internationalen Steinkohlehandels interessierten, der Morgentau und Laubgeruch liebte, der sich mit Strecken, Entfernungen und damit zusammenhängenden klimatischen Bedingungen höchstens in Form der Ost-West-Achse Essen–Brandenburg beschäftigt hatte, befand sich seit etwa einer Woche im Reich der Tsetsefliege.

Genauer, auf der Farm der Verwandtschaft, deren Haus er schnell abschätzig »Karens Kabause« nannte, in Anspielung auf die dänische Frau und ihre langatmigen Tagebucheinträge, die ihm Großwildjäger Hans-Horst Waldau, von seinem Onkel angestellt, geboren und aufgewachsen in Berlin, in ein kleines Ledertuch eingeschlagen überreichte – als Willkommenslektüre, zwinkerte er, und Theodor vergaß ganz zu fragen, wo zum Teufel Waldau diese Aufzeichnungen herhatte, die etwas über zehn Jahre später einen gewissen Bekanntheitsgrad erlangen sollten. Immer noch seekrank und dankbar, dass die Überfahrt gen Kapstadt endlich ein Ende gefunden hatte, las er, dass Blixen – deren Farm nicht im Transvaal lag, sondern »am Fuße der Ngong-Berge«, äffte er innerlich und das den ganzen Tag schon, und damit ganz im Osten von dort, wo er, Theodor, war und sich den Schweiß von der Stirne wischte –, dass die Blixen also Perlhühner mit einem 256er-Elefantengewehr erlegen konnte, und es regte sich so etwas wie Unwohlsein in ihm.

*

Es war kein Dampfer, es war ein Frachtschiff, das Theodor nach Swakopmund in Deutsch-Südwest brachte, mit karg ausgestatteter Kajüte und erniedrigenden Waschgelegenheiten. Beim Ausbau der Kapspurstrecke dabei zu sein, ihn quasi von einer südafrikanischen Farm aus zu dirigieren hatte in Westfalen verheißungsvoll geklungen. Draußen waren der übliche Matsch und der Geruch von Rost in der Luft und dann diese Vorstellung von ewiger Sonne, Luft und Fellrascheln.

Begierig brach Theodor auf, mit guten Mänteln und großen Ideen. Und dann das. Es ging in die Tsavo-Ebene, in den kleinen, obskuren Ort Sonnenstadt, was kindisch klang, als wäre er gekommen, um Purzelbäume zu schlagen. Als das Flugzeug auf einem namenlosen Flugplatz nahe des Flusses Vaal landete, regnete es in langsamen Tropfen und

Theodor war, als rönne ihm Blut die Wange hinunter. Die Luft roch feucht, warm und anzüglich. An der Annahmestelle für Gepäck und Papiere herrschte Durcheinander. Ein paar Weiße schrien viele Schwarze an, diese wiederum schrien andere Schwarze an. Ein verloren wirkender dunkler Mensch, der ganz klar kein Afrikaner war, verkaufte Mangos von einem Karren mit Drahtkorb obenauf. Eine Mango kullerte vor die Füße eines Afrikaners, der, aus Europa kommend und bisher erste Klasse reisend, majestätischen Schritts den Platz überquerte, umgeben von Lakaien und, unbegreiflicherweise, zwei Postbeamten. Die Mango ließ er unbeachtet.

Theodor, lang, gerade und trotz Frachterfahrt und zahlreichen Seekrankheiten gepflegt und passabel, fiel allen möglichen Leuten auf, darunter auch einem mageren Taschendieb, der sich mehrere Hundert Rand aus dem Außenfach seines Reisekoffers schnappte und im Zickzack davonlief. Theodor machte sich an seine Verfolgung, wobei er wahllos burische Parolen ausrief: »Asseblief!«, »Wirklik!« Als er den Dieb einholte, schlug er ihn mit dem Ellbogen in die Milz. Er trat noch einmal nach. Der Mann regte sich nicht.

Für die Dauer des Schienen-Projektes würde Theodor bei Onkel Reingard wohnen und bei Tante Heide, die, so hatte er vernommen, mit jedem Monat vergesslicher wurde, was sich auch auf die Gesichtszüge der unvorstellbarerweise in Wien geborenen, dann im Sauerland aufgewachsenen, feinen und einst pausbäckigen Frau auswirkte, die immer kleiner und dünner wurde, wie zu oft gefaltetes und dann wieder glatt gestrichenes Papier. Von der Farm hatte Onkel Reingard Hans-Horst Waldau geschickt, um Theodor abzuholen. Staubiges Buschland ging in grüne Wälder über. Auf der breiten Auffahrt wurde ihr Wagen von einem Nashorn angegriffen, das Hans-Horst stante pede erschoss.

Onkel Reingard und Tante Heide, er Dickwanst, sie inzwischen dürre Schrapnelle, aber mit lautem, innigem Lachen und viel Bildung. Von den beiden Brüdern Hasselt war Reingard der draufgängerische, sportliche, rohe, mit fetten Wangen und dicken Händen, Theodors Vater um einen halben Kopf überragend. Er las viel, dachte noch mehr, werkelte, baute und hatte einen feinen Geschäftssinn. Seine einzige Schwäche, wie er es nannte, war seine ausgeprägte Großzügigkeit und dass er bei Kopfschmerzen mehr als nur gerne an der Riechsalzflasche roch.

In Transvaal betrieben Reingard und Heide einen Macadamianussexport und züchteten Straußenvögel, deren Federn sie nach Amerika und Europa exportierten.

»Für die Mode«, sagte Tante Heide, »Hüte, Röcke, Fächer. In New York und Paris sind sie ganz verrückt danach.«

Trotz Savanne und Affenbrotbaum, trotz der Wildnis und dem abgelegenen Elternhaus wuchs Alba exquisit auf. Auf der Farm gab es Privatlehrer, und man hörte Radio, spielte Tennis und Minigolf, beides mehr schlecht als recht, bestellte Kunstbände und Bücher, unterstützte die ansässigen Missionen nicht nur finanziell, sondern, je nachdem, um welche Geistlichen mit welchen politischen Einstellungen es sich handelte, auch moralisch. Heide, in Wien geboren, dann mit den Eltern nach Transvaal ausgewandert, von wo aus Reingard sie »abgegriffen und auf die Farm verschleppt hatte«, wie sie gerne und nach all den Jahren immer noch mit geröteten Wangen berichtete, abonnierte Zeitschriften aus England, Berlin und ihrer Heimatstadt, die Alba heimlich las, darin wundersame Reklamen für Kleider und Kosmetik, Frauen mit elegant angewinkelten Armen und langen Schenkeln.

Aus Wien kam auch Herr Specht, Albas Musiklehrer, der zeitweise auf der Farm lebte und Alba Mozart und Bach auf Violine und Klavier beibrachte. Jeden Mittag wurde geübt. Dazu ließ Herr Specht das Klavier mit den Elfenbeintasten und die schweren Notenständer auf den Vorplatz des Farmhauses zum Garten hin unter den Schatten mehrerer Akazien tragen.

»Nirgendwo verwehen Töne besser als in Luft und Blatt«, sagte der gütige Herr Specht mit den nervösen, dünnen Beinen und dem pickligen Kinn.

Und Alba spielte. Sie konnte sich an keinen Tag erinnern, an dem sie nicht Musik gemacht hatte, laut, tosend unter den Akazienblättern, barfuß und feinfingrig Menuette und Sonaten oder Mascagnis *Cavalleria Rusticana* in die grelle Sonne jenseits des Baumschattens ausgießend. Der Götterfunke tobte in ihrem Geist wie ein Stigma, und irgendwann begannen die Söhne benachbarter Farmer, dann die Farmer selbst, der jungen Frau mit dem bedeutenden Haar Blumen zu schicken, rote, zackige Zuckerbüsche oder lange, kühne Ananaslilien, die Heide unbekümmert im Foyer des Farmhauses aufstellte. Und Alba nahm die Blumen und nur manchmal, später immer öfter und heimlicher die Verehrung entgegen. Bis Theodor kam, trieb sie,

»die schönste und seltsamste Frau, die Swakopmund je gesehen hatte«, unter dem transvaalischen, immer gleichen Himmel hin, irgendwo jenseits der Zäune und Gatter, nicht allzu weit weg, ihr zukünftiger Farmer-Gatte, burisch grobschlächtig, vernarrt in Steigbügel und Stallungen, bücherfremd, diese aber duldend. Und dann kam der herrlichste, verschwitzteste Mann, ehrgeizig und freizügig, göttlicher noch als ihre Musik, eine ihr neue, elegante und neblige Wildheit verkörpernd, so ganz anders als alles, einfach alles – hier versagten ihr die Worte.

*

Kurz nach Ankunft – Theodor stieg aus dem Wagen, wankend wie ein Aktenstoß, und beging den Schnitzer, den Schiffskoffer selbst von der Ladefläche zu wuchten, anstatt dies den ihm johlend entgegenlaufenden Hausangestellten zu überlassen, wies also binnen Sekunden seine mangelhafte Kenntnis der afrikanischen Hierarchieverhältnisse aus – organisierten Tante Heide und Onkel Reingard eine »Willkommensjagd« unter Aufsicht des knotigen Hans-Horst, ein paar eingeborenen Netz- und Schlingenträgern und dem im Buschland eindrücklich weiß-rötlich leuchtenden Herrn van Blök von der Nachbarfarm. Außerdem war Heides Tochter gekommen, um Theodor zu amüsieren, das ganze Trara zu begleiten, doch sie stand lieber abseits der Gruppe mit Blick ins Nichts oder gen Gnuherde weiter weg.

Das also war seine Cousine. Name Alba, Alter unbekannt, beachtliche Schulterhöhe, Bildung: wahrscheinlich keine. Wenn es um das Faktische am Menschen ging, konnte Theodor es nur in den Koordinaten vergilbter Aktenberge wahrnehmen, in einer Kladde, mit Büroklammer und Erledigt-Stempel, nicht aber als »anstehend«, geschweige denn »nicht erledigt«. Sie fiel definitiv in die letzte Kategorie. Woher kam dieses Haar, ähnlicher dem der Einheimischen als dem glatten, sonnenausgedünnten Frissel von Onkel und Tante. Ihre Büste, sanfte Mondlandschaft, ihre Seele, die er sich barfüßig und voller Demut vorstellte, die hellen Hände, geschaffen für das Gebet, das zu beten ihm nie einfallen würde. In Theodor tobte die stupide Litanei früherer Fast-Liebe, aufregend nur für die, die sie fühlen, unbegreiflich für den Rest der Welt.

Hans-Horst riss ihn aus seinen Gedanken. Dünn und trocken wie eine Totenmaske starrte der Wildhüter Theodor ins Gesicht. Er beugte sich so weit hinunter zum Safarihocker, dass Theodor Lavendel und Motte riechen konnte. »Na, willste dit auch mal?«, und hielt ihm eine Flinte hin, ein Elefantengewehr, für Gnus würde es mehr als taugen.

*

Als Kind hatte sein Vater Theodor auf die Jagd mitgenommen. Sie saßen bis zum Morgengrauen auf dem Hochsitz, eine Decke um ihre Knie.

»Jagen ist ernst«, sagte Vater immer, und er hatte recht. Wenn ein Reh auf das Feld kam, ein Fuchs oder Wildschwein, legte Vater betont kurz an und schoss. Die Tiere fielen so schnell um, als seien sie geschubst worden. An einem Morgen rannte Theodor über das Gras zum Reh hin. Ein Stück Zunge schaute aus dem Maul heraus und ein Grashalm. Die Augen waren milchig. Das tote und noch warme Reh war für den jungen Theodor der fesselndste Anblick. Nachts hatte er Albträume.

Im Park hinter dem Haus bei Iserlohn und weit hinter dem Mausoleum der Familie Hasselt stand immer noch das Schlachthaus, in das Vater die geschossenen Tiere gebracht hatte. Draußen an den Wänden wuchs Pfeifenwinde bis weit auf das Dach, und der Türknauf war rostig. Aber innen war der Schuppen ganz weiß und hell gefliest, wie in einem Labor. Vater legte die Tiere auf einen Metalltisch und schnitt ihnen den Bauch auf, durch Haare, Haut und Fett hindurch. Es knackte sachte beim Schneiden, und der Duft von Haut füllte den Raum.

*

Als der Wildhüter nun Theodor das Gewehr quasi ins Gesicht hielt und Albas Blick, der ihn unter schweren Wimpern und von hinten vom Baobab aus genau musterte, trüb wurde, rehtrüb, war es aus. Theodor fühlte sich übertölpelt, kurz nach seiner Ankunft zum Touristen degradiert. Wortlos stand er auf und griff die Flinte. Der Elefant war nach dem ersten Schuss erledigt. Heischend schaute Theodor sich nach Alba um.

Wie sich ihr nähern? Die Muse geht der Liebe voran. Sie roch nach Tier, dessen war er sich sicher. Es begann zu regnen, und sie lehnte sich an den Baobab, der doch kein wirkliches Blätterdach hatte.

Jetzt oder nie.

»Verehrte, darf ich …?«

Theodor bot ihr den Arm, genauer, den Ellbogen, und er fühlte etwas, das er beim Schießen keines Tiers je gefühlt hatte. Es war Mitleid oder Weichheit, und es kam aus seinem Knie. Aus dem rechten. Alba schaute von der Rinde des Baobabs weg und ihn an. Es schmolz alles zusammen, das wabernde diffuse Sonnenlicht hinter den weißlichen Wolken, das ihm noch unbekannte Afrika, ihr Gesicht, als würde es dämmern und man habe es gar nicht erwartet.

Erst später merkte Theodor, dass er in diesem Moment nichts Besonderes sagte, dass sie es war, die sprach, die schon immer alles sagte. Sie konnte nicht anders als mit ihm reden, es kam einfach aus ihr heraus. Sie hatte Tränen in den Augen, oder war es der Regen? Etwa der tote Elefant? Ihr feuchtes, traurig-frohes Gesicht gab ihr ein seltsames helles Aussehen. Auf ihren Wangen, längs unter den Augen verliefen feine Linien. Lebhafte Farben, Sommersprossen, das Lächeln angestrengt und michelangeloesk, gekrönt von einem dichten Schopf löwenblonder Haare. Dann noch der lange weiße Hals, dem Musculus sternocleidomastoideus nach zu urteilen mittleren Puls. »Denn so schön sie auch ist, man zweifelt doch an ihrer Güte«, kamen Theodor die Worte Henry James' über Lucrezia Panciatichi in den Sinn. Der Gedanke gefiel ihm. Herrisch, seelisch verwahrlost. Es war ihr egal, dass er ihre Tränen sah.

»Regenhäuptlinge und Leoparden, das ist, glaube ich, alles, worüber man mit ihm reden kann.«

Sie wischte sich die Augen und wies mit dem Kinn gen

Hans-Horst, der ein paar Eingeborenen schreiend Anweisungen gab.

»Er geht auf Berge und in Höhlen, sucht dort Steine, mit denen man Regen machen kann. Die Eingeborenen lachen ihn aus. Sie wissen genau, wo die Wasserflecken sind. Auch in der Trockenzeit. Wenn ein Dorfweiser stirbt, dann, so glauben sie, verwandelt er sich in einen Leoparden, der das Regengeheimnis kennt.«

Sie lachte leise und fuhr sich über die Augen.

»Wo sind denn alle? Zeit, in die Wagen zu steigen. Die Nilpferde kommen bald.«

Sie rutschte unruhig an der Rinde entlang, ergriff dann seinen Arm fester.

»Wie lange bleiben Sie hier?«

Auf ihrer Nase tanzte eine Sommersprosse, die dunkler war als die anderen.

»Für immer«, wollte er ihr zurufen. Wer war sie überhaupt?

»Ich mag die Jagd nur manchmal«, sagte sie und schaute ihn an. »Wenn sie Löwen jagen. Ich hasse Löwen, die gelben Augen, dieser tote Blick. Als Kind folgte mir einmal einer.«

Von nun an, Theodor wusste es genau, würde er sie vor sich selbst beschützen, pragmatisch, aufmerksam.

»Sie sehen aus wie eine Tanne«, sagte sie und schaute ihn weiter an, diesmal lachend.

*

Nicht zuletzt wegen Alba wurde Theodor in Afrika zum Späher. Er sprach wenig. Eine ruhige Ergebenheit hatte ihn ergriffen. Er saß viel und rauchte, sah Onkel Reingard bei seinen Verrichtungen zu und Tante Heide, wie sie die Hausangestellten antrieb und die Arbeiter beim Pflücken von Maulbeeren unten am Wasser anwies. Er war müde, es war heiß. Man wartete auf Eisenlieferungen aus dem Norden, um mit dem Bau der Bahnstrecke beginnen zu können, und man wartete auf Arbeiter. Spazieren gehen ging nicht, sagte man ihm, ab siebzehn Uhr kamen die Nilpferde aus der Talsperre, um für die Nacht das Terrain zu wechseln. Unlängst hatte ein Nilpferd einen Arbeiter aus dem Avocadohain in zwei Teile gerissen.

Eingeborene trugen Lasten auf ihren Köpfen und lebten in Behausungen, die umgedrehten Körben glichen.

»Karens Kabause« vorgelagert lebte Wildhüter Hans-Horst in einem Zelt mit Grasdach. Punkt fünf Uhr nachmittags, an jedem einzelnen Tag, wie Theodor bald ermüdet feststellen musste, setzte Hans-Horst sich vor den Zelteingang, den knotigen Körper in stets denselben Sarong gewickelt, der ausgerechnet an der Stelle aufklaffte, an der er nicht sollte, und seine »Freundinnen« kamen zu Besuch. Es waren junge Eingeborene, erst eine, dann zwei, dann drei, vier, fünf verschwanden im Zeltinneren. Wenn sie alle drin waren und die Eingangsplanen wieder glatt runterhingen, stellte Hans-Horst seinen Passionsfruchtsaft resolut auf den Horntisch, trat die Hanfzigarette aus und gesellte sich federnden Schritts zu den auffallend still im Zelt wartenden Frauen. Hans-Horst war eine Flasche, die Theodor gerne mit Schläue gefüllt hätte.

Unglücklicherweise sah Theodor von seinem Arbeitstisch im nach zwei Seiten offenen Schuppen, den man ihm auf dem Vorplatz der Farm errichtet hatte, genau zum Wildhüterzelt.

Vor Hans-Horsts Etablissement lernte Theodor daher auch bald Frau Na-da-za-le kennen. Eines Nachmittages, drüben bei Hans-Horst war die Zeltparty bereits in vollem Gange, wurde Theodor über den Kostenvoranschlägen verschiedener Lastenträger von einem dürren Kratzen an der Schuppenwand gestört. Herein kam eine einheimische Frau, deren Gesicht ihn entfernt an Dr. Mabuse erinnerte.

»Zigarett?«, fragte sie und rieb Mittelfinger und Daumen gegeneinander.

Wortlos, denn was hätte er auch sagen sollen, schob Theodor ihr seine Schatulle mit den Zigaretten hin. Sie lächelte breit und begann dann unaufgefordert, ihre voluminöse Gestalt von dem Wickelkleid zu befreien, Theodors wüste Gegenrede ignorierend. Just in diesem Moment kam Alba von der anderen Seite an den Schuppen heran, zog sich dann unverzüglich und die Situation bis ins Kleinste missdeutend unter betretenem Gemurmel zurück.

»Ich möchte Sie keinesfalls länger aufhalten«, rief Theodor, dem der Schweiß ausbrach, noch einmal und wies zum Horizont, ergriff dann kurzerhand Frau Na-da-za-les Arm und geleitete diese behände zum Farmhausvorplatz, wo sie dann noch eine Weile herumstreunte und »Zigarett« murmelte.

Die Lage im Farmhaus selbst erschien Theodor einigermaßen normal. Im Garten des Haupthauses wuchsen Pflanzen in schrillen Farben, drinnen erschien die Welt deutsch, bis auf das »Sawubona, baba«, das den Tag lang in verschiedenen Tonlagen gewienerte Korridore herunterhallte. Theodors Familie hatte es im Laufe der Jahre irgendwie geschafft, trotz der Wildnis um sie herum eine perfekte Imitation westfälischen Großbürgerlebens in Szene zu setzen, mit den erforderlichen Grillabenden, Schnitzeljagden rund ums Haus und Kammerkonzerten, »selbstverständlich ohne schwarze Musiker«, sagte Tante Heide und dann noch mal und dann stirngerunzelt noch mal, während sie schürfend in der Teetasse rührte und von draußen Affenrufe ins Halbdunkle hereindrangen.

Theodor war bereits drei Wochen auf der Farm. Er hatte sich nur schwer an die Routinen und Gepflogenheiten gewöhnt, das schwere Essen, reichlich Grillfleisch und diverse Gingetränke hatten seine Wangen aufquellen lassen. Tante Heide blickte vom Keksteller auf. »Ich weiß nicht, wie ihr das zu Hause seht, Theo. Wir sagen hier immer, die Eingeborenen sind fast wie wir. Nicht?«

Theodor schwieg und sehnte sich nach Albas Blick.

Der Geruch im Haus war dieselbe Mischung aus Bohnerwachs, Parfüm, Essen und den Holzmöbeln vergangener nordeuropäischer Haushalte. Das Land der Väter eben. Deshalb habe die Familie auch nie daran gedacht, die Farm zu verlassen, sagte Heide.

*

Alba die Wunderbare, die gerade im Garten des Farmhauses war. Der Rock kniff ihr in den Bauch. Er kniff so sehr, dass sie ganz gerade saß und ganz langsam ein Glas

Wein trank. Schluck für Schluck. Dabei schaute sie verstohlen in Richtung Theodor, der am Fenster stand.

*

Was festlich und mythisch anmuten sollte – es waren die frühen Töne dessen, was einmal das Shosholoza-Lied der Zulu werden sollte –, klang betrunken. In zu großen, hier und da fleckigen Blusen oder in schwarz-rot karierte Decken gehüllt, stand die Gruppe Arbeiter auf dem Vorplatz der Farm gegenüber von Theodors Büroschuppen und sang schräg und lallend. Die Gesichter gedunsen, die Augen fast nicht zu sehen. Klagend dreinschauende Mienen. In Theodor regte sich der altbekannte Widerwille, mit dem er, ohne es je zu merken, das Mitleid in die hinterste Kammer seines chiaroscurofarbenen Herzens verdrängte.

Während die Männer sangen, der Anlass war Theodor nur zu gerne entfallen, sahen die Familie, Aufseher und Vorsteher ihnen aus schalenförmigen Korbsesseln vom Schatten des Haupthauses aus zu, und Theodors Blick glitt prüfend über die spärliche Menge. Keine Alba. Unruhe regte sich, verweilte dann als dunkler Fleck oben hinter seiner Stirn, verpuffte. Alba trat aus seinem Büroschuppen in die Sonne hinaus, weiß gekleidet wie Meerschaum, mit Zigarette in der Hand.

Von dem Lied vernahm er den Wortfetzen *stimela*, was so viel wie Zug bedeutete, raunte der unappetitliche Wildhüter von der hinteren Sitzreihe in Theodors Nacken. Passte ja. Befriedigt reckte Theodor die Brust, Hans-Horst gab ihm Feuer und versengte dabei fast Theodors Hemdkragen. Das Gesinge ging weiter, Theodor musterte Albas Profil. Seit seiner Ankunft wich sie ihm aus. Die ersten Tage, dann fast zwei Wochen lang saß er an den Abenden an einem Ende der Tafel, ihm gegenüber der Onkel, die Tante und Alba saßen an einer Längsseite des Tisches. Egal, was Theodor sagte, egal, wie er palaverte, erklärte, redete, nie schaute sie zu ihm hoch, sondern schabte das Essen auf ihrem Teller zu Gesichtern oder Ornamenten zusammen. Sie schien nicht viel zu essen, nicht viel zu denken. Kochen könne sie nicht, scherzte die Tante, und Alba lächelte sacht. Aber herrlich war sie, mit der Anatomie einer Arie. Er nannte sie innerlich bei verschiedenen Namen, meist kauend oder in dem stickigen Büroschuppen über Akten brütend, dabei Zigarettenrauch tief in die Lunge ziehend. Sie war seine Erbse, seine Revolution, sein Deckelchen, sein Einfall, sein Wolf. Noch nie hatte er so eine Frau gesehen. Erst schweigsam, dann fahrig plappernd und trotzdem klug. Mit wem war sie bereits gewesen? Welcher Farmer, gar Eingeborene hatte sich in sie verliebt, wen hatte sie angelächelt, wen gewollt? Theodor war neidisch auf die Frau, die er fast noch nicht liebte.

In Afrika begann Theodor, wirr zu träumen. Laute, schwitzende Albträume, durchdrungen von Mustern. In diesen Monaten des Kap-Projekts entstand in ihm nebst der Liebe zu einer Frau die Liebe zu einem Land, die ihresgleichen suchte, würde es später heißen. Aber noch lange nicht. Tagsüber beobachtete Klänge, Farben und Gerüche überkamen ihn bei Nacht, als hätte er zuvor sein Innerstes hinaus in den Staub von Savanne und Wasserloch gelagert.

Er war die dunkle Monokultur des Sauerlands gewohnt, das im Winter gräulich braun mit Grünstich, im Sommer braun mit Rotstich wucherte. Im Gegensatz zu den sich unerwartet auftuenden Tälern, spitzen Fichten und kahlen Flächen zu Hause wuchsen die Pflanzen und Bäume in Afrika in die Breite. Blätter wirkten ihm heller, Blumen kümmerlicher und dorniger. Alles lagerte voller Partikel und Staub, weiße Flecken kleiner Vögel, Blätter aus Leder, Blätter wie dicke Hände. Fellrascheln. Und immer die Schreie der Lemuren.

Der Gesang klang langsam aus. Alba lehnte an der Hauswand, langhalsig, die Augen halb offen. Überhaupt schien ihm, als lehne sie permanent irgendwo, an Wänden, Bäumen, Fensterbrettern, selbst wenn sie frei stand, schien sie von zähen Winden gestützt. Haare wie hell glühende Metallfäden. Den Beginn seiner Liebe konnte Theodor mit astronomischer Präzision feststellen: Inmitten von Staub und leiser werdenden Stimmen, inmitten der größten Tageshitze stellte er sich kurz vor, wie er sie, an den Stein gelehnt, durchbohrte wie einen Schmetterling.

*

Sie hatten begonnen, frühnachmittags spazieren zu gehen. Erst außerhalb des Farmgeländes, dann, kurz vor siebzehn Uhr, wenn die Nilpferde bald den Pfad nahe den Maulbeerbäumen zum Wasserreservoir passieren würden und man die Gatter schloss, gingen sie in den Garten. Theodor gefiel Albas Stille genauso wie die plötzlich aus ihr herausbrechenden Geschichten. Aus ihrem Mund erschien ihm ihre afrikanische Kindheit die hinreißendste auf Erden, der Garten, in dem Schatten und Licht wie grobe Pinselstriche auf ihrem Gesicht lagen, der schönste, in dem er je gestanden hatte. Und doch war Theodor ratlos. Woher kam dieses wütende Weh, wenn er in ihrer Nähe war? Verglichen mit Alba, erschien ihm seine Jugendfreundin Marthe, die er sich in einem Anfall von Selbstbetrug zeitweise gar zur möglichen Verlobten auserkoren hatte, landserhaft grob.

»Da fällt mir ein: Wo lebten Sie einmal gern?«

Theodor erschrak über die Kühnheit seiner Frage, Alba erschrak über ihre Zusammenhangslosigkeit, denn sie hatte gerade etwas ganz anderes erzählt.

Theodor versuchte es: »Vielleicht könnten Sie sich ja vorstellen … es ist sehr schön im Sauerland.«

Verärgert über seine Plattheit, noch platter als das hinter jedem dritten Satz angerollt kommende »woll«, wechselte er das Thema. Ihm entging Albas ironischer Zug um den Mund nicht.

Ein paar Tage darauf, als das Mittagessen zu Ende ging, saßen sie im Wohnzimmer. Von draußen hörten sie die Refrains der Arbeiterlieder. Theodor küsste Alba. Sie wehrte sich nicht, drehte aber schnell das Gesicht weg. Ihre Taille, um die er den Arm gelegt hatte, wurde steif. Sie saß reglos da. Theodor brach das Schweigen. Er entschied sich für den Frontalangriff.

»Was müsste ich tun, damit Sie mit mir kommen?«

»Greifen Sie doch einfach zu«, sagte Alba.

»Ich bin fast nicht mehr frei«, log Theodor und dachte an Marthe, »wenn ich nach Deutschland zurückkehre, wer weiß, ob ich dann je wiederkomme.«

Am nächsten Abend erschien Alba zu spät in der Tür des Esszimmers. Aus ihrem langen dunklen Kleid reckte sich der weiße Hals. Später gingen sie in den Garten. Ihr Kleid hochzurollen dauerte unendlich lang. Sie ließ ihn gewähren, blieb passiv und lehnte, die Arme in einem ungünstigen Winkel von sich gestreckt, am Stamm einer Palme. Die Beine hielt sie zusammengepresst. Theodor wurde zunehmend gereizt. Es gehörte zu seiner Kultur, dass die Dame sich nur scheinbar widerständig zeigte, nun aber wurde er gleich beim ersten Mal zum Cäsar, der den Rubikon überquert. Warum stand sie nur so starr, versiegelt wie eine Samenkapsel, wo sie ihn doch mit leuchtenden Augen in den Garten gebeten hatte?

»Also, was soll das, ich weiß doch, dass Sie das auch wollen.«

Alba schlug die Augen auf, wie es später wohl nur noch Rita Hayworth zustande bringen sollte.

»Greifen Sie doch zu.«

Doch als Theodor sie kurzerhand hochhob und hinein ins Schlafzimmer tragen wollte, hielt sie sich im Rahmen der Terrassentür fest. Theodor setzte sie ab, dabei verfing sich der Schultersaum ihres Kleides in der Knopfleiste seines Hemdes.

»Verehrte, mit Verlaub …«

*

Ein afrikanischer Alltag entstand. Nach Theodors »Büro« trafen sie sich zum Spazierengehen, dann folgte das Abendessen. Während Alba sich oben an ihrem Toilettentisch dafür zurechtmachte, saß Theodor schräg hinter ihr auf der Kante des Bettes und beobachtete sie. Alba würdigte ihn meist keines Blickes, zog sich die Augenbrauen nach, puderte die Wangen und redete andächtig von ihrer Kindheit, verschiedenen Verehrern, einer seltsamen Sportart namens Minigolf der Geige und Gedichten aus Paris. Besonders eines hatte es ihr angetan. Es war das Gedicht eines Herrn Rimbaud, und es ging um die Untergrundbahn, die, sollte man den Gerüchten glauben, an Geschwindigkeit beschämenderweise alles in den Schatten stellte, was Theodor hier in Afrika vorhatte. Beim Schwelgen in ihren eigenen, holprigen Zusammenfassungen, von Prinzessinnen, müden unterirdischen Fahrten am Ende langer Nächte und nach Alkohol riechenden Mündern schwadronierend, pikste Alba mit dem Zeigefinger immer wieder auf ihr angezogenes Knie, wie sie überhaupt so auf dem Toilettentischstuhl saß, wie es Theodor, der selbst seiner Mutter zur Begrüßung die Hand gab, nicht einfallen würde, Schneidersitz, Knie hoch, eingesunkener Rücken.

Dessen ungeachtet, schwefelte sie mit präzisen Bewegungen und in der zärtlichen Pose der Narzisstin ihre Hüte selbst, ganz wie eine Dame der schlechteren Gesellschaft. Wenn er gelegentlich einen Einwurf wagte und sie nach ihren vergangenen Verehrern fragte, eine Liste, die auf der Farm und mit Nichtsnutzen wie Hans-Horst doch eigentlich mehr als überschaubar sein sollte, so antwortete sie: »Aber nun hab dich doch nicht so, Theodor. Das Vergangene ist vergangen und gehört uns nicht. Lass uns im Jetzt leben.«

Das Jetzt bedeutete rasch nach dem Türrahmenvorfall

nichts anderes, als miteinander zu schlafen. Theodor löste seine lindgrüne Krawatte. Immer wenn Tante Heide prüfend draußen an der Tür klopfte, rief Alba: »Ich kann jetzt nicht«, und ihre Mutter kam erst in drei Stunden wieder, und das Essen fiel aus.

*

Nach ein paar Wochen Drangsal, Zigarettenbettelei und noch mehr Gingetränken mit auf Mayonnaise gebetteter Krabbenbeilage gab es einen seltenen Ausflug.

Der Fluss, dessen Namen sich Theodor schlichtweg nicht merken konnte, lag still und glatt. Hier und da ein Kräusel. Die »Lorelei« schwankte kurz, als Ben, der in Blau gekleidete Hauskoch, zwei Körbe und einen Koffer Bücher die Planke hinauf auf das Deck trug. Um sechzehn Uhr dreißig sollte es losgehen, geplant war eine kleine Ausfahrt längs des Ufers. Theodor, Alba und ein westfälischer Landwirtschaftsexperte, der mit Theodor die mögliche Befriedung eines Landstreifens längs der Victoriafälle sowie die Wiederaufnahme des Betschuana-Bahnbetriebs besprechen wollte. Die Befriedung wollte das deutsche Ministerium finanzieren und im Gegenzug längs ausgewählter Gleisabschnitte Baumwolle pflanzen lassen. So seien mehrere Fliegen mit einer Klappe geschlagen, denn was könne es Anheimelnderes geben, als vom Zug aus die Aussicht auf über Felder verstreute Einheimische bei der Baumwollernte zu genießen. Mit Körben auf dem Rücken, versteht sich. Die sauerländische Verbindung, die bekanntermaßen zwischen den beiden Geschäftsmännern bestand, sollte für die Dauer der Reise von Herrn Heesterberg aufs Maximalste ausgenutzt werden. Man brauchte sich also.

Umständlich wurde der Sonnenschirm auf dem Deck aufgespannt und trotz des grellen Sonnenlichts Zitronenkerzen angezündet, wegen der Fliegen und Schlimmerem. Sobald man saß und genügend Getränk eingeschenkt worden war, Herr von Heesterberg ihm gegenüber, Alba als matter Schatten zu seiner Rechten, stürzte Theodor sich auf seine vorbereitete Ansprache zur allgemeinen Lage in Betschuana und der Gutartigkeit der dort ansässigen Einheimischen. Ganz gewiss würden sie mitspielen, wenn man, ja, wenn man ihnen genug Tabak bereitstellte, ob in Zigaretten- oder Zigarrenform. Seine Ausführungen schienen Herrn Heesterberg zunächst nicht schlecht runterzugehen. Das Boot schwankte leicht, auf Deck schwang man mit, Theodor erstrahlte im Glanz seiner von Onkel Reingard geborgten Khakiuniform, Herr von Heesterberg murmelte: »Gut so«, »Tatsache«, und Alba tat, als sei sie nicht da, nur von Ferne gestört durch die Tiefenströmungen der Welt, die sie umgab, Männerstimmen, Insektensurren, schwappendes Wasser, das sich mit den dunkelroten Wässern ihrer Tagträume mischte. Nach einigen Gins auf nüchternen Magen sah sie verschwommen, die Winkel des Bootes, großporige Haut, in Gazellengulasch wühlende Hände und die Buschziegen am Ufer, alles war grenzenlos sanft und verzeihend.

Anders für Theodor. Beim Anblick des unter der Sonne fleischfarben gewordenen Herrn Heesterberg mit den dicken Wangenknochen, der sich offensichtlich schon mit Hans-Horst verständigt hatte, da über seiner Schulter die unvermeidliche Flinte baumelte, überkam ihn, bereits am Anfang seines ersten Drinks, ein Fremdheitsgefühl. Aber was sein muss, muss sein. Herr Heesterberg war in der Erwartung angereist, in Südafrika wie die Made im Speck zu leben, und das tat er auch. Das Land lag ihm zu Füßen als sei er selbst der Häuptling eines afrikanischen Stammes und kein sauerländischer Drahtziehereibesitzer. Theodor hatte dem Kollegen den Seitenflügel seines Schuppens zur Verfügung gestellt. Ein Privileg, das, hätte Theodor um die Feinheiten einheimischer Gepflogenheiten gewusst, normalerweise dem wichtigen Verwandten der Hauptfrau des Häuptlings eingeräumt und dementsprechend misstrauisch beäugt wurde.

Umgekehrt war Herr Heesterberg, ermüdet von Essen und Worten, dazu übergegangen, nicht mehr an Theodors geschäftsmäßigen Lippen zu hängen, sondern Alba zu beäugen, die wie durch einen Schleier zurückzwinkerte, dabei hickste sie leicht. Theodor war sich zumindest zu Hause im Sauerland und gemäß Platons Definition von Gerechtigkeit und Gesellschaftshierarchie im soundsovielten Kapitel der *Republik* seiner Fähigkeiten und Stellung in der Welt so sicher, wie das abendliche Gong-Geräusch in der Drahtzieherei ertönte. Sein Wohlgefühl damit veranlasste seine Umwelt, sich in ihren minderen Stellungen ebenso wohlzufühlen, hoffte er zumindest. Als er Alba zwinkern sah, war er baff, als hätte er ein Ruder aus der Hand gegeben, das sich sowieso nie zum Steuern geeignet hatte. Der afrikanische Strom, dessen Namen ihm just einfiel, da Alba sich schelmisch zu Herrn Heesterberg hinüberlehnte, wurde zum Hades, denn zum ersten Mal sah er, was er noch viele

Male sehen sollte: Ein Ausdruck wilder Unberechenbarkeit lag auf den sonst gleichförmigen Gesichtszügen seiner Angebeteten, die er längst der inneren Liste seiner Besitztümer hinzugefügt hatte. Erst im Sauerland, wo sich nicht Löwe und Antilope, sondern bodenständigere Tiere Gute Nacht sagten, sollte er den Grund für Albas Eigenart herausfinden, in einem Moment wie welkes Gemüse dazusitzen, im anderen mit Pawlow'scher Hartnäckigkeit Unerwartetes zu tun. Es war die trübe, von Gewohnheit und Impulsen geleitete Haltung, die Welt würde ihr keine Hindernisse in den Weg legen, wenn sie nur die nötige, allenfalls Einheimischen gegenüber eindrückliche Wucht aufböte.

Die feuchte Dämmerung kam, der Himmel war klar, Glühwürmchen blinkten auf, klick, klack, direkt vor seiner Nase, ein Vogel begann zu singen. Ben war im Bootsbauch verschwunden, Zeit fürs Dinner, das nahtlos auf den Nachmittagshappen folgte. Theodors Darm blubberte, und Alba schäkerte.

»Aber nein, Herr Heesterberg, wie komme ich zu der Ehre …«

Der Rotgesichtige hielt ihr die Flinte unter die Nase. »Womma wetten, du schießt besser als ich? Einen von denen da«, und er zeigte auf eine kleine Gruppe Gnus.

Alba zögerte.

»Sind Sie bereit?«, fragte Herr Heesterberg, nun wieder ganz zivil. »Ich bin immer bereit«, lächelte Alba.

Theodor fächerte sich mit seiner Serviette Luft zu. Der Aufstand seiner Därme schien kurz abzuebben, vielleicht war es falscher Alarm gewesen, auch Eingeweide konnten danebenliegen. Alba griff das Gewehr und feuerte einen

Schuss auf die Wasseroberfläche. Die Gnus stoben auseinander. Wortlos gab sie dem im Zwielicht rot blinkenden Heesterberg das Gewehr wieder.

Auf dieser Bootsfahrt oder kurz davor zog Theodor sich Malaria zu. Es begann mit einer sachten Benommenheit, die sich im Nachhinein auf dem dämmrigen Deck der »Lorelei« bereits angebahnt haben musste – es war also nicht der Gin gewesen – und die am folgenden Morgen am Frühstückstisch in aller Gewalt auf ihn herniederkrachte, zusammen mit einem merkwürdigen Gefühl der Traurigkeit, des Abgleitens, ja, des Niedergangs. Theodor sah doppelt, nein, dreifach. Die frittierten braunen Yamsscheiben, das Porridge vor ihm auf dem Teller wurden zur feuchten Suppe aus Heimweh und Wald. Plötzlich lag er auf dem Teppich, Albas besorgter, über ihm wabernder Haarschopf, nein, es war nicht der Teppich, es war der Grund des Seilersees, schlierig und braun, und Vater schoss, schoss immer wieder in den Himmel, weit oben über dem Wasser lachte er auf ihn nieder. Endlich oben im Bett auf der Farm bekam er starkes Fieber, dann kamen der Schüttelfrost und dolchartiger Schmerz in den ohnehin schon gebeutelten Eingeweiden. Tage vergingen. Das Allerentwürdigendste an der Angelegenheit war der Kontrollverlust über seinen Schließmuskel. Stand er zittrig auf, schoss ein Strahl Urin oder Schlimmeres auf seine Füße. Hoffnungsvoll schluckte Theodor alles, was die Einheimischen ihm mit großen Eulenblicken, die sich an seiner inneren wie äußeren Auflösung zu ergötzen schienen, ans Bett brachten, trockene Gräser, zu Staub gemahlenes Allerlei, nichts davon hatte eine heilende Wirkung. Schließlich kam ausgerechnet

Herr Heesterberg. Mit mehrfach wiederholtem »Lassen Sie mich durch, lassen Sie mich vor, verdammt noch eins« kämpfte er sich die nur von wenigen Einheimischen bevölkerte Treppe hoch, die aus den unteren Zimmern hinauf zum Schlaftrakt führte, in der Hand Tabletten »von daheim«, weiß, glatt, klar. Die halfen.

Schnell ging es Theodor besser, doch es verblieben etliche Nächte mit Fieberträumen und nass geschwitzten Bettlaken, in denen ihm die durch Fensterspalten eindringenden Insekten zusetzten. Fangschrecken starrten, Fledermäuse knallten gegen das Fenster, Spinnen hockten in Ecken, er träumte von Fliegenklatschen und groß angelegten Säuberungsaktionen. Als er endlich wieder aufstehen konnte, unwürdig klapprig und tollwütig blass, musste er feststellen, dass man ihm die Hälfte seines Zigarettenvorrates gestohlen hatte.

*

»Eines Tages nehme ich dich mit ins Sauerland«, versprach Theodor kurz nach seiner endgültigen Genesung, als Alkohol und Fett wieder in seinen Magen passten, und ließ, auf der Bettkante sitzend, den Schuh fallen. Seine Rückreise nahte, das Kap-Projekt ließ sich aller Wahrscheinlichkeit nach nicht wiederbeleben, und ihn zog es nach Hause und in die Drahtzieherei.

»Kann dieser Tag nicht bald sein?«, fragte Alba unvermittelt und löste die oberen Knöpfe ihres Kleides.

»Oha«, entfuhr es Theodor halbmatt, der sich in Albas Gegenwart schon vor dem Malariaanfall wie der Genesende einer Klinik gefühlt hatte, dessen Begehren den Mann und Drahtzieher in ihm zu ersticken drohte.

Zu allem hatte Alba eine klare Meinung, sie walzte durch die Welt eigener und fremder Gedanken wie Theodor durch die Gänge seiner Drahtzieherei, doch nicht prüfend, begeistert, präzis wie er, sondern mäandernd und berstend. Manchmal forderte Theodor ihr Denken mit unerwarteten Äußerungen heraus, als würfe er einen Nagel in ihren Weg, über den sie grazil hinwegstieg. Mit Alba war Theodor weniger langweilig denn je. Dennoch sah er sich einer Frau gegenüber, die ihm halbwegs fremd blieb. Im Bett verhielt sie sich weiterhin stockig. Von jetzt auf gleich verfiel sie dusterer Grübelei. Hinter ihre Angewohnheit, Essensreste auf dem Teller, Blätter und Obst zu Gesichterarrangements zusammenzuschieben, drang er nicht.

Theodor, von dem die Einheimischen nicht wussten und auch nicht wissen wollten, wer er war oder was er in Afrika vorhatte, der selbstverständlich mehr als nur geduldet wurde und von dem die Angestellten der Farm bereitwillig Befehle und Zigaretten entgegennahmen, hatte alsbald Albert an der Strippe und annoncierte ihm die baldige Heimkehr in Begleitung.

»Na, Alter, wie ist es auf dem finsteren Kontinent?«

Sein bester Freund klang gesund und aufgeräumt.

»Spar dir die Fragerei, hör dir lieber an, wen ich bald mit nach Hause bringe.«

Nach Theodors Ausführung, die lange bei Albas bedeutendem Haarschopf verweilte, schwieg Albert einen Moment, sagte dann brüsk: »Du lässt dich von den Frauen ruinieren, Theo. Du solltest heiraten.«

»Hol dich der Teufel.«

»Hat sie wenigstens Geld, das du nicht verpflichtet sein wirst auszugeben? Will sie lieber dein Geld? Wird sie dich zum Hahnrei machen? Theo, du kennst sie doch gar nicht!«

Binnen Sekunden steigerte sich Albert in eine für Theodor unbegreifliche, dümmliche Hysterie.

»Sie wird dich auffallend betrügen, alle werden davon wissen. Ihren dummen Geliebten wird sie für den besseren Menschen halten. So machen die das doch von dort. Sag, ist sie schwarz?«

»Hol dich der Teufel!«

*

Im Hochsauerland gab es keine luftigen Veranden, kein Palisanderholz, keine Lemurenschreie in der Nacht. Erst in der blassen Iserlohner Luft hatten Albas Wangen begonnen, Spuren des Klimas zu zeigen, in dem sie ihr bisheriges Leben verbracht hatte. Feine, fast unsichtbare Linien erschienen wie Risse im trockenen Sand längs ihrer Wangenknochen. Sommerregen bauschte ihre Haare auf. Die Stoffe ihrer Kleider, im Schnitt denen der westfälischen Frauen der besseren Gesellschaft nicht unähnlich, kamen ihr auf einmal fremd und läppisch vor. Zu dünn, flimsig, alles wirkte abgetragen, obwohl sie nur ihre wenigen neuen und schönsten Kleider eingepackt hatte.

Theodor hatte ihr alles vorbereiten lassen, Musikinstrumente waren beschafft oder neu gestimmt worden, ihr Zimmer neu tapeziert, helles Leder und altrosa Seide, und

Frau Zirrsonn überschlug sich förmlich in der Ankündigung neuer, exotischer Rezepte, jetzt, wo endlich frischer Wind ins Haus gekommen war. Nur Bauschekleidmutter war skeptisch und versteckte ihre Juwelen. Man wusste ja nie mit Leuten von auswärts, und Theodors Cousine kam von sehr weit auswärts.

Existenzielles Entsetzen ergriff Alba, als wäre zusammen mit dem Überqueren des Äquators eine Blaupause ihrer Welt entstanden. Vertraute Ränder traten in den Hintergrund, Inneres quoll über. Das »westfälische« Farmhaus daheim wurde gegenüber Theodors herrlichem Haus zur elenden Nachäffung eines erhaben geglaubten Bildes.

Doch aller Anfang ist relativ leicht. Sie kamen zusammen, und sie blieben zusammen. Vorerst. Das Sauerland, das Alba bisher nur sepiafarben in Vaters Baedeker-Bildbänden entgegengeschimmert war, lag ihr in frischen, ungewohnten Farben zu Füßen. Und Alba strahlte. Wenn sie Räume betrat, blickte Theodor auf und beschaute sie, beginnend am Kinn, bis hinunter zu den Fußgelenken, dann bis hinauf zu ihrer Stirn. Unter Theodors Blick, abwartend und herrisch, empfand sie Freude. Unter seinem Körper noch mehr davon. Sie wurde klein und hilflos. Zu Hause war sie herrschende, aus der Ferne träge blinzelnde Halbgöttin über Eingeborene, Angestellte und gezähmte Antilopen, im Sauerland redeten Theodors Mutter und die Zirrsonn sie mit »mein Kind« an, was herablassend und zärtlich klang. Bauschekleidmutter hatte sie euphorisch, mit ausgebreiteten Händen und gerafftem Rock begrüßt, sie sei zu Tränen gerührt, sagte sie, doch ihre Augen waren trocken geblieben. Theodors Anwesen umgab Alba fest und hart.

Sie verließ das Gelände nur zusammen mit ihm; die nach allen Seiten hin offene Auffahrt ohne Gatter und Tor machte sie misstrauisch.

»Sag, Theo, was ist, wenn jemand kommt? Ein Überfall. Was ist, wenn es einen Überfall gibt? Oder Tiere kommen?«

Sie hatten rauchend im Esszimmer gesessen, mit Blick auf den Garten und Frau Zirrsonn, die umständlich Zwiebeln aus der Erde zupfte.

»Wir sind hier in Deutschland, nicht in der Wildnis. Außerdem habe ich die Hunde, für alle Fälle.«

Er schnippte etwas Asche von seiner Zigarette.

Alba ließ nicht ab. »Aber die schlafen permanent. Ich höre sie kaum je bellen. Auch nicht, wenn die Lieferungen kommen, das Essen, der Pastor deiner Mutter.«

»Nun, das kennen sie ja auch alles.«

Theodor hielt die rechte Hand von sich und inspizierte seine Fingernägel. Makellos.

»Aber die Arbeiter, was ist, wenn die Arbeiter kommen? In der Nacht.«

»Die Arbeiter? Pah. Haha. Nun mach mal halblang. Meine Arbeiter beten mich an.«

Huldvoll schaute Theodor an Alba vorbei an den inneren Horizont einer Welt ohne dümmliche Fragen. Dann wieder, an Alba gewandt: »Nun sei doch nicht so blass.«

»Ich bin nicht blass. Ich bin immer so.«

»Sag ich ja.«

»Ach, Theo.«

»Demnächst fürchtest du dich noch vor Wildschweinen.«

Alba, eben noch schlaff im Sessel lagernd, straffte den

Rücken. »Wieso, was ist mit Wildschweinen? Ich dachte, die tun nichts wie unsere wilden Schweine.«

»Nur, dass sie etwa dreimal so groß sind. Nein, viermal. Neulich hat eine Bache dem Hund meines Oberförsters die Beine durchtrennt. Zack. Einfach so. Ab.«

Theodors Hand durchschnitt die Luft.

»Hatte sie Junge?«

»Ja, was denkst du. Das Miststück hat dann noch Herrn Schliepers Gewehrlauf zerstört, sich reinverkeilt. Schlieper hat es gerade noch auf den Baum geschafft. Hat Stunden da gesessen.«

Immerhin, das musste Theodor, den es bei seinen Ausführungen zu den Wildschweinen der näheren Umgebung angenehm durchrieselte, ihr bei all ihrer wabernden Lethargie lassen, die Kleine verstand die Wildnis. Umso unverständlicher war ihm der nun folgende Ausbruch.

Alba schlug sich auf den Oberschenkel und stand auf.

»Theo, das ist grauenhaft. Bitte. Ich will Gatter ums Haus.«

»Was redest du, hier kommt kein Schwein ans Haus he –«

»Ich will es, hörst du, ich will es!« Sie stampfte auf, dann noch mal. »Ich will hier nicht sterben!«

Zum ersten Mal, seitdem er dieses Prachtweib heimgeführt hatte, wusste Theodor nicht, was sagen.

Doch noch blieben die Tage friedlich und die Landschaft weich. Wo Theodor sonst immer allein hinging, war für eine Zeit lang auch Alba zu sehen. Neben ihm, schräg hinter ihm, weit vor ihm, heiter und erwartungsvoll glänzend, sich strahlend unter seinen Arm hakend, den zu berühren er ihr nun endlich in aller Öffentlichkeit gewähren konnte. Wie anders das Sauerland ihr wirkte, als sie es sich daheim ausgemalt hatte, und wie schön Theodor war, noch viel schöner als in Transvaal, wo er meist atemlos, mit Schweißringen unter den Achseln und Aktenstößen in den verschwitzten Händen vom Farmhaus zum Büroschuppen taumelte. Daheim trat Theodor stattlich auf, trocken und kühl wie ein Handtuch. Wenn sie zusammen ausgingen, dann in Saus und Braus. Theodor zeigte Alba das Sauerland vom schnittigen Wagen aus, offenes Verdeck, schnelle Fahrt.

»Unsereins läuft hier ebenso wenig zu Fuß wie die Weißen bei euch, mein Goldenes.«

Beim Fahren legte er ihr die Hand auf den Oberschenkel. Manchmal hielten sie an, und sie neigte sich tief in seinen Schritt. Und manchmal stiegen sie dann doch aus und liefen ein Stück.

Grauwacke, Birkenwälder, Höhenrücken und Wolkenschatten: Theodor brachte Alba das Sauerland bei. Auf ihren Ausflügen redete er unaufhörlich, »vor rund fünfzehn Millionen Jahren, im Tertiär, jetz' hör doch zu, im Tertiär also bildete sich die Form der Landschaft von heute heraus«, »Ginster wächst hier überall«, »wenn Rehwild aus der Dickung hervorschaut, nennt man das *sichern*«. Es ging auf Aussichtstürme, in die Oberste Stadtkirche Iserlohn – »hier müssen die Hasselts leider in der ersten Reihe sitzen, wenn irgendwas ist« –, nach Hagen, um neu gebaute Häuser zu beschauen – »Karl Ernst Osthaus leistet hier Erstaunliches« –, quer durch die Blumenanlagen in Hohenlimburg, weiter nach Lüdenscheid, auf die Hochfläche zwischen Lenne und Volme, mit Blick auf karge Weiden und zottelige Kühe. Anderntags gelangten sie fast bis nach Arnsberg. In Wiblingwerde liefen sie um die alte, wie mit Ruß angelaufene Kirche, in der niemand war. Auf der anderen Straßenseite lagen Porzellanpuppen in einer Schaufensterauslage.

»Niemand kauft diesen Mist«, sagte Theodor. »Weiß gar nicht, warum der nicht längst dichtgemacht hat.«

Die Puppen schauten leer, ihre aschblonden Haare waren zerzaust.

»Du solltest Bekanntschaften schließen, Freundinnen haben. Ich könnte Frau Spechten auftragen, dich nach Köln mitzunehmen.«

Sie hatten oberhalb des Felsenmeers in der Nähe von Hemer gehalten und blickten auf dustere Bäume und alte Steine.

»Ach, Theo, nein, das geht schon.« Sie lehnte ihre Stirn an seine Schulter. »Ich war doch immer allein. Ich mag es so.«

»Na, trotzdem.«

»Wir laden doch ein, das reicht. Ich gebe gerne Feste. Das Motto des nächsten könnte ›Blätterwerk‹ sein.«

»Wieso, weil ich dich hier durch die Landschaft führe? Ich könnte Marthe fragen, ob –«

»Bitte nicht!«

Mit einem Ruck hob Alba den Kopf.

»Warum so panisch? Sie ist kein Wildschwein.«

Theodor lachte trocken auf.

»Entschuldige. Sie war nur neulich da und hat mich so angeschaut. Als sei ich nicht ganz beisammen.«

»Ja, ich weiß, sie kann sehr eindringlich schauen.«

»Sag, war da mal was mit euch?«

»Ach was, Liebes, ach was. Sie ist eine gute Freundin, mehr nicht.« Er zog sie wieder zu sich heran, und sie ließ es geschehen.

»Ich habe Hunger«, maunzte sie. »Lass uns zu ›Neuhaus‹ fahren, Würstchen essen.«

Theodor war es recht.

*

Im Sauerland waren die Nächte weicher und die Tage tatsächlich so lang, wie Alba es sich nie hatte vorstellen können. Das blasse Morgenlicht ließ ihr Zimmer furchteinflößend still aussehen. Vogellärm lag wie ein Spuk auf der Landschaft, die das Haus umgab, die alles umgab. Dicke, lautlose Blütenblätter wehten durch den Garten, weiße Bouquets gingen in Regenschwärze über und dann wieder in Helle, albtraumhaft, verkehrt wie im Märchen. Ihr abendlicher Spaziergang führte sie unter einer Reihe von Obstbäumen entlang, die am Tag leuchtend dastanden und bei Zwielicht fahl bis an die Grenze des Schrillen waren. Dann blieb sie nicht stehen, sondern rannte. Das Zwielicht war die Zeit der Nilpferde. Oben in ihrem Zimmer malte sie Wolkenfelder, schwarzblau umrahmte Wolken auf gelbem Papier, groß, klein, die meisten davon lang gezogen, und in die Mitte der Wolkenfelder platzierte sie eine Tatze. Auf ihrem Schreibtisch, den sie ganz nah ans Fenster gezogen hatte, warf eine Kristallvase wässrig gekräuselte Lichtkreise auf das Holz.

Gleich am ersten Tag nach dem zweiten Wochenende,

das sie im Sauerland verbracht hatte, nahm Theodor sie mit in die Drahtzieherei. Vor dem eindrücklichen Portal angekommen, genoss Theodor den Anblick des hohen geschmiedeten Eisens mit dem eingravierten Gründernamen. Er war Fabrikant, verdammt noch mal, und das alles war seins. Theodor atmete tief durch die geblähten Nasenlöcher. Als er eintrat, afrikanisch gebräunt, nickte er, beeindruckt von der hochsauerländischen Bedeutsamkeit seiner Position, huldvoll den beiden Wachbeamten zu. Doch diese schauten, vielleicht zum ersten Mal in all den Jahren, schräg an ihm vorbei auf Alba, die zaghaft hinter ihm über die Schwelle trat. Theodor, sachte irritiert von den abgewandten Köpfen, stieß ein lautes Räuspern aus.

»Liebste, Sie warten hier in der Kaffeeteria«, lächelte er. »Frau Sekretärin Annegrete Schürze wird sich Ihrer annehmen.«

Albas Augenbrauen zogen sich so sehr in die Höhe, dass sie verblassten und Theodor kurz blinzelte. Wie schön sie war. Gleich wieder, mein Liebling.

Im Fahrstuhl lächelte er seinem Spiegelbild zu.

»Theodor Hugo Hasselt, Drahtfabrikant«, sagte er. »Und bald auch Exporteur.«

Genial diese Idee, den Drahthandel mit Frankreich anzubandeln. Genial die Idee, seine Geschäftsbeziehungen gen Westen aufzufächern, und vielleicht war auch was für den Steinkohlehandel drin. Erst unlängst hatte er begonnen, in Schwefelkies und Kupfer zu investieren, und stand im Begriff, Stollen Angela und Grube Bertha zu übernehmen. Weiber überall, wunderbar.

»An die Arbeit«, rief er sich zu und setzte sich in seinem

Büro hinter den großen Eichentisch. Wie gut sich die erste morgendliche Akte in seinen nicht länger schweißgebadeten Händen anfühlte, bevor dann sogleich Überdruss einsetzte. Was war heute für ein Tag? Montag. Tag der Hoffnungslosigkeit. Ihn drängte es hinunter zu Alba. Theodor blätterte in Auftragspapieren und korrigierte gehässig hier und da mit roter Tinte die Rechtschreibfehler des Walzenaufsehers. Zerstreut bediente er sich von dem Teller mit Crevetten, den Frau Schürze ihm jeden Montag schon um Punkt sieben Uhr in der Früh auf den großen Eichentisch im Büro stellte.

»Gegen den Kater, Frau Schürze. Sie wissen ja«, mahnte er jeden Freitag bei Tagesabschluss, und Frau Schürze nickte verständig. Gute Beziehungen haben, Feste feiern, wie sie kommen, Einladungen eilfertig annehmen und gerade so viel mit Besitztümern angeben, dass aus Neid keine Ablehnung wurde – die Regeln seines Standes verursachten Theodor viele Kater, insbesondere nach dem Wochenende. Salziges half da. Theodor schnalzte mit der Zunge über die herrlich geraden Vorderzähne.

Im Radio hinter ihm spielte Mozarts *Voi che sapete* aus dem *Figaro*, mit der letzten Oktave setzte lächerlicher, krachender Applaus ein. Wie konnte man sich nur so gehen lassen! Theodor, der zunächst die Melodie des gewitzten Salzburgers mitgepfiffen hatte, verbat sich die Freude und legte den *Freischütz* auf. Agathes Gebet erfüllte den Raum. Und ob die Wolke sie verhülle, die Sonne bleibt am Himmelszelt. Genau. Seine Sonne.

Theodor streckte sich vor einem imaginären Spiegel kurz die Zunge heraus. Sah gut aus, rosig, ohne Belag. Rasch kämmte er sich die nach Kastanienwasser riechenden

Haare mit Wildschweinborste. Er dachte an Alba, als hätte er das nicht schon den ganzen Morgen getan, selbst als sie neben ihm die Auffahrt hinunter zum Wagen schritt, der sie zur Fabrik bringen sollte. Ja, er würde der Ehemann einer prachtvollen Frau werden, die er, wenn er denn wollte, vor aller Leute anzufassen das Recht hatte, am Busen, am Schenkel. Theodor stieß ein vergnügtes Kichern aus.

»An die Arbeit!«, rief er sich noch mal zu, legte dann den Kopf seitlich auf die Tischkante und starrte Akte Nr. IVa matt von schräg unten herauf an.

Das Telefon klingelte. Theodor vergewisserte sich, ob sein Hosenstall auch zugezogen war, und nahm ab. Nach ein paar Sekunden lachte er vergnügt auf. Marthe natürlich, wer sonst.

»Du willst mich im Büro besuchen? Wunderbar, das ist entzückend. Warte mal.«

Unerwartet trat Alba ein, die darauf brannte, ihm von den seltsam köstlichen, gelb aufgeworfenen Kuchen mit dem Namen eines Insekts zu erzählen, außerdem von einem interessanten Mann, der sie durch das Fenster der Kaffeeteria erstaunt und fragend angesehen hatte, sogleich weitergeeilt war und der sich später als Albert von Essenbeck herausstellen sollte, doch noch bevor sie die herrlichen Lippen öffnen konnte, hielt Theodor den Mund nahe an die Hörmuschel.

»Wie bitte? Ich kann Sie kaum verstehen«, dann, den Rücken straffend: »Nein, unter keinen Umständen. Ich komme zu *Ihnen* hinunter.«

Er legte auf. Das war ja noch mal gut gegangen.

»Entschuldige, Liebling, ich muss hinunter in Halle 2.«

»Wer war das am Telefon?«

»Der für die Schrauben und Ösen zuständige Produktionsleiter«, sagte er langsam und überdeutlich, als hätte er es mit einer Schwerhörigen zu tun, und bat sie mit einer Handgeste im Stile Kaiser Wilhelms, in einem der hohen Sessel am Fenster Platz zu nehmen.

»So?«

Ha, so. Mehr nicht. Raffiniert war sie, witterte die Gefahr, das musste er ihr lassen. Die Instinkte einer Löwin. Theodor brach der Schweiß aus.

»Ja. So, mein Liebling. So-de-le, setz dich hin, hierhin, schau, da, so, das weiche Polster. Du kannst mich von hier oben aus auch sehen, gleich unten auf dem Kies und dann kurz hinter der Scheibe.«

Theodor zeigte auf Halle 2.

»Falls ich etwas später kommen sollte, wird die Schürze dafür sorgen, dass du heimkommst.«

Theodor küsste Albas Nacken, biss dann hinein, und sie zuckte. Selbstherrlich nahm er den Aufzug wieder hinunter und bleckte sich im Spiegel zu. Alba, Marthe, er hatte die Lage im Griff.

Oben musterte Alba missmutig die Kuhle in Theodors Arbeitsstuhl, auf dem er so lange gesessen hatte.

*

Am Abend des ersten Drahtwerktages machte Alba sich hübsch, diffus beunruhigt über Theodors langen Aufenthalt in Halle 2. Sie erwartete ihn in dem rostblauen Kleid, in dem er sie kennengelernt hatte, stand fein angezogen und ganz gerade an einem der oberen Fenster des »Käfigs«, wie er sein Elternhaus nannte, und blickte die Auffahrt hinunter. Nichts. Er rief an und sagte, er werde nun nicht mehr in Halle 2, dafür aber in Halle 1 aufgehalten, werde aber gewiss vor Mitternacht da sein. Daraufhin warf Alba sich schimpfend auf den Teppich und zog an ihrem Kleid. Oh, das würde er bereuen, die Halle 1. Sie rannte hinunter in den Garten und sprintete vor Wut die Auffahrt hoch und wieder hinunter, zerrte so lange an ihrem Gürtel, bis er nachgab und ihre Wäsche sichtbar wurde. Dann rannte sie weiter in die Küche und riss die Tür zur Kühlkammer auf, darin ein Tablett mit Frischlingsfleisch in Sauce. Sie stopfte sich das Fleisch in den Mund, löffelte Preiselbeeren aus einem Glas, die ihr Gesicht verschmierten. Dabei schluchzte sie laut. Oben klingelte es noch mal. Er, Theodor, käme jetzt doch schon nach Hause. Alba stürzte in ihr Zimmer, zog sich das mit Fettflecken übersäte und vorn eingerissene Kleid vom Körper. Schnell. Gesicht waschen, Make-up neu auflegen, ein neuer Fetzen musste her. Sie wollte doch schön sein. Schön für ihn.

Durch ihre Schlafzimmertür blickte man in das Halbdunkel des mit Teppich ausgelegten Flurs hinaus. Als Theodor kam, blieb er zunächst im Türrahmen stehen. Im Halbschatten sah er dunkler aus als sonst, größer auch. An seinem kleinen Finger glimmte der Siegelring, ohne Blutstein, ohne Wappen, nur die Glätte Theodors, der Erste seiner Art. Sie rannte auf ihn zu und klammerte sich an seinen Arm und informierte ihn auf Afrikaans, dann auf Deutsch mit holländischem Akzent, dass sie seine Frau werden wolle.

Wäre Theodor nun gegangen, hätte er ihr Verlagen nach

ihm wahrscheinlich auf alle Zeiten lebendig gehalten. Doch zunächst blieb er stehen, erschüttert und gerührt, sah ihr zu, wie sie vor den Spiegel trat und ihr Kleid löste. Diese Brüste. Halleluja. Wie oft war er schon in ihr gewesen, seiner Alba Longa, seiner Kriegsgöttin anderer Welten. Zu oft. Resolut straffte Theodor die Waden. Zeit, sich rarzumachen. Alba, die sachte ihre Frisur gerichtet hatte, innerlich den Moment vorbereitend, in dem sie ihre langen Beine um seine schmalen Hüften schlingen würde, drehte sich mit dem Lächeln der immer noch guten, mit einem Fuß in abendlichen Anrüchigkeiten stehenden Gesellschaft zu ihm um.

»Ich bin bereit, Theo.«

Er kam ihr näher und presste ihre rechte Brust, sodass sie leise aufschrie. Fest schaute er sie an, fester drückte er zu. Dann trat er zurück, küsste ihr die Stirn. Im Sessel saß sie noch eine Minute auf seinem Schoß, nackt und wund. Theodor stand auf und glättete sein Revers.

»Auf dann, wir sehen uns morgen.«

Kurz schämte er sich seines niedrigen Plans, doch halt, er musste es sein, der vermisst wurde, nicht umgekehrt. Mit tauben Lippen bat Alba ihn zu bleiben.

»Nein«, sagte er schlicht.

Schmerzlich beeindruckt von seiner Härte, begleitete sie ihn zur Tür und küsste zum Abschied sein Schulterblatt.

»Denk dran, morgen pünktlich zur Ausfahrt nach Dröschede«, sagte er zum Abschied.

In ihr Zimmer zurückgekehrt, trat sie an den Spiegel, um nicht allein zu sein. Sie spitzte die Lippen, schaute sich an. Nicht schlecht, trotz der feinen Linien. So würde sie es das nächste Mal machen, der geneigte Blick, der geschürzte Mund, dann würde er bleiben.

»Ich bin deine Frau. Auch ohne Heirat. Ich bin dein.«

Sie wurde immer besser bei ihrer nächtlichen Probe, glich jetzt tatsächlich der Lucrezia Panciatichi von Bronzino. Doch sagte ihr Spiegelbild nichts darüber aus, wie sie mit geschlossenen Augen aussah, wenn sie ihn küsste. Sie kniepte ein Auge zu, schaute blinzelnd zu sich hinüber. Furchtbar. Zyklopenhaft. War sie etwa Polyphem, Theodor ein Galateos? Als Kind hatte Vater sie gezwungen, Homers *Odyssee* zu lesen. Als sie zu der Stelle mit dem Zyklopen kam, weinte sie, doch da müsse sie durch, sagte Vater, und in Alba entstand ein Bild zur Geschichte, das sich erst später, mit den Zyklopenerzählungen von Theokrit und Ovid festigen sollte. Draußen Lemurenschreie und die Vögel der Nacht, drinnen im Bett das Mittelmeer, Albas Traum: Im Meer war Galatea am schönsten, und sie wusste es. Mittags, wenn der karge Strand unterhalb von Polyphems Höhle leer und hell war und die Schafe unter den Bäumen schliefen, leuchtete sie. Ihre Haut leuchtete wie eine Blume, ihre Wangen waren golden und feucht, wenn sie da so ganz vorne in den Wellen schwamm und ihre Schönheit vor seinem einzigen Auge ausbreitete. Er stand oben an der Höhle, schaute zu ihr hinunter. Sie wusste genau, dass er sie beobachtete, auch wenn sie so tat, als sähe sie ihn nicht. Sollte sie ihn verschmähen, würde er ihren Liebhaber Acis töten und dann essen.

Galatea. Der Zyklop, wie Alba ihn sich erträumte, sprach gerne ihren Namen aus, wie Wellen, die sich an der oberen Kante seines Gaumens entrollten. Acis hieß der Mann, den

Galatea wollte, und Polyphem folgte ihm, folgte beiden überallhin. Wenn sie den Strand abliefen oder längs des Baches die Wiese runter, schauten sie sich nach ihm um. Nach dem Hässlichen, dem unförmig Weibischen mit den zu breiten Hüften, und Hass war in ihrem Blick. Polyphem war hässlich. Er kämmte sich die Haare mit verzahnten Ästen, er brannte seinen Bart herunter, er war und blieb hässlich.

Als Galatea weg war und nichts für Polyphem mehr Sinn ergab, hörte er auf zu sein. Die Welt wurde nach der Blendung durch Odysseus umso dunkler, er rief nach seinem Vater, Poseidon, doch der hörte nicht, wollte nicht hören. Polyphem erbrach Menschenfleisch, aber es war ihm egal. Nachts hörte er seinen heißen Atem von den Höhlenwänden hallen, in seiner Haut waren Schnitte von den zackigen Steinen rings um ihn, in seinem Magen Erde.

Alba öffnete die Augen und leckte sich mit der Zunge über die Zähne. Vielleicht hielt Theodor ja auch die Augen geschlossen beim Küssen, wenn er denn küsste, denn er mochte es nicht. Hielte er aber die Augen geschlossen beim Küssen, dann konnte er nicht sehen, wie belämmert sie aussah. Mit leisem Singsang zog sie sich wieder an. Ans Fenster gelehnt, rauchte sie noch eine heilige Zigarette, die sie wie Theodor zwischen Mittel- und Ringfinger hielt. Sie nieste etwas, lachte leise, sagte sich im Spiegel noch einmal Gute Nacht.

»Schlaf gut, du Einäugige. Schlaf gut, lieber Körper, liebe Beine, lieber Bauch. Ich brauche euch noch. Theodor braucht euch noch.«

Nebenan lag Theodor in seinem Bett. Wahnsinniges Verlangen, wieder zu Alba zu gehen. Nein, auf keinen Fall. Sie sollte sich ruhig nach ihm verzehren. Göttin der Nacht. Mit einem Ruck, den man Sprung nennen könnte, schnellte Theodor aus dem Bett. In gespreiztem Stechschritt ob der Schwellung zwischen den Beinen stürmte er zurück ins Vestibül und gen Morgendämmer.

*

Im Hochsauerland würden fortan die Korken noch lauter knallen. Am nächsten Morgen saß Theodor zufrieden und leicht angespannt im Armstuhl. Die Beine gerade nebeneinander, der Rücken strack. Selbst auf dem weicheren Sofa saß er »aufgefaltet wie ein Papierhut«, wie Alba es nannte.

»Tja, Verehrteste. Da hast du wohl recht«, hatte er selbstzufrieden geantwortet.

Die Männer in Theodors Kosmos waren groß und gerade. Reserviert, die Stirn höchstens sachte gerunzelt. Keine Giftzwerge. Keine Kläffer. Nur im Sessel fiel Theodor gelegentlich sachte in sich zusammen und gönnte sich ein Ausstrecken der Beine.

Was für eine Nacht, obwohl er spät heimgekommen war. Nachdem er beherzt aus dem Bett gesprungen und in die Küche gerannt war, überlegte er, was nun essen, welches Gericht würde sein Nicht-ablassen-Können von Alba am geeignetsten überdecken, das der schmachvollen Niederlage der herrschenden sauerländischen Klasse unter das Afrikanervolk gleichkam? Toast mit Konfitüre erschien ihm zwar angemessen lyrisch, aber auch zu feminin,

Käsebrot zu infantil, gar nachlässig. Also belegte er sich eine Scheibe Graubrot mit dünn geschnittenem Braten, obenauf eine Sauergurke. Na, bitte schön, so war es gut. Beherzt biss er in das belegte Brot und trug es hinaus auf die Terrasse und von dort in den Garten. Die Sonne schien schon. Mit langen Schritten ging er durchs nasse Gras. Die Bluthunde kamen heran, denen er libellenhaft den Rücken streichelte.

*

Aus dem Garten zurück, setzte Theodor sich in den Sessel im Esszimmer und bewegte die Zehen in den Schuhen. Wann war er zuletzt barfuß gegangen, ganz barfuß? Selbst wenn er aus dem Bett stieg, schlüpfte er in Pantoffeln.

Diese ruhigen Minuten vor dem Decken des Tisches waren heute besonders ruhig, an diesem bisher alles andere als besonderen Tag, allerdings nach einer höchst besonderen Nacht und am Ende des besonderen ersten halben Monats des afrikanischen Sonnenaufgangs hier bei ihm im Hochsauerland.

Es tickte die Uhr im Esszimmer, das eine entfernte Kopie des Speisesaales der Essenbecks war, sonst war alles still. Draußen der Garten, dahinter Waldverhangenheit. Birken, Buchen und Eichen, dann der einförmige, sich in der Ferne duster zusammenschließende Fichtenforst. An den Wald dachte er höchstens in Form von Holz- und Wirtschaftswegen, würde sich im Leben jedoch nie hineinwagen, nur ganz oben, am obersten Kamm des Steinbruchs, wo die öden Kiefernreihen schon so ausgedünnt waren, dass er gut überschauen konnte, ob irgendwo ein Wildschwein kam. Nie kam eins, dafür aber in seinen Träumen. Albträume drinnen im Haus, dazu noch Weltgewühl und altbekannte Langeweile. *Kommt die Finsternis dahergeflogen. Sie erscheint, und alle Wesen hüllen, zitternd sich in Röhricht, Moos und Laub. Nur der Wildnis junge Löwen brüllen …* Papperlapapp. Er musste müde sein. Theodor rieb sich mit dem Handrücken über die Augen. Einmal hin, einmal her.

Er stand auf.

Dunkelrote Fenstervorhänge, in der Mitte der leuchtend aufragende Tisch, lang, dunkel und schwer, mit geraden, in der Mitte vergoldeten Beinen. Um den Tisch herum standen Armstühle mit weichen Lehnen. Der getäfelte Fußboden des Esszimmers war mit seidigen Perserteppichen und Tierfellen belegt. Unter dicken grüngoldenen Stofftapeten liefen weiße Schiebeschränke einmal um das Esszimmer herum, in denen das Porzellan lagerte, Tassen, Untertassen. Die verschiedenen Arten von Tellern gab es je in hundertfacher Ausführung, dazu kamen Schüsseln, Platten, Serviettenringe, Tischleinen, Servietten, das Tafelsilber, hohe und niedrige Kerzenhalter.

Theodor, der zwar öfter Abendessen für die oberen Schichten des Hochsauerlandes veranstaltet hatte, konnte nun erst recht loslegen. Abendessen für die aufgehende Sonne aus Afrika. Nichts schien seinem kühlen Hirn ausgefallener.

Theodor wollte alles. Theodor, der von verschiedenen Frauen einmal vier Töchter haben würde, die er allesamt zu Bildung und Ausbildung zwingen würde, war selbst *entirely self-made,* wie es später heißen würde, aber nicht im Sauerland, dort sprach man noch lange nicht von solchen Dingen, geschweige denn Englisch. Im Sauerland war Theodor zunächst Drahtzieher und wurde, schleppend und durchsetzt von Wutanfällen und vielen Unterbrechungen, im Laufe der Jahre zu einem geschätzten Ökonomen, Autor der berühmten Geldschwundtheorie, trotz abgebrochenem Studium Träger der Ehrendoktorwürde der Universität Hagen, Unterzeichner sämtlicher Briefe an seine Töchter mit »Dein Dich liebender Vater, Dr. Theodor Hasselt«.

Doch jetzt war es noch das Jahr 1926, und Theodor wollte Kinder, was nicht zuletzt Albas Blicken geschuldet war. Tierblicke, die an seinen Hosenbeinen auf und ab glitten, ohne jemals wirklich am Reißverschluss haltzumachen.

Seinen Töchtern würde er beibringen zu schießen, nicht aber den Tisch zu decken. Für die Mahlzeiten wollte Theodor Schönheit. Mahlzeiten mussten dauern, insbesondere am Abend, wenn draußen Ruhe war und drinnen die erste Flasche Wein zur Neige ging. Sie begannen mit süßlichem Wein, Mayonnaise, scharfer, senfhaltiger Butter, Holländerkäse und viel Brot, dazu Gespräche über den Tag, die Drahtzieherei. Geladen waren entweder Theodor und Bauschekleidmutter, die Nachbarn Horstens und Falbens, die Kleinens und die Wetterspechte. Geschäftskunden, Fabrikaufseher, Drahtziehmeister, Eisengießer oder Albert Essenbeck. Nie aber aß Theodor allein.

Bis Alba das Tischzeremoniell grundlegend veränderte, durfte ein Gast es in Theodors Gegenwart nie übertreiben, musste mit beschlagenen Gläsern und vollen Bäuchen allzu ausgelassene Gespräche schnell beenden und sich unverzüglich wieder dem prachtvollen Tisch widmen. Am liebsten hatte es Theodor, der die Religionen nicht mochte und dennoch zu Ostersonntag pflichtbewusst den Pfarrer zum Lammbraten einlud, wenn seine Gäste blinzelnd, wie in das Licht von Festtagskerzen starrend, sich leise und andächtige Worte über das prachtvolle Tischdekor zuraunten.

Die Hauptgänge wurden auf dicken bestickten Tischtüchern serviert, in deren Mitte mit immer anderen Blumen gefüllte Körbe standen. Im Alltag waren dies meist Arrangements aus Lilien und Engelwurz, für wochenendliche Festlichkeiten sollten sie alles übertreffen, womit die gerbgesichtigen und dickhändigen Horstens und Falbens, die Kleinens und die Wetterspechte und selbst die ätherischen Essenbecks ihre Tafeln schmückten.

Blumen, so befand Theodor, können arm und lumpig sein, krautig aus vergessenen Blechbüchsen oder Dachtraufen wachsen. Für ihn gab es niedere, mit Staub überzogene Blumen an Straßenrändern, jämmerliche, die auf Fensterbrettern dämmern, gefallsüchtige, dumme Allerweltsblumen, die in gemusterten Porzellantöpfen ihren Platz haben. Theodors Blumen waren nichts von alldem. Sie waren von klarem, bestimmtem Grün, trugen Blüten an blauroten Zweigen oder glimmten wie Weinstein, fossiles Elfenbein oder schwefeliges Gelb. Unter im Hochsauerland nie gekanntem Aufwand ließ er Blumen aus dem »Ausland« bestellen. Sie wirkten beinahe künstlich, wie aus Taffet oder Stein. Sie quollen und wucherten auf dem Esstisch, lagen schräg oder hingen in Bögen, so, wie sie eben wuchsen. Und Alba liebte Blumen, vor allem seine, nur darauf kam es ihm von da ab an.

*

Frau Zirrsonn, die Haushälterin, trat ein, erstaunt, um diese frühe Uhrzeit ihren Arbeitgeber wie zuletzt öfter in Gedanken verloren in einem der Armstühle sitzen zu sehen, und fragte, ob er schon eine Wahl für den Abend getroffen habe.

Theodor starrte sie kurz verdutzt an, stand flugs auf und sagte: »Aber ich bitte Sie, wo denken Sie hin.«

Die feuchte Luft, die selbst im Sommer von draußen hineinwehte, streifte seine Beine. Was folgte, war immer dasselbe. Theodor ging die weißen, niedrigen Schränke ab, leicht gebückt, mit dem Blick des Inspektors. Vielleicht die einzigen Momente, in denen sich seine Schultern rundeten, waren die, in denen er das Tischarrangement für den Abend aussuchte. Oberste Regel: Neutral musste es sein, elegant, fein, nicht zu blass, durfte weder Jahreszeit noch Wetter widerspiegeln, musste immer und zu allen Gelegenheiten passen, verwirren und erstaunen. Platzteller, Speise-, Suppen- und Salatteller, links davon der Brotteller mit Silbermesser bildeten den Grundstock jeden Gedecks, gleichfarbig, gewaltig und archaisch, nur leicht schattiert voneinander abgesetzt wie ein Buonarotti-Epigramm, wie ein in den nordischen Wind geholter Traum des Aischylos. Titanenmund. Das hatte er heute für Alba vor. Woher das Wort kam, wusste er nicht. Von der *Ilias* hatte er bloß die ersten paar Seiten gelesen, und das auch noch zerstreut.

Es musste vor knapp einem Jahr im Sommer gewesen sein, zur Zeit des Borkenkäfers, das Thema Holz hatte ohnehin schwer auf seinem Gemüt gelegen, und Frau Zirrsonn hatte vom Iserlohner Stadtbäcker Baumkuchen mitgebracht, übertrieben groß und wulstig wie ein Autoreifen, da hatte sich Theodor zum ersten und zum letzten Mal zu einem Tischmotto hinreißen lassen: braune Servietten, zapfenfarbene Teller, weißliche Blumen auf langen Stielen und hier und da eingestreute, in kleinen Wasserschalen schwimmende altrosa Blüten. Er hatte für sich eindecken lassen, für Bauschekleidmutter und für die Hagener Bankierstocher Marthe, die damals noch nicht mit Albert verlobt war, sondern einzig zu Theodor aufschaute. Marthe, seine Jugendliebe, seine Immer-nur-fast-Liebe, früher nicht mit Wasserwelle wie heute, sondern mit wilden Haaren, Perlenzähnen und noch nicht überschminkten Sommersprossen. Marthe, die immer schon wusste, dass in ihrem Leben die Zweckehe Vorrang vor der Liebe haben würde, und die trotzdem oder gerade deswegen an ein Wunder glaubte und Theodor traf, immer wieder traf. Arm in Arm gingen sie nachts unter Bäumen entlang, ins Nichts treibend wie Eisschollen auf Ozeanen. Wie brav sie waren, wie sie aufeinander warteten, wissend, es gab nichts zu warten. Zwei edle Liebende, deren Ufer immer anderswo war.

Am Tag des Baumkuchens hatte Marthe die Hände im Schoß gefaltet, die länglichen gelben Augen fokussierten seinen Hals, während er redete, das Glas erhob und die farblich abgestimmten Gerichte ankündigte: Braten in braunschwärzlicher Soße, Knödel mit brauner Butter. Vielleicht war es die deplatziert wirkende Zingara-Sauce, die den folgenden Stimmungswandel auslöste, vielleicht aber auch die nagende Angst vor dem Pleitegeier, weil die Überweisung seines Kontraktors über hunderttausend zwei Tage länger als sonst auf sich hatte warten lassen.

Theodor war einer einzigen Sache verschrieben, dem Streben nach Geld, und damit einhergehend, dem Drang, stets das Beste zu kaufen, was mit Geld zu haben war, ein Charakterzug, der für sein Vermögen und seine Angst vor dem Pleitegeier gleichermaßen verantwortlich war: War etwas für dreißig Mark zu haben, musste es auch für neunundzwanzig gehen. Wenn ihn etwas mehr kostete als geplant, gab er das Geld dafür trotzdem aus, weil er es nicht liebte aufzugeben, was er einmal begonnen hatte.

Als die Sauce heranschwappte und Frau Zirrsonn beim Balancieren des Tabletts auch entsprechend wichtig und fischig dreinschaute, die Sauciere aber unbeholfen auf das Tischtuch plumpsen ließ, war es aus mit sauerländischer Contenance und Schwafelei über das Zusammenspiel von Braun, Pink und Baum. Da war sie, die Eklipse, die Wut.

»Weibisch!«, hatte Theodor plötzlich geschrien und den Löffel von sich geworfen. Mit einer Bewegung wischte er sein Gedeck vom Tisch. Sauce, Knödel und Braten fielen auf das Tierfell am Boden, wo Frau Zirrsonn am nächsten Morgen knien würde, um mit einem Tüchlein die Essensreste aus den verklebten Haaren zu entfernen. Die Teller blieben wundersamerweise ganz, was Theodor noch mehr aufbrachte. »Verdammtes Zeug, kann es nicht einmal klappen!«

Nun war wenigstens die Vase dran. Dünnstielige Blumen flogen an die Wand. Theodor stürmte hinaus. Während seines Geschreis hatten die Damen der Runde stumm zugeschaut. Bauschekleidmutter betreten, aber auch abwesend, Frau Zirrsonn undurchdringlich, aber mit flackerndem Blick. Einzig Marthe, großartig, stark, reich, hob die Augenbrauen.

»Tja, du bist eben doch der Herr im Haus«, sagte sie mit gönnerhaftem Lächeln, doch ihre Stimme hallte der Stille nach, die Theodor hinterlassen hatte.

*

Wer einmal das Vorrecht hatte, Zeuge einer offiziellen Zusammenkunft der Hasselts zu werden, insbesondere als Theodor jünger und Vater und Mutter Hasselt noch intakt genug waren, sämtliche, auch entfernte Familienmitglieder um sich zu scharen sowie die obere Kaste des Sauerlandes, allen voran die Essenbecks, wie man sich immer irgendwie zusammenrottete, für verschiedene Anlässe wie Hochzeiten, Verlobungen, Jubiläen oder schlichtweg Bratenessen – man war untereinander durch gleiche Prinzipien und ähnliche Vermögen verbunden –, dem dürfte bei solchen Zusammentreffen etwas ebenso Augenfälliges wie Unerklärliches klar geworden sein, nämlich, dass die Hasselts, was Werte und Gewohnheiten anging, und unabhängig davon, ob die einzelnen Familienmitglieder einander mochten oder nicht, innerhalb ihrer Kaste eine bedeutende Einheit darstellten und gleichzeitig ein gestochen scharfes Abbild der oberen sauerländischen Gesellschaft.

Dem Beobachter der mit gepflegten tannenzapfenfarbenen Anzügen und feinen Kleidern Ausgestatteten wurde ein je nach Festlichkeit kurzer oder langer Einblick in die Vorzeichen von Blut und Geschichte gesellschaftlicher Werdegänge gewährt. Wer die Hasselts besuchte, würde das Patriarchat kennenlernen, würde vielleicht ansatzweise verstehen, was Goethe gemeint hatte, als er dichtete: »Wenn im Unendlichen dasselbe sich wiederholend ewig fließt«, würde eine Ahnung von dem Gefühl bekommen, den der Anblick eines Höhepunkts, der höchsten Blüte von etwas in denen verursacht, die etwas vom Untergang verstehen. Die Hasselts, bald hineinkristallisiert in Theodor allein, waren Paradebeispiel für die Einsamkeit und den Erfolg der sauerländischen Drahtzieherkultur sowie für die patriarchale Grundregel »nimm dir zum Untertanen, was dich bittend anschaut«, eine Einstellung, die sich als irrer, zunehmend sich selbst auflösender roter Faden bis in den noch unendlich weit entfernten Herbst 2017 ziehen sollte, als es um die im Sauerland gänzlich unbekannten Worte wie Filmindustrie, Casting-Couch und mehr gehen sollte, und ab dem alles fast anders wurde, aber wirklich nur fast.

Will man also begreifen, wie und wann sich das Schicksal des Patriarchats erfüllen wird, so könnte es nützlich sein, zuvor die Kultur des Sauerlandes in den Jahren nach dem ersten großen Krieg, das Leben der dem Untergang geweihten einzelnen Stände und Schichten zu erfassen und zu überlegen, in welchem Verhältnis es zum restlichen Leben in Deutschland stehen könnte.

Im westlichen Sauerland, gemeint ist die Gegend Märkischer Kreis, das sogenannte protestantische Westend links vom eher katholischen Arnsberg, gab es drei erwähnenswerte Städte. Iserlohn, an deren Rand die Hasselts und Essenbecks lebten, in raffinierter Zweideutigkeit auch Waldstadt genannt, wegen der hinterwäldlerischen Bewohner und der allgegenwärtigen Fichte, war bereits 1926 ein architektonisches Potpourri aus Spätbarock, Gründerzeit und Gott sei Dank seltenem Fachwerk. Dann noch die Stadt Altena mit der dazugehörenden Burg und zuletzt Hagen. Aus diesen fast ineinander übergehenden Städten kamen sechs Familien, die aus unternehmerischer Sicht Achtung verdienten. Sie entstammten der oberen Mittelschicht und arbeiteten in Stahl, Eisen, Erz und Tabakdosen, außerdem Spaten und Schaufeln. Zuvorderst stand das Stahlgeschlecht der Essenbecks, gefolgt von der Hasselt'schen Drahtzieherdynastie, deren Vorfahren Kettenhemden geschmiedet hatten, die sie nach Russland und England exportierten, dann kamen, mit einigem Abstand, die Horstens und Falbens, die Kleinens und die Wetterspechte. Letztere betrieben das für die Region wichtigste Hammerwerk für die Gewinnung von Osemund. Im Vergleich zu dieser oberen Mittelschicht hatte der ohnehin schon lange nicht mehr existente Adel nie etwas Bemerkenswertes hervorgebracht.

Das Westend war weniger bergig, nicht wie das Hochsauerland um Arnsberg herum, dafür kluftig und gezackt, mit Wasserrädern und zwischen dünnen Kieferwäldern durchschimmernden Steinbrüchen und dusteren Seen, auf deren Oberflächen graue Wasserflöhe liefen. Das westliche Sauerland also, bestehend aus den erwähnten drei Städten und Wald, dazwischen eingestreut lose Häusergruppen und Dörfer, Wiesen und Landwirtschaft, lebte von Draht und

Stahl. Arbeiterlegionen aus Köhlern, Eisenhändlern, Holzfällern sowie feinmaschige Infrastrukturen aus Ufern, Hügeln, Waldrestaurants und Bergwerken bedienten die Drahtzieherindustrie und umgekehrt.

Fährt man heute das Lennetal hinunter, zweigt links das Ramedetal ab, rechts das Nettetal, und dann liegt sie dort, wie ein an Land gespülter Walfisch, längs der Baumsäume, die alte Welt der Kleineisenindustrie, die kantigen und schmucklos gebauten Drahtziehereien, deren Öfen und Positionslampen nicht mehr nachts durch Bäume und Dampf hindurch leuchten; an den Wegrändern lagern rostige Drahtrollen, die Fenster mancher Werkshallen sind eingeschmissen.

Doch noch ist es nicht so weit. Noch betritt Theodor Hasselt, undurchschaubar, mit flachen Wangen und flachem Gesäß, morgens die Drahtzieherei, metallen feuchtes Reich aus Draht, Stabstahl und kalt gewalztem Band, aus Textilnadeln, Werkzeugen, Weblitzen und Ösen, Zieheisen und Maschinenteilen. Unter gesenkten Lidern betrachtet er die Maschinen, lauscht Berichten der Werksleiter, ganz Ohr und doch anderswo. Einzelheiten jeglicher Geschäfte, so wurde es von den Hasselts seit je gehandhabt, wurden nicht im Büro, sondern zu Hause hinter verschlossenen Arbeitszimmertüren geregelt.

Außerhalb der Welt aus Draht, Stahl und Osemund war aus Sicht der obersten Kaste des Westsauerlandes nur wenig von Bedeutung. Personen traten wie aus einem Fichtennebel nur vage auf und gingen wieder ab, Geschehnisse, die nichts mit den eigenen Angelegenheiten zu tun hatten, verblassten schnell. Obwohl die Familien Hasselt und

Essenbeck nicht groß waren und im Laufe der Jahre immer weniger Nachkommen hervorbrachten, sahen die einzelnen Mitglieder doch nur einander. Die Familie war inneres Kettenhemd gegen die ihrer Klasse und ihren Ansichten gegenüber gleichgültig wirkenden Mächte der Welt.

Vater Hasselt, gütig und fest im Willen, mit seit je grauem Haarkranz und wässrigen blauen Augen, der das Gefühl verrinnender Zeit nahezu begraben hatte, glaubte an harte Hüte und würde niemals weiche formlose Kappen aufsetzen, wie sie am Ausgang des neuen Jahrhunderts in Mode kamen. Theodor hingegen trug nur selten Hut, Strohhüte erschienen ihm weibisch.

Die imposanten Anwesen der Essenbecks und der Hasselts – »oben beim Drahtzieher« bedeutete dasselbe wie »hoch in der Luft« –, das eine riesig und hell, das andere kleiner und schwerer in der Form, lagen nebeneinander, allerdings getrennt von disteligen Wiesen und einem kleinen Wald und abseits der Stadt Iserlohn, mit der sie durch eine schmale, von Pappeln gesäumte Ausfallstraße verbunden waren, und durch das Band der Freundschaft zwischen dem alten Essenbeck und dem alten Hasselt und ihren beiden einzigen Söhnen. Die Lage dieser Häuser, abseits und einander nah, war für die Hasselts ebenso wie für die Essenbecks von eminenter Wichtigkeit, symbolisierte sie doch gegenseitigen Erfolg und Abgrenzung von den anderen sonderbaren Gesellschaftsschichten des westlichen Sauerlandes, die knotige Finger hatten und Kohlrabigeschmortes und Apfelpfannkuchen fraßen.

Das Anwesen der Hasselts lag auf einer Anhöhe, gleich unterhalb der Villa Luft, und war von einem Garten umgeben. »Tiergarten«, sagte Theodor gerne lachend und hob das Glas gen Fenster. Das Haus war voll mit baumelnden Lüstern, Ahnenbildern, von umliegenden Burgen abgekauften Wappentruhen und Eisenschildern.

Die Hasselts waren seit je Jäger und Reisende, die das Iserlohner Anwesen mit Dingen »von außerhalb« füllten. Im Esszimmer stand ein ausgestopftes Gnu direkt neben dem Kamin. In der Eingangshalle grüßte eine Ritterrüstung, die Theodors Großvater aus einem Schloss nahe der Loire mitgebracht hatte. Im gesamten Haus gab es Felle an der Wand und Tapisserien, ein gotischer Wasserspeier stand in der Ecke gleich neben der Eingangstür, darüber an der Wand hing eine Felltrommel unbekannter Herkunft. Der mit inneren Großbuchstaben und vielen Ausrufezeichen versehene wundersamste Raum war das Wohnzimmer. Es war riesig und mit roten Perserteppichen ausgelegt, durch die sich ein blauadriges Muster zog. Die Wände oberhalb der Holzpaneele waren mit roter Seide tapeziert; auf den knalligen Stoff waren winzige Bienen genäht. An den Wänden Spiegel, Hörner, angelaufene Ölgemälde.

Von der Terrasse aus konnte man das bleiche Iserlohn sehen, verschiedene Kirchtürme und dahinter Fichtenwald. »Nach oben« zum Drahtzieher gelangte fast nie jemand. Die Menschen, die in Iserlohn lebten, hatten andere Interessen und Berufe. Metzger, Schlosser, Bäcker hatten keinen Grund hochzufahren. Notare allerdings schon; sie berieten die Hasselts in Landfragen und Geschäftsangelegenheiten.

Theodor, leuchtendes Abbild der Achtbarkeit, immer noch leicht gebräunt und gut rasiert, bewegte sich mit aufmerksamer, forschender Sicherheit. Gesprächspartnern, ob Angestellten, Freunden oder Weibern, lauschte er mit gewohnheitsmäßigem Stirnrunzeln. Man war stets auf der Hut. Seine festen Augenbrauen und glatten Wangen waren Merkmal von Wohlstand und Ansehen des Drahtziehers und Stempel der Familie, weitergegeben über Generationen, so lange und tragend, dass es nicht mehr lohnte, nach den Ursprüngen zu suchen.

Mit einem Misch aus Wachsamkeit und Sehnsucht blickte Theodor, der keinerlei Eingriffe in sein Eigentum duldete, auf Alba. Er witterte etwas, diffus und noch unter der Oberfläche der Dinge. Es war das Gefühl imminenter Gefährdung. Die Gesellschaft des Sauerlands wusste wenig bis nichts von Alba. Doch sie war nicht die erste von außerhalb kommende Frau und würde nicht die letzte bleiben; ihre Anwesenheit allein war daher kein Grund zur Beunruhigung. Doch kam Alba ihren gesellschaftlichen Pflichten gelegentlich, und würde dies künftig immer öfter tun, mit gelöstem Haar und in glitzernden, kaftanartigen Kleidern nach.

»So seltsam, mein Lieber«, sagte Bauschekleidmutter hierzu. »Wirklich ganz seltsam.«

Frau Zirrsonn, die nicht immer ihre Brille trug, hatte die Kaftane oben im Schrank der gnädigen Frau entdeckt und versucht, sie als Tischtuch über den Nachtstand oder zumindest doch über den Schreibtisch zu drapieren.

Als wären sie keine Drahtzieher, sondern Bildhauer, die grübelnd und stirnrunzelnd um ein ihnen noch nicht ganz klar vor Augen stehendes Objekt herumgingen, es von der einen Seite betrachteten, dann von der anderen und von schräg oben, hatte die eingeschrumpfte Familie Hasselt intuitiv erkannt, dass die Kaftane sowie Albas offenes Haar für etwas standen, das sie nicht erfassten, das aber im Begriff war, sich anzubahnen, und weit mehr aufmischen sollte als Theodors Seelenfrieden.

*

Draußen klopfte der Gärtner und brachte die Palmwedel für das Gedeck Titanenmund. Wer Unbescheidenes vorhat, muss bescheiden anfangen.

»Die hier, die hier nicht. Für den Nachtisch dann diese Schalen.« Frau Zirrsonn, pummeliges Gesicht, zu schwerer Haarhelm, verfasste Notizen. Später würde sie die Gedecke aus den Schränken tragen und auf dem Tisch arrangieren. Am Ende würde Theodor kommen, für den letzten Schliff.

Die Zirrsonn folgte ihm dicht und mit aufreizender Behaglichkeit. Theodor richtete sich von der Inspektion eines Stapels korallenfarbiger Teller auf und trat einen großen Schritt vorwärts. Frau Zirrsonn trippelte nach. Noch einen Schritt. Noch einen. Sein Gemächt regte sich und krümmte sich sogleich wieder entsetzt zurück. Theodor kam Angestellten selten zu nah. Nie würde er sie berühren. Er hielt inne. »Frau Zirrsonn, ich bitte Sie.«

Gern hätte er nun den kleinen Finger energisch im rechten Ohr hin und her bewegt. Stattdessen zog er das Jackett aus, um beim vornübergebeugten Suchen mehr Bewegungsfreiheit zu haben.

Als er in die Küche kam, roch es nach Ente und Bohnen. Theodor, dessen Ärmel wieder im Jackett steckten, ging die

Töpfe entlang. Aus dem Esszimmer hörte er die Zirrsonn keuchen und prusten. Teller und Platten waren schwer und die Zirrsonn langsam, also musste er so lange hier wachen. Zögerlich nahm er einen langen Holzlöffel in die Hand, legte ihn dann knallend wieder hin. So weit käme es noch.

Er, der es bis in die Erektion hinein hasste, wenn Bedienstete sich ihm körperlich aufdrängten, hatte überhaupt nichts gegen zu große Nähe, wenn es darum ging, lehnsmannhafte Befehle zu erteilen. Theodor merkte nicht, wie weit er sich zu Frau Zirrsonn hinüberlehnte, die soeben mit hochrotem Kopf die Küche betreten hatte.

»Darf ich Ihnen auch noch beim Wurstschneiden helfen, Gnädigste?«

»Damit bin ich fertig, Herr Hasselt. Fünfzehn Scheiben, wie aufgetragen. Dazu gebuttertes Brot. Das sollte zum Aperitif reichen«, sagte die Zirrsonn mit halb gesenktem Kopf, die Augen feucht vor Gehorsam.

»Na, Schwamm drüber«, sagte Theodor versöhnt und hätte der Dienerin fast die Schulter getätschelt. »Sie wissen, dass ich die Ente mit vielen Zwiebeln mag. Gute Güte, dass das immer noch nicht in Ihrem Oberstübchen angekommen ist! Und wenn Ihnen beim Herausheben der Tellerstapel das nächste Mal einer Ihrer abenteuerlichen Winde entfährt, so warten Sie doch bitte, bis ich außer Hörweite bin. Zum Wein nehmen wir heute den Neuenrader Cru. Sie haben hoffentlich daran gedacht, die Brötchen mit einer Serviette zu umwickeln.«

Immerhin war der Tisch gedeckt, die bestickte Tischdecke glatt gezogen, die Servietten waren gefaltet, die Gläser poliert. Langsam, als sei er der Messdiener eines alten byzantinischen Rituals, ging Theodor noch etwas hin und rückte hier, zupfte da. So. Perfekt. Doch noch vor der geplanten Vorspeise ging seine Euphorie über den gelungenen Titanenmund in Melancholie über, zumal sein bester Freund Albert Essenbeck unvorhergesehen hereingeschneit war und fast zum Aperitif geblieben wäre.

»Na, Alter«, grüßte Albert, wobei er das »L« westfalenhaft um die eigene Zunge gewickelt herauslallte. »Da hab ich dich endlich. Siehst gut aus. Respekt. Willst mir wohl ausweichen, hast nie zurückgerufen, bist wohl beschäftigt, woll.« Albert lachte kurz auf, machte eine vage, anzügliche Handbewegung und blickte sich gespielt suchend um. »Na, Schwamm drüber. Wo sind denn alle? Wo ist dein Cousinchen? Bei uns im Werk sprechen alle von ihr, nur ich kenne sie nicht.« Albert zog vorwurfsvoll die Augenbrauen in die Höhe. »Und nun kam auch noch Marthe mit einer sonderbaren Geschichte zu mir.«

»Oh«, Theodor wurde aufmerksam und machte entgegen seiner Natur eine vage Handbewegung.

»Deine Cousine Alba, in die du so vernarrt bist …«

»Wer sagt denn so was?«

»Nun, man sagt es eben. Marthe wollte dir neulich die Fakturahefte zur Durchsicht bringen. Sei froh, dass du sie für die doppelte Prüfung hast. Aber man könnte meinen, sie wolle nicht, dass irgendjemand dich zu sehen kriegt, außer sie.«

»Was soll denn das nun schon wieder?«

Theodor schob das Gebiss vor und räusperte sich.

»Pardon?«

»Ach, nichts.«

»Marthe kam ganz aufgebracht wieder. Du warst nämlich nicht da gewesen, und deine Alba hatte sich geweigert, ihr die Türe zu öffnen. Sie sei nackt, hat sie herausgerufen und Marthe gezwungen, sich durch die Tür hindurch mit ihr zu unterhalten. Warum diese Hochnäsigkeit? Ist das was Afrikanisches?«

»Drück dich genauer aus, lieber Albert. Ich verstehe dein und Marthes Problem nicht. Was meinst du?«

»Warum sie Marthe so behandelt. Glaub mir, wenn das erst mal losgeht, dann bist du verloren. Auch wenn dir irgendwann die Schuppen von den Augen fallen. Denk an all das Geld, das du noch für sie ausgeben musst. Die Urlaube. Die Fahrten nach hier und da.«

In Theodor regte sich Unruhe. Etwas Schweiß perlte auf seiner Oberlippe. Es galt unter allen Umständen zu verhindern, dass Alba ausgerechnet jetzt herunterkam.

»Ich finde, du lehnst dich etwas weit aus dem Fenster, mein lieber Albert.«

Wenn Marthe Theodors schambehaftete erste Fast-Liebe war, war Albert Theodors engster und einziger Jugendgefährte und immer noch bester Freund. Beide, Marthe und Albert, hatten sich zu Theodors großer Erniedrigung in die Drahtzieherei eingemischt. Marthe kannte das Finanzwesen, obwohl sie weder die Schule ganz abgeschlossen noch studiert hatte, und Albert brachte die Idee mit neuartigen Investitionen. »So macht man das doch unter Freunden, Theo.«

Der Gedanke ließ Theodor heute noch würgen.

Albert und Theodor teilten sich Nutten und Frauen, zumindest eine, denn Theodor war lange klar gewesen, dass es auf Albert und Marthe hinauslaufen würde. Da ihre Familienanwesen in unmittelbarer Nähe voneinander lagen, Theodors von einer hohen, bewachsenen Mauer umschlungen, Alberts Villa auf Hügeln und Wiesen lagernd, spielten sie als Jungen fast täglich miteinander, meist im Gewächshaus der Essenbecks, aßen hart gekochte Eier und tranken Saft, eine Kombination, die ihnen Bauchschmerzen machte. In Laken gewickelt, mit Helmen und Holzgewehren ausgestattet, stellten sie edle oder grausame Taten nach, die sie sich in alten Bildbänden ausgesucht hatten. Im Treibhaus gab es Blindschleichen. Sie lagen in oder hinter Blumentöpfen, auf Beeten, auf den schmalen Gehwegen zwischen den Pflanzen. Ihr Geruch, der dem von Krabbendärmen gleicht, begleitete Theodors und Alberts Spiel.

Albert also, der mit Ironie nicht umgehen konnte und mit Metaphern schon gar nicht, dessen dreihundert Zimmer große, mit unzähligen unter Böden verlaufenden Rohren für Heizung, Lüftung, Wasser und Abwasser an ein Schlachtschiff mahnende Villa Luft sowohl außen als auch innen gänzlich auf die Zirkulation selbiger ausgerichtet war, Albert, der es weder adlig noch bürgerlich mochte, sondern industriell, wurde von einem womöglich zuletzt als Junge gefühlten Jagdtrieb gepackt, und Theodor sah es genau. Blinkende Augen, lechzender Mund. Auch wenn Theodor tief in ihm drin um die langfristige Aussichtslosigkeit eines solchen Vorhabens wusste, galt es unverzüglich, dem Aufeinandertreffen von Albert und Alba vorzubeugen, es auf unbestimmte Zeit hinauszuzögern. Zumindest nicht heute, nicht hier und jetzt auf seiner Terrasse durfte es dazu kommen. Alba. Dann plötzlich, mit Adlerblick, der seinem Profil viel zu bekömmlich war, und unangenehm geschäftigem Klang in der Stimme, sagte er: »Aber neugierig hat sie mich schon gemacht, deine Alba. Ich glaube übrigens, ich habe sie neulich durch die Fenster der Werk-Kaffeeteria gesehen. Sie hat so krusseliges Haar, nech? Der Knaller.« Alberts Zunge wickelte sich gleich dreimal um sich selbst, um das westfälische »L« besonders lang und eindrücklich zu produzieren.

Theodor wurde heiß. Dieser in fremden Ländereien wildernde Lüstling.

»So, Alter.«

Er schlug sich zum Zeichen des für Albert vorgesehenen Aufbruchs fester als gewollt auf den Oberschenkel. »Ich will dich nicht länger aufhalten. Ich sehe dich morgen im Werk.«

»Aber du hältst mich nicht auf. Ich kann gerne noch auf ein Gläschen oder zwei –«

»Dooochdochdoch, komm, hier, her mit dir, du kannst über die Terrasse raus.«

Elegant und groß, wie nur Theodor elegant und groß sein konnte, baute er sich vor Albert auf und lächelte gefährlich. Albert, der einen halben Kopf kleiner war, verstand oder verstand nicht.

»Nun denn. Du scheinst ja wirklich viel zu tun zu haben.«

Dem Waidmann sei Dank kam die Zirrsonn herein. Stürzte nahezu an Albert heran.

»Herr Essenbeck! Warten Sie, ich öffne!«

Sie drängelte sich hinter den schmalen, nur durch das Gewicht seines Reichtums stattlich wirkenden Mann, der fast vorwärts stolperte, und öffnete die Loggiatür. Amselgeschrei drang herein und Albert hinaus. »Morgen … die Sache … Drahtzieherei besprechen«, hörte Theodor noch, dann schnappte die Tür wieder zu. Er blieb eine Weile an der Scheibe stehen, bis Albert hinter der Biegung des Gartenwegs verschwunden war. Von draußen durch das Glas besehen, spiegelten sich Äste und Blätter auf Theodors feinem, glattem Gesicht. Das wäre erst mal geschafft. Bis bald.

*

Zum Titanenmund-Abend geladen waren außer Alba auch Bauschekleidmutter, der Hausherr selbst, Herr und Frau Falben. Sie groß und pferdezähnig, im langen lila Kleid, immer demselben Lappen, wie es Theodor schien, und einem für das Sauerland ungewohnten Bobschnitt, den sie aus Berlin mitgebracht hatte, wo ihre Eltern lebten. Er, fast ebenso lang wie sie, war Edelbrenner, ein Beruf, den Theodor sich fad und säuerlich vorstellte. Doch die Falbens waren angenehm polternde Gäste. Er lachte lauter als sie. Sie kicherte schrill neben ihm her. Zusammen tranken sie mindestens einen halben Liter Korn, weshalb Theodor die Zirrsonn anwies, gleich zwei Flaschen auf die Anrichte zu stellen, gemäß der Regel: eine Flasche pro Gast plus eine extra. Man weiß ja nie.

So. Theodor zog seine Uhr aus der Tasche, ein Geschenk und Erbstück der »Afrikaner« aus dem zweiten Burenkrieg. »Mit Elefantenblut auf dem Ziffernblatt«, hatte Onkel Reingard gesagt und gegrinst, als er sie Theodor übergab. Ungewohnt sanft klickte Theodor ans Ziffernblatt. Siebzehn Uhr dreißig, Zeit für den Aperitif. Der Titanenmund wartete, Albas Lippen auch, alle vier, doch der gesellige Abend verspätete sich. Warum, konnte Theodor nicht wissen. Die Falbens wurden von einem überfahrenen Reh und einer Beule in der Kühlerhaube aufgehalten.

Alba kam erst bei Zwielicht aus dem Garten herein, und als sie kam, stürzte sie, beladen mit Blättern und schlierigen Blumen, an Theodor vorbei, der sich ganz umsonst im Sessel aufgerichtet hatte. Nachdem sie von Arcimboldo brabbelnd (Theodor konnte »boldo« ausmachen, den Rest nicht) an ihm vorbeigestürmt und von oben das einlaufende Badewasser zu hören war, blieb Theodor sitzen. Lange, wie es ihm schien. Gerade. Die linke Hand ruhig und flach auf der linken Lehne, die rechte Hand ruhig und flach auf der rechten Lehne. Das Kinn leicht geneigt, die Mimik reglos und die Augen blau und wach.

Oben stellte sie das Wasser ab. Polternde Schritte, dann Stille. Trällernder Gesang. In der Küche rumpelte die Zirrsonn, lautes Scheppern, geflüstertes Fluchen gen Ofen. Die Ente war nicht gar, er roch es genau. Theodor stand auf und trat an den Tisch, auf dem das Gedeck und die Blumen im Halbdunkel schimmerten wie Fänge. Konzentriert fuhren seine Finger an allen Tellerrändern entlang. Makellos. Die Innenflächen sauber. Messer und Gabeln perfekt ausgerichtet. Die englischen dickleinigen Servietten – Theodor hielt inne. Zählte. Zählte noch einmal. Unmöglich. Fünf Gedecke, vier Servietten. Er ging um den Tisch, zweimal, dreimal. Nichts. Doch. Da lag sie, von Frau Zirrsonn vergessen und verkrumpelt aufgeworfen auf seinem Stuhl, am Kopf der Tafel.

Die Wut, die in Theodor kam, war wie Eis. Sie nahm ihm die Luft und ließ ihn atmen wie nie. Sie, die Altvertraute, die immer da war, selbst in der Freude, im Traum, die ihm Kopfschmerzen machte, so sehr, dass er mit ihr aufwachte. Die Wut, die ihn müde an der Seite der Badewanne sitzen ließ, die Hand den Rand der Emaille umklammernd, nicht ins Wasser gehen, bloß nicht. Die sein Gesicht runzelte, aber nur, wenn er ganz allein war, die er liebte, die er hasste. Die Wut kam, zuverlässig und warm, wie immer.

Theodor hob die Längsseite der Tischdecke an und zerrte. Nichts. Nichts gab seinem Griff nach, nur die Vase mit den Palmwedeln schwankte leicht. Wie er diesen verdammten Fetzen hasste. Ihm wurde heiß. Er zerrte noch einmal vergeblich, lehnte sich dann weit vor, bis er mit den Händen die in der Tischmitte stehende Vase zu fassen kriegte. Wasser kleckerte auf seine gebügelten Unterärmel. Die Vase flog durch den Raum hinaus auf die Terrasse und barst. Die Palmwedel, nun nass auf den im Halbdunkel liegenden Fliesen ausgebreitet, lagen schlaff und schmierig wie Algen. Theodor nahm sich genau eine Sekunde Zeit für die Betrachtung, rannte dann im zweifachen Hoppelschritt zurück zum Tisch und griff den Schürhaken, der stets treu an der rechten Armstütze seines Sessels lehnte. Wie er die Scherben lieben würde, die nun kämen. Konfetti aus Rostrot und Ochsenschwarte. Theodor fragte sich, ob er die fünftausend, die das Gedeck gekostet hatte, gleich hier vor aller Augen verbrennen sollte, um den Damen der Runde mal eine Vorstellung vom Leben zu geben, ließ es dann aber sein.

Von dem Getöse nach unten gelockt, kam Alba, kam die

Sonne, seine Sphinx, duftend, im gelben Chiffon, das bedeutende Haar lose und frisselig. In der auf jede Wut folgenden tauben Ruhe trat sie ein, stieg leichtfüßig über Scherben und dicht an Theodor ran, der sie herrisch von sich weg und schräg hinter sich schob, als gelte es, einer nahenden Wildsau auszuweichen.

»Komm und massier mir die Füße!«

Genau eine Minute lang war Alba willfährig und bebend beflissen. Es klopfte an der geöffneten Terrassentür. Natürlich. Albert, mit einem Vorwand:

»Ich habe vergessen, die Fakturahefte wieder mitzunehmen!«

*

Die Woche nach dem Tag der großen Wut und dem Abend, als Alba Albert zum ersten Mal traf (die beiden Namen aufeinandergeprallt erschienen Theodor absurd), war mild, obwohl Nebel in kleinen Flimmern in die Luft stob und feucht auf ihrem und Theodors Hut lag.

Heute hatten die Essenbecks ihrerseits eingeladen, die Sauerlandlinie lag schon im Abenddämmer. Alba war die breite Auffahrt fast hochgelaufen, so wenig konnte sie es erwarten, die Villa Luft zu sehen, von der sie schon viel gehört hatte.

Noch mehr hatte Alba allerdings von den Bewohnern der Villa Luft gehört, was nicht zuletzt an Theodors Prahlerei in Afrika lag, um Alba hierher zu sich ins Sauerland zu locken. Ins Sauerland, wo Alba dann als »afrikanische« Prinzessin leben würde, vom Patriarchen Theodor und von

Bauschekleidmutter strenger bewacht, als eine ganze Armee von Eunuchen es vermocht hätte. Das war Theodors Plan gewesen, und er war nicht aufgegangen. Schon länger beschlich ihn die Sorge, die spätestens am Titanenmund-Abend in den Verdacht mündete: Alba würde sich für Albert in der Villa Luft interessieren, der wiederum hatte bereits Witterung aufgenommen. An jenem missglückten Abend hatte er Albert hochkant hinausgeworfen. Ohne Fakturahefte. Alba wollte Theodors Körper und Alberts Geld. Der schöne, aber zu kurz bis an die Grenze des Schmächtigen geratene Albert, Enkelsohn des Erfinders des Gussstahls, in der herrlichen, prachtvollen Villa Luft residierend, Fürsten und Geschäftspartner empfangend, die in der Stadt unterhalb der Villa Luft keine angemessene Unterkunft fanden, höchstens vielleicht im Gasthof »Neuhaus«.

Die jegliche Metaebene vermeidende und im afrikanischen Urwald getroffene Entscheidung, Alba bald zur Frau zu nehmen, hatte Theodor seither in immer neuen, sich im Kern wiederholenden Varianten zum innerlichen Gesetz ausgerufen, und nun bröckelte alles. Theodor wusste es genau, wegen der beiläufigen Art, in der Alba ihn auf dem Kiesweg hinauf zur Villa Luft ansah, und das Glänzen ihrer Seele kam von anderswo. Sie leuchtete, lachte, ihre Wangen waren rot.

»Komm, beeil dich, Theo. Sonst fangen sie ohne uns an!«

Als er ihr auf den Oberarm schlug, schrie sie auf.

»Was machst du?«

»Was machst *du*?«, keifte Theodor. »Du Schnalle. Ich geb dir gleich … Er ist unerreichbar!«

Sie riss ihren Arm fragend zurück, bog die Brauen hoch, er bot ihr den Ellbogen. Aber was er eigentlich sagen wollte, wieder Arm in Arm, gepflegte Gäste auf dem Weg zum schönsten Haus des Sauerlandes, er frisch rasiert, groß und bei guter Gesundheit, sie mit bedeutendem Haarschopf, wie er vage fand, dass seine Ehefrau ihn haben sollte. Dünnliches blondes Haar schien Theodor unehrlich, schwarzes Haar übertrieben. Zu extreme Farbigkeit hatte er in seinem Wunsch, Bauschekleidmutter zu gefallen, nie angestrebt. Alba hatte demnach auch braune Augen, Bernstein. Grüne wirkten verschlagen, blaue zu forsch. Nicht, dass Alba Anlass zu Misstrauen gegeben hätte, Mutter war zu beschäftigt, als dass es sie interessierte, mit wem ihre Fast-schon-Schwiegertochter flirtete. Die Gedanken neben ihr treiben zu lassen erfüllte ihn mit demselben Behagen, mit dem er Rehe ausweidete oder in der Fabrik den Kaltwalzen zusah, den ölfeuchten Breithammern, die mit langsamem, schwer atmendem Heben und Senken Metalle und Stahl bearbeiteten, zu Nadeln, Ösen und Beschlägen formten und Zunder sprühten. Manchmal ließ er in der Drahtzieherei absichtlich eine Schachtel Kofferverschlüsse fallen, nur um das Klirren von Metall auf Beton zu hören.

Theodor schlug die Augen auf. Der Park um ihn und Alba schien neu, wie von einem Herzanfall genesen. Es ist ergreifend schön hier, dachte er weicher, als es ihm die gebührende Achtung verschaffte. In die geöffneten Fenster der Villa würden Bienen fliegen. Jetzt gerade wieherte ein Pferd. Autos fuhren mit offenem Verdeck vor. Sie rollten ganz langsam über den Kies, wie es viele Jahre später in

Claude Chabrols Filmen zu sehen sein würde. Nur dass weder Alain Delon noch Romy Schneider in den Autos saßen, sondern die Crème de la Crème der sauerländischen Gesellschaft. Die Horstens und die Falbens, die Kleinens und die Wetterspechte, Rasierwasser, Wasserwelle, überhaupt zu viel Wasser, wässriges Lachen, denn wie er, Theodor, die Bande kannte, hatte es zu Hause kurz vor Abfahrt schon Schnaps gegeben. Theodor rümpfte die Nase und dachte kurz an Afrika. Die Veranda des Westflügels stand weit offen, doch die abkühlende Sommerluft blieb draußen stehen und drang nicht über die Schwelle der großen Türen, als wäre das Aufeinandertreffen von Kühl und Warm ein Bruch der Etikette. Drinnen kreisten müde Fliegen über dem Tablett mit Ei.

Wenn ich viel Geld hätte ..., dachte Alba, und der Wunsch, selbst zu verfügen, zu haben und auszugeben, verlieh ihrem Gesicht eine plötzliche volle Weichheit, die Theodor an der Schwelle zum Esszimmer stutzen machte.

»Theo, da seid ihr ja!«, rief Albert.

*

Halb Familienhaus, halb Repräsentationsstätte höchster Ansprüche, an Größe und Ausstattung von keinem Schloss übertroffen, war Alba nun endlich in der Luft angekommen. Das Esszimmer lag im Halbdunkel. Messerfeine Lichtstreifen drangen durch die Schlitze in den Vorhängen. Mit Damast ausgeschlagene Sitzgruppen, geflochtene Stühle, blühende Gewächse, Kandelaber. Hierher also. Eine dunkle Frau mit Wasserwelle kam auf sie zu, mit den selbstbewussten Gesten der Möchtegern-Hausherrin, aber unsicherem Blick, der sofort an Theodor hängenblieb.

»Theodor, wie schön.«

Ihre Stimme war tief und fein, ihr Kleid Grünspan mit Perle, weicher Kragen um den Hals. *Ein Schwan von einst sinnt um sein hohes Sein* … Alba registrierte an diesem Abend alles. Und Theodor, der an diesem Abend rasch der Weinseligkeit verfiel, dachte, er registriere die Weiber. Ihm gefielen die seltenen Gesellschaften in der Villa Luft. Nun ganz besonders, wo Alba ihn umgab wie eine Wolke. Die Essenbecks schienen ihm und seiner Cousine zu Ehren einen auserwählten Kreis geladen zu haben, doch die Gastgeber waren raffiniert und der gesamten Runde an Manier und Klasse überlegen, selbstredend hatte jeder an diesem Abend das Gefühl, die restlichen Gäste seien nichts mehr als ein zwar edles, aber letztlich zu vernachlässigendes Beiwerk der eigenen Exklusivität. Marthe war anwesend, Doktor Spietzle, die Spechtens und Pfarrer Würtz.

Im Grunde ist das eigene Milieu das einzig Wahre, dachte Theodor. Sachverständig, aufrichtig, mit nur gelegentlichen Exkursen in die lächerliche Welt der Kunst und der neuesten Kleiderschnitte. Ihm schienen die vom alten und jungen Essenbeck in jüngster Vergangenheit vorgenommenen Verschönerungen der kantigen Villa Luft übertrieben und sachte lächerlich, die Säulen, sinnverwirrend angemalte Trompe-l'Œils, aber solange die Essenbeck'schen Abendgesellschaften der Hauptschauplatz seiner kargen Freizeit wären und er hier weiterhin seine gute Laune verausgaben würde, vorausgesetzt – nun regte sich schon wieder so etwas wie Ärger hinter Theodors Brustbein –, vorausgesetzt natürlich, die raffgierige Pute ließe die Augen vom kleinhändigen Albert, Albert dem Maulwurf –

Aus seinen Gedanken gerissen, sah Theodor tief ins Gelbe von Marthes Augen. Unverhofft kam eben doch oft.

»Theo. Man hatte schon gemunkelt, du würdest die Neue mitbringen.«

Theodor besaß nicht die Delikatesse, Marthes waidwunden Blick zu deuten.

»Ja, ist sie nicht ... Ist sie nicht nett?«

»Bemüh dich nicht.«

Marthes Stimme klang kalt.

»Was ist? Gefällt es dir bei Albert nicht?«

Theodors süffisantes Halblächeln, die sich über hochgezogenen Augenbrauen wölbenden Stirnfalten erzielten die gewollte Wirkung.

»Nichts. Nichts. Ich finde dich nur so ... Ich kann es gar nicht sagen.« Sie schwieg zwei Sekunden.

»Weißt du, Theo, du könntest dich auch mal zusammenreißen. Das hier ist nicht leicht, aber du wolltest keinen Tag länger auf mich warten.«

Unerwartet schnell und fest grub Marthe ihre Fingernägel in Theodors Unterarm. Haut knackte. Das hatte er nicht kommen sehen. »Ich blute. Drück doch gleich noch mehr zu, verdammtes Stück.« Theodor brach der Schweiß aus. Die Anstrengung, die es kostete, sie nicht gleich hier im Saal vor versammelter Mannschaft in die Vorhänge zu schleudern. Sachtes Kirschrot sickerte durch den Stoff seines Ärmels. Senfgelbes Licht im Saal, hinten stand Alba und leuchtete weiß. Kurz wurde ihm schwindelig.

»Marthe, verschwinde, bevor ich mich vergesse. Ich kann

hier nicht. Ich kann höchstens in der Drahtzieherei. Du wolltest alles, wie du es wolltest. Nun bist du in der Luft, also lass mich.«

»He, Alter, da biste ja.«

Schneidig kam Albert auf ihn zu, in der Hand ein Glas gelber Flüssigkeit.

»Deine Alba kommt ja schon gut zurecht hier.«

Ganz hinten im Saal, eingezwängt zwischen einem Palmwedel und einem Canasta-Tischlein, beladen mit Glas und einem Teller Reh-Confit, stand Alba und gleich gegenüber Doktor Spietzle, der jedem Langeweiler des Sauerlandes das Wasser reichen konnte.

»Nein, nein, ich glaube nicht, dass wir dieselbe Tatzengröße meinen, lieber Herr Doktor. Bei uns gibt es nur Löwen, keine Tiger.«

Die Herrin des Hauses, Agathe Essenbeck, eine zarte Person mit überraschend buschigen Augenbrauen und ansonsten standesgemäß ausdruckslosem Gesicht, für die Albas Ankunft der einer Ungetreuen gleichkam, die eventuell die moralische Einheit ihrer altbewährten »kleinen Runde« zu sprengen drohte, bat zu Tisch. Die Sitzordnung blieb vorerst dieselbe, nur hatte sie zu Theodors großem Unmut und weil sie keine falschen Signale ob der eigentlichen Natur der Beziehung zwischen Cousin und Base hatte senden wollen, Alba Theodor gegenüber und neben Albert gesetzt. Modern, wie die Essenbecks waren, verblieb Marthe am Kopf der Tafel, dort, wo früher »Vatis« Platz gewesen war, Gott hab ihn selig.

Man begann, wie immer, mit Salätchen, dann kam das Süppchen. Auch wenn Agathes Stirnwölbung hart und fein wie immer über ihren Augenbrauen türmte und das Parfüm der Gäste gleichmäßig wie immer über den Tisch wehte, war alles anders als sonst. Für die Unterbrechung ihrer gewohnten Gespräche sorgten Alba und zu Agathes großem Entsetzen Albert. Dabei zeigte ihr Sohn, berauscht von Albas geräuschvollem Auflachen, eine Leichtigkeit der Rede, die seiner sonstigen Eloquenz um Längen voraus war – »Aber nein, Spaß beiseite, Gnädigste, wenn Sie das nächste Mal kommen, setzen wir Ihnen Fasan in Aspik vor, so was hamse noch nicht gesehen« –, bis Agathe kurz die Fassung verlor.

»Essen Sie lieber Ihre Consommé, damit Ihr Teller abgenommen werden kann«, sagte Agathe scharf zu Alba hin, die, in Plapperei versunken, den leeren Löffel mindestens schon acht Minuten in die Luft gehalten hatte.

»Huch, hier wird ja serviert, als ob es brennt. Daheim in Afrika haben wir alle Zeit der Welt, ob nun die Krevetten auf den Tellern kalt werden oder nicht«, erwiderte Alba mit gewölbtem Dekolleté. »Und erst unsere Zirrsonn, nicht, Theo? Stumm und steif im Türrahmen, ganz wie auf der Farm.«

Entzückt über ihre ungewohnte Schlagfertigkeit, warf sie, wieder zu Albert gewandt, aufs Geratewohl in den Raum: »Im Übrigen glaube ich nicht, dass die Lenne zu denselben Flutungen in der Lage ist wie der Rhein.«

Hektisch reichte sie den Suppenteller dem schräg hinter ihr wartenden Domestiken, versank in kurze Grübelei, bestürzt darüber, dass sie in der so lang ersehnten Abendgesellschaft eventuell doch weniger glänzte als erhofft. Dann: »Na, solange wir nicht in Bamberg leben.«

»Ich habe gehört, Herr Gregor Strasser liest gern Homer.«

»Diese unsägliche Bamberg-Tagung hat uns hier nicht zu interessieren.«

Albert hob das Glas und schaute eine Sekunde lang vielleicht etwas zu tief gen Sonnenaufgang.

Alba lachte hell. »Das Politische interessiert Sie also nicht?«

»Kommt drauf an, was Sie darunter verstehen.«

»Also, ich verstehe darunter gar nichts … haha … sagen Sie mir doch, was das ist. Politik. Verstrickungen. Weltklugheit.«

Sie hob das Glas und schaute durch die beschlagene Fläche in Alberts Gesicht.

»Da würde ich eher Theo fragen. Alter, besteht für dich die Verstrickung in mondänem Geschwätz oder in der Jagd?« Dann, neckisch zu Alba, die wusste, dass die meisten ihrer Antworten für unrichtig erachtet werden könnten, aus dem einen Grunde, dass sie sie eben erst erfunden hatte: »An dieser Stelle muss ich sagen: Obacht! Sie wären erstaunt zu sehen, wie viele Rehe bei uns am Morgen auf der Wiese stehen. Da kommt selbst der gewiefteste Jäger nicht hinterher.«

Theodor zog es vor zu schweigen und machte sich an die Forelle. Zum ersten Mal vielleicht schien ihm die Villa Luft, schienen ihm die Abendgesellschaften, der »auserwählte Kreis« unterste Stiege, ein Inferno an schlechten Manieren. Und dann noch Marthe, dachte er bei sich, die sich hier schon ihre Stellung sichert. Wie unaufrichtig das alles ist. Wie dümmlich. Nie mehr wird der Salon der Essenbecks derselbe sein und meinen Begegnungen mit den Weibern hinderlich. Alba erliegt der Versuchung, in den niedersten Konversationen mitzuplätschern, die unterste Matschschicht toter Phrasen.

Nach dem quälend langen Essen trat Albert an Theodor heran. Der stand am Fenster und schaute hinaus, zählte bis zehn, kam nur bis sieben. Gutes Cologne trägt er, das muss man ihm lassen, dachte Theodor.

»Deine Eingeborene ist wenigstens eine Frau, mit der man sich unterhalten kann. Man merkt gleich, die versteht was.«

»Tu doch wenigstens die Zigarre aus dem Mund, du erstickst gleich an deinem Lachen«, rief Marthe missgelaunt über den Raum hinweg. Albert hörte nicht.

»Wirklich sehr reizend, vielleicht etwas fahrig. Außerdem wirkt sie leicht verschnupft.«

»Zu Hause im Nachthemd ist sie mir lieber als bei dir im Abendkleid.«

»Sehr komisch.«

»Wir müssen nun los.«

»Warte doch, was ist denn? Die Wagen sind lange noch nicht vorgefahren. Außerdem wurde der Nachtisch doch gerade erst –«

»Theodor, hallo.« Alba hakte sich unter, leuchtende Wangen, erhitzte Stirn, das Kleid zu weiß. »Was ist denn das auf deinem Ärmel? Saft?«

*

Am nächsten Morgen hatte Alba früh schon die Fenster sperrangelweit aufgerissen. Ihr war, als kämen die Baumwipfel ins Zimmer herein. Noch jung genug, um Sommergeruch in jeder Faser ihres Körpers zu spüren, wandte sie sich wieder nach drinnen zum Bett. Theodor lag breit und ausladend wie eine aufgeschlagene Akte. Nur vordergründig ganz bei ihm, sagte sie: »Es ist, als sei das Leben nie so herrlich gewesen.« Sie hörte ihn zurücksagen: »Mir scheint, du verwechselst da etwas. Du bist gefühlsverwirrt, wie immer.« Von den Worten in seinen zunehmend wachsamen Augen beunruhigt, wandte sie sich wieder dem Fenster zu. Stumm schaute sie hinaus. Sie wollte verhindern, dass Theodors Neigung zur Analyse die Oberhand in jeder Konversation gewann. Gleichzeitig wollte sie herausfinden, ob seine grauen Worte ihre Laune trüben könnten. Also fasste sie einen Entschluss. Sie drehte sich um, rannte mit zusammengekniffenen Augen zum Bett und bohrte die Fäuste in die Decke. Zu ihm heruntergebeugt, zischte sie: »Es ist, als sei das Leben nie so herrlich gewesen!« Theodor sah sie mit seinen schönen Augen an und strich sich über den Kopf, kratzte dann über sein Brusthaar. Blieb stumm. Seufzend ließ Alba viel Kaffee bringen. Mit reichlich Schnaps darin.

Nachdem sie auseinandergegangen waren, Theodor zum Walzwerk gefahren war, unter lautem Theater und Geschrei, weil die Gamaschen klemmten, die Servietten falsch gelegen hatten, woraufhin das Frühstück unterbrochen werden musste und im Hinausgehen die Zuckerdose krachend in den Kamin flog, vor dem nun Frau Zirrsonn kniete und von den Delfter Kacheln rettete, was noch zu retten war, trottete Alba im Haus herum. Ihr Rücken stach, im Bauch schmerzte es, Lüfte entwichen ihr, klein und fahrig. Schwiegermutter mit dem Bauschekleid sah nicht auf, als sie am Teetisch vorbeistreifte. Alba wollte Sex. Mit Theodor und mit dem anderen, Albert. Schade, dass es nicht zu dritt ging. Sie musste irgendwie … Alba ging in den Garten.

Von außen betrachtet, schien Alba keine Träume und Sehnsüchte zu haben. Sie schien nicht traurig oder abgestumpft, auch nicht exaltiert froh oder besonders lebhaft. Sie war von heiterer oder dusterer Gelassenheit, wie man es nahm, schien manches Mal nicht einmal zu wissen, dass sie einen Körper hatte, denn in ihr drehte sich alles um ihr Gesicht, die viel gepriesenen Pupillen, das bedeutende Haar und die Posen, in die sie gerne verfiel und denen sie sich ebenso unbewusst zu sein schien wie ihres Körpers, etwa wenn sie im Hohlkreuz Fahrrad fuhr, mit herausgestrecktem Gesäß und hochgehobenem Rock wie eine Flamencotänzerin. Ihr Körper, den sie nicht zu kennen, höchstens im Schmerz zu bemerken schien, spielte gern Minigolf, doch erst, seitdem sie im Sauerland angekommen war, aus Afrika, immer nur Afrika in ihr, in der Hand der Schläger und hinter ihr der im Kies schleifende Kleidersaum.

Alba hätte von sich selbst nicht genau sagen können, ob sie nun Heimweh hatte oder nicht. Auf gewisse Weise fühlte es sich so an, als sei sie im Sauerland endlich in einem richtigen, echteren Zuhause angekommen. Theodors Herrenhaus roch wie die Farm in Afrika, nur eindringlicher. Ähnliche Seifen lagen herum, das Waschmittel der Zirrsonn glich dem, das Heides Angestellte verwendeten, das Bohnerwachs war dasselbe. Kleider mit identischen Schnitten, aber anderen Stoffen hielten sie wärmer und ließen ihren Po weniger wabbelig aussehen als in Afrika; die Vorhänge in ihrem Schlafzimmer sparten das Licht besser aus, serviert wurden dieselben Kartoffeln und Saucen, nur mit anderem, schärferem Fleisch darunter. Die sauerländische Sonne war fahl und das Wetter eher schlecht, während der Komfort um sie herum explodierte. Wie Pflanzen, die, gäbe es solche, im Begriff stehen, die nächste, komplexere Lebensform des Tierischen zu erreichen, und dafür neue, bessere Wahrnehmungsorgane entwickeln, rudimentäre Augen, kleine faserige Hirne, so merkte auch Alba ganz instinkthaft, dass sie es nirgends besser treffen konnte als im Sauerland. Kein Mann, kein einziger fleischiger Farmer mit fusselnder Weste und Sommersprossen auf den Handrücken würde ihr das Leben bieten, auf das ihre Eltern sie ja streng-genommen vorbereitet hatten, soweit sie eben konnten, und das Theodor ihr nun bot. Theodor, der elegant jagte, redete, schaute, nie breitbeinig saß. Der Cologne nahm, dessen Finger lang und gepflegt waren und zielgenau den Abzug drückten. Paff. Kein transvaalischer Ehemann würde ihr Bücher oder Zeitschriften aus Deutschland bestellen, auch keine Kleider, keine Tabletten, sie nicht frei walten lassen, wie Theodor es tat, ob es nun ihre Obstbilder waren, die sie im Garten zusammenklaubte, das Musizieren, die Abendessen, die er gewähren ließ, auch wenn sie bei der Zirrsonn Aufwendiges bestellte, selbst bei den mit Austern gefüllten Russischen Eiern zur Champagnersauce neulich hatte er nichts gesagt, auch durfte sie in Cafés gehen, so viel sie wollte, zu »Neuhaus«, bitte setzen Sie auf die Rechnung für Herrn Hasselt, das hatte sie nur einmal sagen müssen, seitdem war alles klar, dabei waren sie und Theodor nicht einmal verlobt.

Selbst wenn sie nie heiratete: würden Vater und Mutter eines Tages nicht mehr da sein, säße sie in Afrika auf der von Staubland und Affenrufen umgebenen Farm buchstäblich auf dem Trockenen, ohne Geld, Glanz und Plunder aus Deutschland, ohne Parfüms, Schminke und der Aura des Andersseins. Kein Regen auf dem Asphalt mehr, keine dunklen Anzüge würden sie wie Bäume umgeben, sondern ihre Kleider sähen binnen weniger Saisons alt aus, die Zähne würden ihr vor Gram und Scham ausfallen, ganz sicher würden sie das, und das Schlimmste: Kein Alkaloid würde länger ihre Wangen röten, ihr das gute Bauchgefühl geben, das sie fast ihr ganzes Leben schon spürte.

Im Sauerland konnte sie sich frei bewegen, trat nicht auf Schlangen. Kein Gatter fiel um fünf Uhr nachmittags zu, wegen der wilden Tiere, sie konnte allein zur Apotheke, allein Fahrrad fahren, rennen, schreien, niemand schien es zu kümmern, zu Hause rannten immer alle heran, nein danke, bitte lasst mich, mir geht es gut, aber Mylady, nein wirklich. Und trotzdem. In ihr drin war die rosa aufgeschlitzte Wunde mit immer dunkler werdenden Rändern, als wäre ein Pfeil in ihr stecken geblieben, der an ihr zog und Weh machte, jeden einzelnen Tag. Wie ihr das alles fehlte, was sie nicht mehr hatte und nie mehr haben würde. Die stechende Luft am Abend und die Lemurenschreie. Dass sie sich nachmittags, wenn Heide unten war, auf das Bett ihrer Mutter legen konnte, um ihren Geruch einzuatmen. Vater im Lesesessel, die Falten um seine Augen, die mit den Jahren rissiger geworden waren. Von den Angestellten zu feucht gekochtes Essen auf orangenen Tellern, die Baobabs, die Einheimischen, die raunten und schauten und deren Sprache sie nie gelernt hatte, und nun war es zu spät. Dass Heimweh körperlich ist, wäre Alba nie eingefallen zu sagen, und doch fühlte sie es. Der Geist kann gehen, wohin er will, der Körper nicht. Ihr Heimweh war der Preis, den sie zahlte.

Abgesehen vom Minigolf, fand sie sich damit ab, einfach da zu sein, in einem Zustand angespannter Trägheit, mit blässlicher Haut und der Schlaffheit an Land gespülter Quallen, vergessene Fee eines fernen Reichs, in dem sie einst wartete und nicht wusste, worauf. Viele Stunden am Tag spielte sie mit erstaunlicher Energie und Genauigkeit Bratsche, manchmal Klavier, spielte die Klassiker und Meister, Auszüge aus Mahlers Quartett in a-Moll, Mascagni, Wiener Tanzmusik, Ravels *Tzigane*-Rhapsodie, die sie in unzähligen Notenblättern auf dem zarten Ständer im Wohnzimmer stapelte und eines nach dem anderen zu Boden segeln ließ, wo sie dann lagen, und der Bluthund trat drauf. Oder sie ging in den Garten und schrieb in winziger Schrift Nachrichten auf kleine, nachgiebige Blätter, die sie in Umschläge steckte und an verschiedene Herren verschickte, die manchmal antworteten, manchmal nicht.

Im Eingangsbereich des Hauses und davor auf dem Kies machte Alba Fotos, denen prinzipiell Theodor vorstand. Überhaupt fühlte Theodor sich im eigenen Haus wie von der Presse verfolgt, auf jedem ihrer wie wahllos dahingeschossenen Bilder (dabei waren sie ins Kleinste durchdacht) tauchte er auf, beim Zeitunglesen am Herrentisch, am Waschzuber mit Rasiermesser in der gepflegten Hand, beim Inspizieren des Tischgedecks, beim Inspizieren der

Morgenpost, beim Inspizieren einzelner Familienmitglieder, wobei er immer ganz gerade vor ihnen stand, dunkler Tweed, dunkle Schultern, insbesondere wenn seine Cousine mit den welken Wangen aus Köln auf Besuch kam, mit ihren heranwachsenden Kindern, die Matrosenanzüge und kleine Krawatten trugen, die Mädchen schwarze Strumpfhosen, die Jungen Kniestrümpfe, allesamt Lackschuhe. Nur dass Alba Theodor nie in Würde ablichtete, sondern in Momenten, in denen ihm Haltung und Gesicht entglitten, mit offenem oder verzerrtem Mund, die Hand im Flug gen Tischplatte, Tischtuch, Wand oder Albas Oberarm, wo er immer hinhaute, immer an dieselbe Stelle. Das Einzige, was gleich blieb, war Theodors makellos geschlungene Krawatte, ewig und unabänderlich. Die Negative entwickelte Alba im roten Licht der Dunkelkammer im Keller des Hauses. All das im lahmen Tempo von Levitationen, verklärt, entrückt, schon längst wieder irgendwohin unterwegs oder bereits angekommen.

Viele der Herren, die Alba zu Theodors stolzem Misstrauen hofierten, waren verheiratet oder würden es bald sein. Das machte ihr nichts, und Theodor machte es auch nichts, solange es sich nicht um den handelte, den er für seine kleinen gewinnträchtigen Hände gleichermaßen zu beneiden und zu verachten begonnen hatte.

Jeder Verehrer bot Alba Gelegenheit für mehr Dinnerpartys, die sie im Sommer »Brai« nannte, den schlichten sauerländischen Gemütern fremd anmutende burische Grillfeste, auf denen die ausnahmsweise plantagenweiß und nicht erdfarben gekleideten Hausangestellten mit Silbertabletts Spalier stehen mussten, darauf orangene und himbeerfarbene Cocktails und, zum Entsetzen der Gäste, gezuckerte Oliven. Für ihre Abendessen – sie wolle die Sauertöpfe hier wieder beleben, sagte sie der schweigenden Bauschekleidmutter, die Hasselts, deren Cousine sie ja immerhin war, zu nie gekanntem Glanz führen – ließ Alba sich aufwendige Kleider anfertigen, wozu sie eine Schneiderin bestellte, die dann wie ein Igel um sie herumkroch, die Nadeln zwischen den Lippen, und Maß nahm, schnitt und drapierte. Am liebsten mochte Alba Kreationen aus Tüll und Seide, die vorzugsweise die Arme freigaben, sodass ihre blauen Flecken im Halbdunkel des Esszimmers eindrucksvoll leuchteten.

Für ihre und Theodors Dinners also gab sie zu Theodors großer Verwirrung, die sogleich in Lethargie mündete, in Leinen gebundene Speisekarten in Auftrag, mit immer anderen Menus – mit Trüffeln und Foie gras garnierte Poularde Derby, Soufflé Rothschild, Reis nach Kaiserinnen Art, Wachtelpasteten mit glasierten Trauben, sodass die High Society des Sauerlandes schon vom neuen »Couple fatale« sprach, erst zaghaft, dann immer lauter. Alba lud benachbarte Familien, Verehrer und Freunde gleichermaßen ein, außerdem und mit wiederkehrender Regelmäßigkeit die Kapriziöse der Stadt Hagen, Besitzerin des Bordells Hirschpark, dessen Namen allerdings nur Insider kannten, da das Etablissement sich von außen durch nichts auswies. Ein Haus wie alle anderen auch, doch Vorreiter aller erst viel später kommenden Peepshows. Die Kapriziöse war ein widerliches Persönchen, wie Theodor befand, und Alba insgeheim auch, hermaphroditisch dürr, mit fistelnder Stimme, die Augen schwarz umrandet, der Mund zur grellroten kleinen Afterwunde geschminkt. Das Haar war kappenartig kurz und drahtig, die Kleider quadratisch. Gestärktes Hemd, kleine Weste, bügelgefaltete, strack geschnittene Hose. Mit der Kapriziösen sprach Alba über Mozart, nach dem Maler Arcimboldo ihre zweite Besessenheit.

Ein Blick auf Mozart kann helfen, die genaue Richtung oder eher: das Wetter dieser Besessenheit besser zu verstehen und zu begreifen, wie es sich als heißer Wüstenwind über den Haushalt des Patriarchen legte. Mozart war das talentierteste Wunderkind des Abendlandes; kein Musiker wurde so oft »göttlich« genannt, keiner konnte so obszön sein. Er kam 1756 in Salzburg zur Welt und hatte sich mit fünfunddreißig Jahren zu Tode gearbeitet. Im Winter 1791 starb er in Wien an »hitzigem Frieselfieber«. Bis heute ist unklar, warum. War es der Schweinebraten oder das Quecksilber, das sein größter Neider, Antonio Salieri, Kapellmeister am Hof des österreichisch-ungarischen Kaisers Joseph II., wo auch Mozart arbeitete, heimlich dessen Essen beigemischt haben soll? Für Salieri war Mozart ein Ausbund an dummen Witzen. Er war hektisch, spiel- und wettsüchtig, vergnügt, mit flachem, leicht pockennarbigem Gesicht und großartigen grünblauen Augen. »Frieselfieber« klingt wie das hemmungslose Sinnbild von Mozarts Werk. Es würde Monate dauern, dachte Alba oft, sich alles konzentriert anzuhören. Ein Moment wird zum Klang, dann zum vorgestellten Klang, dann zum neuen Klang: »Allerliebstes Bäsle, Häsle!«, schrieb Mozart 1777 an die Cousine. »Ich habe dero mir so wertes Schreiben richtig erhalten / falten, und daraus ersehen / drehen, daß der Herr

Vetter / Retter und die Frau Bas / Has, und Sie / wie recht wohl auf sind / Rind.«

Die Fürstenhofwelt, die Mozart umgab, und alles, was ihn darin fesselte, wurde zur Vorlage für unendliche Variationen von Tönen, Melodien und Rhythmen, zu wunderschöner Musik, die Päpste mit der Schöpfung verglichen. In Alba spielte Mozart als Vernunft und Unvernunft zugleich, da die Welt der Aufklärung, das hatte sie intuitiv begriffen, immer auch ihre Gegenwelt war. Dieselbe Ambivalenz, die in Mozarts Musik schwang, schwang auch in ihr: einerseits präzise, rational und klar, eine summende Kühle, darin tourettesyndromhaft aneinandergereihte, in Dunkles abfallende Töne oder Töne, die, kurz bevor sie schal werden, in kleinste Stillen übergehen, während man erschreckt hofft, dass sie auf der Stelle zurückkommen.

Die Kapriziöse, selbst gebürtige Kölnerin, heimliche Geigenspielerin, brachte seltsame Gefährten mit auf die Dinnerpartys. Einmal einen venezianischen und sehr reichen Drahtkäfig-Fabrikanten, dessen grelle Erscheinung Theodor die Stirn runzeln ließ, da er Alba stante pede und sehr umständlich den Hof machte und sie es achselzuckend geschehen ließ, wie sie überhaupt all die läppischen, meist harmlosen Annäherungsversuche über sich ergehen ließ, dem Geschäft zuliebe, wie sie Theodor dann nachts ins Ohr flüsterte, und er dann ganz flüchtig und ganz klein schimmernd glücklich war, weil seine Welt kurz wieder Sinn ergab. Fortan befeuerte sie die Annäherungsversuche sogar, zögerte sie hinaus, verlängerte sie, indem sie diverse Herren über sich ergehen ließ – darunter ein dicklicher Letmathener Jäger, außerdem ein Maler aus Finnentrop, dem sie mit Binde um die nackten Arme und mit bis auf den Rücken fallendem Haar mehrmals täglich posierte und den sie dazu brachte, ihr jede Woche einen Brief à la Mozart zu schreiben, bis er die Nase voll hatte.

Eine Zeit lang verlangte Alba vom sehr dünnen und sehr hohlwangigen Delikatessenhändler, dem feinsten der Stadt Iserlohn, er möge ihr wöchentlich Reime von Rilke, der im Jahr ihrer Ankunft im Sauerland in Montreux sterben sollte, auf die Rückseite einer Ansichtskarte schreiben und zuschicken. Herr Bührer, der im Leben keinen Rilke gelesen hatte, gerade einmal Goethes *Heidenröslein,* wurde dem schnell überdrüssig, andere traten alsbald an seine Stelle, doch war dies kein kokettes Spiel. Alba mochte all die Männer, mochte sie schon allein dafür, dass sie ihr schrieben. Selbst den Oberjäger der Hasselts brachte sie dazu, ihr Trophäen von der Jagd zu bringen, darunter Eichelhäherfedern, zwei Hasenpfoten, eine Habichtkralle, Birkenblätter, einmal sogar das Gewaff eines Keilers. Mit diesen befremdlichen Dingen dekorierte sie einen von Theodors grünen Filzhüten zum hochaufgetürmten und barock gequollenen Modell, das sie Archie nannte.

Theodor, empört, protestierend und schließlich unter Androhungen von Gewalt nachgebend, trotzte sie regelmäßig Gelder für die Instandhaltung des Hauses ab, für Partys und ihre Garderobe, Gelder, die er selbstredend nie wiedersah.

Mit Alba begann das Haus der Hasselts nicht mehr nur das Gerippe eines Hauses zu sein, sondern es wurde zum Habitat, in dem Alba die lässige Existenz einer Zaunblume führte, in mal engen, mal kaftanartigen Kleidern und großen

Hüten mit Borte, mit Schleier, mit Pflanzen besetzt, manche davon in ganzen arcimboldischen Gesichtern angeordnet: Traubenaugen, Haar aus Kohl, Karotten zur Augenbraue, Apfelwangen, ganze Gärten trug sie auf dem Kopf herum, unter denen ihr Gesicht jeden Tag entschlossener, aber auch verzweifelter dreinschaute, je weiter Albert, zumindest vorübergehend, in unerreichbare Fernen zu rücken schien.

Als sie Hut »Archie« das erste Mal trug, saß sie in der Küche am Fenster. Es war fast später Nachmittag. Theodor war noch in der Drahtzieherei, Bauschekleidmutter wie vom Erdboden verschluckt. Die Zirrsonn werkelte draußen im Beet. Mürrisch nahm Alba einen Apfel aus der Schüssel und biss hinein. Während sie kaute, schaute sie in den Garten hinaus, der von wüstem Zwielicht erleuchtet war. Sie zog den Wollrock eng um ihre Beine. Nur einmal klar nachdenken. Sie beobachtete die Wiese, wo der Gärtner an einer über ein Holzgerüst angebrachten Plane zerrte. *Ein Galgen … sie bauten einen Galgen auf.* So schnell die Halluzination gekommen war, so schnell war sie auch wieder vorbei. Meist war die Oberfläche der Dinge, die Alba sah, glatt und gewöhnlich. Ganz früh am Morgen oder bei Dämmerung aber sank die Welt vor ihrem Auge weg, und sie sah Galgen, schwarze Vögel, die niedrig flogen, lange Schatten über ihrem Schlaf.

Das Problem war, dass sie zu viele Pillen nahm. Die Tage über war Alba oft wie verkatert, im eigenen Zwielicht gefangen, das ihr erlaubte, die Dinge in einer Vagheit zu erblicken, die sie bei Helligkeit oder im Dunkeln nicht hatten, ungewiss und halb belichtet, wie sie im Nebel entstehen oder in Katakomben zu erahnen sind, Scherben, die sich kaum noch zusammensetzen lassen.

Manchmal nahm sie Alkaloide oder Schlafmittel und delirierte oben im Käfig im Bett. Drogen waren Hände, die an ihr zerrten und kratzten, ohne ganz zerstören zu wollen. Sie schaute hinauf in die rosa Bettgardine. Wie konnte sie ihrem Körper in einem Stück entkommen? Ganz bleiben war das Geheimnis. Dann ein heftiger Ruck. Draußen. Ihre Haare würden noch etwas weiter wachsen und ihre Augen milchig werden oder dunkel wie Kot. Sie würde in der Luft schweben. Als wäre sie unter Wasser, um sie herum dicke antike Wände aus Kristall. Ihre langen Fingernägel würden an dem Stein schaben.

In Afrika waren keine Bücher zu kaufen gewesen, zumindest nicht die, die Reingard Hasselt las. Anderen kam es seltsam vor, doch für Alba war es der gewohnte Anblick. Ihr fleischiger Vater, der in riesigen, von der Sonne leicht geröteten Händen Bücher hielt. Vater las französische Gedichte in deutscher Übersetzung, und die Bände sahen in seinen Fingern klein aus. Die Männer in Afrika lasen nie.

»Das ist der Europäer in mir, in uns, liebe Kleine«, sagte Vater und lächelte.

Alba war zehn Jahre alt.

»Lesen, schießen, schwimmen, reiten und ein Instrument spielen können, so gehört es sich«, sagte Vater.

Bücher wurden aus Deutschland geschickt, Medizin ebenso. Mit ernst-feierlicher Miene, wie kurz vor der Ankunft eines schon längst erwarteten Planeten, rief Reingard die Familie im Sauerland an und bestellte Bücher, Alkaloidtabletten und Schlafmittel. Alle drei Monate kam ein Paket auf die Farm, und Alba fühlte heute noch die Festlichkeit, die den Pakettag umgab.

In Transvaal leuchteten Land und Himmel auch im Winter. Die flachen Holzkisten, die aus Deutschland kamen, leuchteten nicht, sondern glänzten matt und waren übersät mit Stempeln und festgeklebten Zollscheinen. Reingard nahm die Kiste in Empfang und inspizierte ihre knittrige Oberfläche, trug sie dann ins Arbeitszimmer, von dem aus er Alba rief. Er saß ganz gerade in dem orangenen Sessel an seinem Arbeitstisch, in brauner Hose und dunkler Jagdjacke, und packte aus. Ein Buch nach dem anderen wurde auf die Tischplatte gelegt, mit dem Buchdeckel nach oben. Leise formten seine Lippen die Worte der verschiedenen Titel, manchmal hielt er eines an die Nase, »nichts riecht so gut wie Buchpapier, mein Kleines«, sagte er zu Alba. Hier und da blätterte er herum oder las ein paar wahllose Sätze aus Buchmitten.

Vater las Bücher über Kathedralen, Baudelaire, Oscar Wilde. Die Bilder von Wasserspeiern und hockenden Drachen aus Stein erschienen Alba seltsam tröstlich. Baudelaire verstand sie nicht, trotz der »wirklich ausgezeichneten Übersetzung von Stefan George«. Wenn Vater sah, dass sie eines seiner Bücher genommen hatte und lesend in seinem Sessel saß, sagte er nichts, aber seine Augen glänzten stolz.

»Ich will die entschwundenen nackten zeiten loben / Wo Phöbus die Säulen mit goldenem schimmer umwoben / als mann und weib genießend in leichtem zug / Noch lebten ohne bedrängnis und ohne betrug / Als die von des liebreichen himmels kosen berührten / Die volle kraft ihrer edlen leiber verspürten.«

Vater wirkte gesund und kräftig, innen war er überzeugt, krank zu sein. Deswegen hortete er die Medizin, die ihm aus Deutschland geschickt wurde. Trotz aller Warnungen von Tante Heide nahm er Alkaloide, ohne sie zu brauchen, und Schlafmittel, obwohl er schlafen konnte.

»Komm, Kleine, nimm du auch. Das tut gut. Das hält gesund. Und dann bleibst du immer bei mir, heile und ganz.«

Und gab es nicht genug Kinder auf der Welt, die an rätselhaften Krankheiten litten, kurzfristig erblindeten oder von einem Moment auf den anderen nicht mehr gehen konnten? Manch ein Kind soll sogar an dem eigenen Finger erstickt sein. Um alldem vorzubeugen, reichte Vater ihr jeden Morgen einen Löffel von mit Alkaloid vermischtem Baobabsaft – »man weiß ja nie« – und nicht an jedem, aber an den meisten Abenden einen winzigen Splitter Schlaftablette. War sie wirklich einmal krank, mit einer Erkältung oder Mandelentzündung, gab es dazu mit Zucker verrührten Whiskey.

Medikamentös versorgt, wuchs Alba in anderen, größeren Landschaften auf, in weichen Fragmenten und sanften Fetzen. Während langer, abgedunkelter Nachmittage im Bett mit rötlichem Licht, das durch Vorhänge kam. Manchmal stand sie träumend an ihrem Fenster und starrte auf die Holzmaserung der Fensterbank, erkannte Münder und Augen. Im Garten, der das Haus umgab, erschienen ihr behangene Obstbäume wie Gesichter, die sie auf die Erde holen wollte. Ovids *Metamorphosen,* die Vater las, ergaben in diesen Zuständen Sinn, Gott wirkte nicht von oben, er wirkte horizontal. Alles wurde zu allem, vermischte sich, die Formen des einen enthielten bereits Andeutungen der

Formen des nächsten. Äste wurden unter ihrem halluzinierenden Auge zu Haaren, die Falten in ihrer Bettdecke zu Wegen und Schluchten, das Klappern der Köchin, das ins Wohnzimmer drang, während sie benommen auf dem Sofa lag, war ein nahender Zug, die zugeschlagene Ofentür ein Schuss, und ein Tier starb. Manchmal steckte eine der Angestellten den Kopf zu ihr ins Zimmer, sie hörte sie in ihrer Sprache flüstern. Sie dachten, sie sei besessen, von welcher Macht, wussten sie nicht. Ihr Hauslehrer beschrieb sie als ruhig und fügsam, mit ausgeprägter Fantasie, der Wiener Musiklehrer Herr Specht mit dem Pickelkinn war ohnehin begeistert.

Mutter Heide, blondes und blühendes Wiener Leben, sah aus wie Reingards Muse, wäre er Schriftsteller oder Künstler gewesen. Wenn sie auf Stühlen oder Sesseln saß, zog sie die Beine unter sich, und die befreundeten Farmersfrauen schauten verwundert. Dass ihrer Tochter Drogen verabreicht wurden, sorgte Heide nicht, gerne sah sie es allerdings auch nicht. Grund war nicht das Alkaloid oder dass Schlafmittel die Niere beschwerten. Heide glaubte an die körperliche Autonomie der Frau, lange bevor sie überhaupt diskutables Konzept war. Wenn Reingard jagen ging oder Macadamianussbäume untersuchte, gab sie Alba nie die aufgetragene Dosis, sondern schlichtweg gar nichts.

»Hast du meinem Baby auch alles gegeben?«, fragte Reingard später, fast noch in der Tür.

»Aber ja, mein Schatz, jaja.«

Die Nachbarn, die auf Besuch kamen, meist ältere Damen der umgebenden Farmen, saßen auf den Sesseln im Wohnzimmer, während Mutter in der Küche letzte Anweisungen gab und Alba auf dem Sofa dämmerte: »Das arme Mädchen, so unterbelichtet.« Durch halb geschlossene Lider beobachtete Alba, wie die Frauen das Wohnzimmer begutachteten. »Schön ham ses ja, die Hasselts« – »Schau mal, ist das Gemälde echt?« – »Papperlapapp.«

Während die Frauen murmelten und auf Mutter warteten, die dann irgendwann immer kam, in rosa Hausjacke, leuchtende Wangen, sirrend und girrend, »ach, ihr Schätzchen, da seid ihr ja, nun aber ran an den Gin«, driftete Alba in ein Reich jenseits von Afrika. Wie es in Vaters Büchern stand, schwebte sie in den Norden, starrte mit ihrem inneren Auge auf Abbildungen aus Reingards Kunstbänden und Gedichtbüchern, vermischte diese mit Bildern von Städten, Straßen, Männern in dunklen Anzügen und Regen auf Asphalt.

Es gab die alkaloiden Tagträume und die alkaloiden Träume in der Nacht. Tagträume waren mild, trocken und hell, Objekte erschienen ihr zauberhaft und auf mehr als nur eine Weise. Während der Dämmerung am frühen Abend fiel sie in die Zwischenzeit von Licht und Dunkel, die Unzeit, in der Dunkel und Hell ununterscheidbar werden. Alba liebte das Zwielicht der Dämmerung ganz besonders, wenn die Sonne in ihrem gerinnenden Blut ertrank und Tokos mit betrübten Herzen sangen. Zusammen mit dem Zwielicht überkamen sie Wehmut und Angst vor der Schwärze der Nacht. Ihre Albträume waren dunkles Moorland, als würde sie auf Kröten und Schnecken treten. Sie begannen warm und zuversichtlich, fast kitschig, in glänzenden, vertrauten Landschaften, durch die sachter Wind wehte. Die schlimmen Traumbilder kamen schnell und zuverlässig wie der Spruch einer bösen Fee. Blätter wurden knittrig, Wege matschig, Tiere, die an ihren Beinen zerrten, bis die Haut aufriss und in langen Lappen von ihr abfiel. Sie wachte mit verkrampftem Kiefer auf und schrie. Niemand hörte sie, weil sie am hinteren Ende der oberen Etage schlief, mit Blick auf die Bäume im Garten. Obwohl es das kleinste der Schlafzimmer war, schliefen Heide und Reingard am vorderen Ende des Obergeschosses mit Blick auf die Einfahrt und das große Tor. »Zur Sicherheit. Damit ich immer alles im Blick habe.« Am Nachttisch von Reingard lehnte das Gewehr.

Noch eine Weile, nachdem sie aus ihren Träumen aufgeschreckt war, lag Alba im Dunkeln und starrte auf die verworrenen Schatten an ihrer Zimmerdecke oder schaute durch das Fenster in den Nachthimmel. Sie zog die Decke fest um sich, grub das Gesicht in das Laken. Sie blies Luft auf die Matratze, bis der Stoff unter ihrem Mund warm wurde.

In diesen Jahren, schwer und benommen zwischen Sofa, Schreibtisch und Garten wabernd und nachts schwitzig mit Albträumen, entwickelte Alba die Ambivalenz, die ihr Wesen ausmachte und ihre Umgebung dazu brachte, sie als pflanzenhaft zu sehen, als unentschlossen treibend, scharfsinnig oder dumpf, letztlich unergründlich, am meisten für sie selbst. War das, was sie sah, wirklich? Warum roch ihr Tagtraum besser als die Wirklichkeit? War sie im Himmel oder in der Hölle? Und vor allem: Was wollte sie? Tief drinnen war ihre Antwort: beides, sowohl als auch, Hell und Dunkel zusammen. Als zum ersten Mal Blut in ihrer Unterhose war, sah sie auf der weißen Baumwolle einen Apfel liegen.

Sobald Alba vierzehn wurde, reduzierte Reingard Alkaloide und Schlafmittel. »Du bist nun aus dem Gröbsten raus, Kleine.«

Die letzten vier Jahre Schule fanden nicht mehr zu Hause statt, sondern in der Scheune einer benachbarten Farm. Die Kinder aller Weißen kamen hierher; Alba hasste jede Minute. Im Unterricht war sie unruhig, sie wollte zurück ins Delirium, auf das bequeme Sofa, zurück zu den Bildern, dem schleppenden Gefühl im Kopf. Zurück zu den überdeutlichen Konturen der Dinge und dem gelblichen Schleier, der auf allem lag, als stünden überall von Sonne beschienene, angezündete Lampen, eine Lichtquelle Konkurrentin der anderen.

Obwohl oder gerade weil Alba abwesend und träumerisch in anderen, fernen Reichen waberte, hatte sie viele Freundinnen. Sie alle kamen auf die Farm der Hasselts zum Spielen, weil Alba den nötigen Sinn für Dramatik hatte, wie ihn nur bereits am Morgen zusammen mit Milch und einem Klecks Kaffee eingeworfene Alkaloide verleihen können. Sie spielten Scharaden und zogen dazu Federboas und Heides Kunstwimpern an, befahlen der Haushälterin, sie möge die Bananencreme heimlich mit Rum versetzen, legten Grammophonplatten auf und zogen im Garten als kreischende Karawane unter Platanenblättern hindurch, während Alba dämmernd in der Hängematte lag und ihnen lachend zuschaute. Auf der anderen Seite des hohen Gartenzauns raschelten Elefanten.

Mit der Zeit lernte Alba, sich eigenständig in ihre vertrauten Dämmerzustände zu versetzen, auch wenn sie halbwegs nüchtern war. Sie starrte Dinge an, bis ihre Augen tränten, presste die Lider zusammen, um sie schnell wieder zu öffnen. Männer, meist mit Vater befreundete ältere Farmer wollten ihre Unentschlossenheit brechen, etwas in ihr auslösen, von dem sie selbst nur diffus ahnten, dass es wild sein musste, dabei gab es nichts zu brechen oder doch, und sie wusste es nicht, sah es nicht, sah zu viel und ließ es deshalb geschehen, der heimliche Griff in ihre Haare, wenn ihre Eltern nicht hinsahen, ihre gekniffene Haut. Insgesamt verstand sie sehr wohl, dass ihre abwartende Haltung den Männern gefiel, sie sah es in den dunklen Blicken, den wippenden Knien. Tiere auf der Lauer.

Sosehr sie ihrer Umgebung entglitt, sosehr wurde Alba angebetet, ihre dämmrigen Nicht-Eigenschaften wirkten frustrierend und poetisch. Alba war die Hübsche unter den Farmerstöchtern, galt als sanft und geduldig, niemals klagend: Tugenden, die ihre herausragenden Leistungen in der Schule in den Schatten stellten. Darüber, wie andere sie wahrnahmen, dachte sie nur unfertig und in Ansätzen nach, ohne über die freundlichen Koordinaten ihres Lebens hinauszugehen: Farmhaus, Garten, Baobabs, dahinter Wildnis. Dann: Theodors Haus, Garten, Obstbäume, dahinter Wiesen und Fichten. Manchmal aber, wenn sie versuchte, sich ihre Umgebung mit ihr selbst darin zu vergegenwärtigen, stockte alles kurz vor einem bestimmten Punkt, den sie nicht benennen konnte. Sie war kein Kind mehr, das fühlte sie natürlich, sondern eine Frau, doch was diese Frau wollte, wohin sie strebte, ergab sich höchstens aus dem Drängen ihres geltungssüchtigen Alkaloidkörpers, der es gewohnt war, bestarrt zu werden. Doch was sie anderes war als Haare, Busen oder Handgelenk, darüber nachzudenken fiel ihr nicht ein. Und sie konnte es niemandem erklären, das Gefühl, mehr Körper zu sein als Geist. Je älter sie wurde, desto schwerer fiel es ihr, sich vorzustellen, dass es sie als charakterliches Wesen gab. Wenn sie Wünsche hatte, dann kannte sie sie nicht. Ihre Eltern würden es nicht verstehen, Theodor, dessen Geist ihn so sehr belagerte, schon gar nicht. Also log sie. »Ja, das will ich, ich kann es gar nicht erwarten, ich will nach Deutschland, ich will Theo, ich will Geld, Albert, alles, zu viel.« Und in gewisser Weise stimmte das.

Ausgerechnet an einem dieser Dämmertage und anlässlich des siebzigsten Geburtstages von Bauschekleidmutter traf sie den Mann mit der güldenen Aura zum zweiten Mal. Den Mann, den sie schon länger erahnte, bereits unter der Sonne Afrikas hatte sie ihn erahnt, durch den Stamm jedes Baobabs hindurch erspäht, herbeigeträumt, und nun war er da, Albert der Reiche. Nachdem Theodor ihn am Tag des Titanenmund-Dinners ohne Fakturahefte weggeschickt hatte, nach dem wundersamen Abend in der Villa Luft, an dem er sie die ersten paar Minuten durch beschlagene Gläser hindurch gemustert hatte, ohne ein einziges Wort an sie zu richten, war er nun zum Dinner eingeladen. Albert, Theodors bester Freund, Erbe des Gusseisenimperiums, kam auf Besuch, gerüstet mit einem moosgrünen Sakko, an dessen rotem Krawattenkragen sich drei goldene, zu einem Kranz gestickte Rosenknospen abhoben und auf Höhe des Kehlkopfes sachte wippten, so fein und wie aus eben jenem fernen Reich herangeweht, dem Alba selbst zu entstammen meinte, ja, es hätte nur noch das Rapier an seiner (und ihrer) Hüfte gefehlt.

Zunächst wortkarg und mit sorgfältig frisiertem Haar, noch immer etwas zu kleinen Händen und selbstsicheren, wässrig braunen Augen erschien er ihr so fern von den sorglos oder pflichtbewusst auf Blätter oder Postkarten hingekritzelten Galanterien, dass Alba sich für diesen Albert etwas anderes einfallen ließ: Sie rief zum »leichtfertigen Spiel« auf. Ein Gast der Partie verließ den Raum, die anderen legten sich auf ein zu erratendes Ding fest. Der wieder Eintretende musste dann in Metonymien und Metaphern raten: »Wenn es eine Wange wäre, was wäre es?« – »Ein Pfirsich.« – »Wenn es ein Kleid wäre?« – »Eines aus Spitze.« – »Und was wären die Augen?« – »Wie Kirschen.« – »Oh, ich weiß: Es ist der Sommer!«

Und den »Sommer«, das für Alba schönste aller Arcimboldo-Gemälde, hatte sie hier bei Theodor im Foyer aufhängen lassen, wo sie nun mit dem wartenden Albert stand – der erste Ratende des Abends – und sich seitlich fest an ihn drückte. Der »Sommer« war ein nicht sehr preisaufwendiger Abdruck des Originals, den Alba auf einem ihrer wenigen Gänge hinunter in die Stadt bei Fentrops Schreibwaren im Schaufenster erspäht und dem überforderten Herrn Fentrop mit den lieben, hochgerollten Wollpulloverärmeln quasi abgenommen hatte.

»Guten Tag, die Dame, was kann ich –«

»Her mit dem Früchtegesicht, ich zahle Ihnen, was Sie wollen.«

Alba lehnte sich weit über den Tresen, die Büste, absichtlich oder nicht, auf das Kontorbuch gestützt, und wies gen

Schaufenster. Eine Traube von ihrem Hut fiel mit einem leisen Plopp auf den Tresen.

Drinnen im Esszimmer, betäubt vom Lärm der sie umgebenden Unterhaltungen, war es Alba nicht möglich gewesen, ein gut verständliches Wort an Albert zu richten. Stattdessen hatte sie sich begnügt, ihm beim Essen zuzuschauen, fast beiläufig seine sachte gebräunt hinter den Manschetten hervorlugenden und Hände zu bestaunen, wie sie, die Gabel in der einen, das Messer in der anderen, zielgerichtet das Roastbeef erst in feine Streifen schnitten, die einzelnen Scheibchen sauber aufgerollt in Meerrettich, dann in Cognac dippten, um ihn dann mit einem taumelnden Gefühl zwischen den Beinen zu wollen, so sehr, dass sie die Gesellschaft mit einem vor Aufregung umgekippten Weinglas und einem »Verdammich, ist es heiß hier drin!« eine Sekunde lang zum Verstummen brachte.

Als sie draußen im Flur endlich das Wort an Albert richten konnte, hörten weder sie noch er ihren Worten zu. Er nicht, weil er wie gebannt auf die Ururenkelin des Grafen von Kleve starrte, deren Bild in der Ecke der Eingangshalle hing, mit kastanienfarbenem, in übergroße Wellen verfließendem Haar, hohen Wangenknochen, aufgeworfenen und dramatisch drapierten Falten um die nackten Schultern, sie, weil sie schlichtweg und zum ersten Mal seit ihrer Ankunft im Sauerland nicht wusste, was es Geistreiches zu sagen geben könnte. Alba starrte Albert an, die viel gepriesene Iris groß und feucht, aber nicht so feucht wie der Rest weiter unten. Obzwar sie sofort begriff, dass nichts, nicht einmal ihr Körper, in Alberts Panzer aus Zurückgenommenheit und Skepsis so ohne Weiteres würde eindringen können, akzeptierte sie ihn sofort und ohne zu zögern als zusätzliche Liebe ihres Lebens.

Später würde auch Albert ihr drüben von der Villa Luft aus Ansichtskarten schicken, jeden zweiten Tag eine, allerdings, als wüsste er um die Vergeblichkeit des Ganzen, wählte er Ansichtskarten aus der Umgebung mit vorgedruckten »So schön ist es im Sauerland« oder »Bummel durch Berleburg«, »Spezialitäten der Iserlohner Handwerker«, darunter ein Datum und sein Name. Manchmal kam eine Karte gleich drei- oder vierfach an, wobei er dann rechts neben seinem Namen die jeweilige Tageszeit eintrug, »8.35 Uhr«, »Mittagstisch« oder »spät am Abend«. Es waren diese unfrankierten, blässlich beschrifteten Karten und der vielsagende Blick, mit dem Bauschekleidmutter sie des Morgens vom Silbertablett aus dem Stapel der übrigen Post herausfischte und Alba zunächst mit einem zerstreuten »Oh, das ist vom lieben Herrn Albert«, dann mit einem neugierigen »Ah … wieder von Albert«, dann mit einem schnippischen »Hier, von ihm« überreichte, die den Patriarchen Theodor dazu bringen würden zu handeln. Ein für alle Mal.

*

Wann würde es Zeit, Abschied zu nehmen, wie Vater?

»Ich vergehe nicht«, sagte Theodor, denn viele seiner Feinde lebten noch. Mit Schlamm zum Beispiel stand er auf Kriegsfuß. Er liebte den Wald, wenn auch aus der Distanz, nicht aber dessen Begleiterscheinungen, die sich nirgendwo im Sauerland vermeiden ließen: brackige Pfützen, Geröll,

Frost am Morgen, Frost am Mittag, Frost am Abend, dunkles aneinanderklebendes Laub. Er war dafür bekannt, stets makellos glänzende Schuhe zu tragen. Es mochte schlammen, regnen und winden, doch Theodors Schuhe blieben blank und unverkrustet. Der ein oder andere Arbeiter in der Drahtzieherei hatte ihn allerdings dabei beobachtet, wie er auf dem Weg vom Wagen zum Haupttor verstohlen eine Schuhbürste zückte.

Das große Essen und das unsägliche »leichtfertige Spiel« waren vorbei, und Theodor genoss noch einen Moment lang den Ausblick auf Wald und Heide, an seinem inneren Horizont blitzten die Silhouetten möglicher Schleusen und Sammelbecken auf, aber das waren Projekte für ein anderes Leben. Das Sauerland war monoton, die Häuser waren es, mit jugendstilistischen Fassaden hatte man sich nur sachte Mühe gegeben, die Luft roch auch tagsüber dämmrig. Derselbe Zwang zur Wiederholung galt für die Landschaft, die zwar für die Einheimischen offen und idyllisch dalag, Außenseitern aber verschlossen und rußig entgegenprallte.

Sauerland, Land der jammernden Eulen, der Talsperren und künstlichen Seen. Wasseroberflächen schimmerten verheißungsvoll, die über sie hinweggezogenen hohen Brücken schienen Bildbänden alter Kathedralen zu entstammen, und die Köhler und Holzfäller waren unter Tage oder in die Tiefen der Wälder verbannt und mit ihnen ihre furchigen Hände, ihre auf abgespannten Schädeln klebende Lederhaut, ihre kümmerlichen Strohsäcke und Kaffeekannen. Anders als Albert war Theodor trotz anfänglicher Grübelei nicht daran interessiert, ein Arbeitererholungsheim zu errichten, wie es rechts und links von ihm jeder Unternehmer zu tun schien, auch wenn er dafür nur den eigenen Schuppen zur Verfügung stellte, als wäre das Sauerland nicht ohnehin schon das Land der enttäuschten Hoffnungen und schaurigen Märchen, sondern das, was sie oben an der Nordsee Kurort nannten. Lachhaft.

Erst später, aber nicht zu lange nach Theodor, würde Carl Schmitt das Sauerland in Form von Wolken, Dünsten und Nebeln beschreiben, in dem die Lust zu regnen herrschte; verschiedene Akademiker würden in Aufsätzen vom ozeanisch-pluviologischen Lebensgefühl der Region reden. Dem würde Theodor zustimmen: Das Sauerland war nicht nur Wald, sondern auch Wasser. Lenne und Ruhr ergossen sich in Nebenflüsse und Unterströme, längs derer die Drahtseilfertigung in Konkurrenz zu Theodors Betrieb trat. Aus immer mehr Erz wurde noch mehr Osemund. Neuerdings nannten sich sogar die Drostens Unternehmer, weil sie am dürren Rinnsal eines namenlosen Gewässers eine Wandhakenmanufaktur hochgezogen hatten.

Jetzt gerade war es trocken und sommerlich, und seine afrikanische, von der Realität seiner Geschäfte, seiner Drahtzieherei, Hebewerke, Lagerhallen und Zurrmittel ausgeschlossene Subsinnwelt saß draußen auf der halbrunden, der Küche vorgelagerten Terrasse und betrachtete ihn fragend und spröde wie einen Fremden. Vielleicht, weil er eine Schürze der Zirrsonn um die Hüften geschlungen hatte. Vielleicht, weil er auf ihre Nachfragen hin seltsam abwartend antwortete. Alba saß am mit weißem Leinen bedeckten Tisch, quoll wie die halbgefrorene Buttergirlande einer Torte zu ihm hinein, immer nur zu ihm, um sie herum Blätter und Vögel, in der besonderen Ruhe eleganter Orte, wo niemand rüberschaut, alles leise und langsam huscht wie Mutter mit dem Bauschekleid, wie die Zirrsonn, die heute freihatte. Nur Theodor taxierte Alba ganz genau, registrierte, in der Küche mit dem Kuchenmesser hantierend, dass ihr das weiße »afrikanische« Kleid am Bauch spack geworden war. Zu viel Wurst, Morgenspiegel du.

Vor Alba auf dem Tisch lag ein Wust Blüten, Blätter und zwei, drei Äpfel. Sie legte sachte die Hände über den Haufen, berührte ihn höchstens mit den Fingerspitzen, zog sie dann erschreckt zurück. »Den Sommer bauen«, murmelte sie und fuhr sich mit den Händen ins Gesicht, kniff die Wangen, die Ohrläppchen, biss sich in den Fingerknöchel des rechten Zeigefingers. In dich hineinfallen, Theodor. Du gibst mir Kraft. Warum sie heimlich mit Albert schlief, wusste sie immer erst danach. Albert. Theodor. Ihre Bäuche waren gleich. Glatt und haarlos. Der erste Fettansatz unter der breiten, bei Albert nicht ganz so breiten Brust. Wenig Haare überall, aber genug, um etwas zu fühlen, wenn sie drunterlag. Wie herrlich beide waren. Ebenmäßig kurzes Haar, herrische Stirn der eine, Haartolle und Geldnüstern der andere. Die Hände verglich sie besser nicht. Wenn Alba oben in ihrem Bett lag und dämmerte, wurde aus den zwei Männern einer, nein, das stimmte so nicht, es war eher so, als wechselten sie sich auf ihr ab, Theo, Albert, dann wieder Theodor. Offenes Jackett, nie ganz ausgezogen, stumm verschlossener Blick beim Höhepunkt. Beim Tanzen allerdings führte kein Mann wie Theodor.

Ob hier oder in Afrika, jeder Tag begann für Alba warm

und sonnig, am Mittag kam der Herbst. Regen und Laub blähten ihre Seele auf. Entweder ich zerstöre die Männer alle, oder sie zerstören mich, dachte sie kühn, bevor Theodor hoch und ernst zu ihr hinaustrat und ihre Schulter küsste. Alba schlug die Augen auf und lächelte.

Auch im Sauerland hatte der Große Krieg Tote produziert. Jahre und auch noch Jahre danach schien das Helle im Leben. Die Verwundeten, die von der Front nach Hause kamen, verschreckten die Anwohner mit ihren Augenbinden, weggesprengten Gesichtshälften und schief verheilenden Mündern. Es war in diesen Jahren, dass die Kapriziöse in Hagen den Hirschpark eröffnete, um den Verwundeten in ihrem nicht allzu tiefen Unterleib so etwas wie Geborgenheit zu verschaffen. An der Wand über ihrem lila Bettgestell hing das mit Trauerflor umwickelte Bild ihres Bruders, einer der ersten Gefallenen der Stadt. Trat die Kapriziöse nach getaner Arbeit auf die Straße und ging langsam, an den Schaufenstern vorbeistreichend nach Hause, wo auch immer dieses war, schimpften die Frauen der Nachbarschaft leise hinter ihr her. Bei der Kapriziösen war jede Seele dunkel meliert, sie unterschied nicht, nahm alles. Für besondere Wünsche nach ausgefallenen und stilvollen Dienstleistungen hatte sie inzwischen Margarethe eingestellt, dürr und busig, zart wie ein Reh. Zu der ging Theodor. Für heute hatte er sich den Besuch beim Reh für den späteren Abend vorgenommen, ungewöhnlich, sonst ging er am späten Nachmittag. Durch Albas Anwesenheit aber war Theodor so sehr gewohnten Interessen entfremdet, dass er an Orten oder in Milieus, von denen sie nichts wissen durfte, das Gefühl hatte, frühe, gelbstichige Fotografien zu betrachten, und darauf die Personen nicht erkannte.

Heute hatte die Zirrsonn Geburtstag, und Theodor hatte geladen. Insgeheim weigerte die Haushälterin sich, wie eine Angestellte durchs Leben des Mannes zu laufen, den sie so insgeheim ihren Mann nannte, dass sie es nicht einmal selbst vernahm, und offiziell nur vom Herrn Hasselt sprach. Umgekehrt ging es weniger verklärt zu. Frau Zirrsonn erinnerte Theodor an einen kleinen, weichen Jungen mit Ranzen, den er in der Schule, es musste die vierte Klasse gewesen sein, zu seinem Sklaven erklärt hatte. Seine Haut war ganz weiß und wie aus Seide gewesen, Winterhaut, festlich und knittrig. Er hieß Friedrich Oedekoven, kam aus Köln und hatte vorstehende Augen und kleine Löckchen. Womit wir wieder bei der Zirrsonn wären. Frau Zirrsonns Handlungsfähigkeit endete da, wo seine begann, auch wenn sie einmal selbst die Initiative ergriffen hatte. Selbst heute an ihrem sechzigsten Geburtstag würde Theodor die Zirrsonn nicht vom Haken lassen. Vorbereiten wollte er die kleine Feier selbst, die Idee zu dem ersten Überraschungsfest, das er seiner Angestellten zu geben bereit war, war ihm erst vorgestern im Traum gekommen. Er seufzte. Das Esszimmer kam für die Zirrsonn nicht infrage, sie würden in der Küche speisen. Zudem hatte Theodor die Haushälterin angewiesen, sie möge, obzwar sie im obersten Geschoss des Hauses lebte, doch bitte so tun, als käme sie auf Besuch, und um Punkt achtzehn Uhr an der Haustüre klingeln. Es sollte Grillhuhn geben. Theodor hatte gleich zwei bestellt. Und da er es nie ganz ohne gebührliche Tischdekoration schaffte, platzierte er auf dem unerträglichen rot-weiß karierten Tischtuch eine Bonbonniere, die aussah wie ein schräg gedunsener Kiesel. Sie war handgeblasen und hatte dreihundertfünfzig Mark gekostet.

Zu seinem großen Ärger fing es draußen an zu regnen. Erst langsame, dicke Tropfen, sodass Alba ihren Blattberg zusammenraschelte und vollbeladen an ihm vorbei die Treppe zu ihren Gemächern hochstürmte, dann binnen Minuten immer heftiger, der Tag wurde dunkel, Wind kam auf, und ein Fenster krachte zu. So, so, und die Zirrsonn? Staffierte sich oben aus, während das Haus unter ihr einstürzte. Theodor fühlte einen Stich Empörung hinter dem Brustbein. Zeit für ein Glas Himbeergeist. Mindestens.

Um Punkt siebzehn Uhr fünfundfünfzig schellte es. Frau Zirrsonn stand im Regen, die Löckchen noch aufgedrehter als sonst, in der Hand einen zusammengefalteten, trockenen Schirm.

»Kommen Sie herein, kommen Sie.«

Theodor klang jovial und wies die Zirrsonn, die, sich kurz fremd im eigenen Hause fühlend, zögerlich ins Esszimmer abbiegen wollte, mit einer sonst nur in Afrika oder für die Bluthunde aufgewandten Geste in die Küche.

Sie saßen sich an dem runden Tisch gegenüber, zwischen ihnen Huhn, Möhrensalat und eine prächtige Flasche Champagner. Man gab sich steif, die Zirrsonn räusperte sich, rückte die Rüsche an ihrem Hals zurecht und ruckelte ungeduldig mit dem Oberkörper, beäugte Theodor unter niedergeschlagenen Lidern beim Tranchieren des Huhns, eigentlich eher ein Zerren an den verschiedenen Gliedern. Die Menschen in Westfalen, würde Günter Grass in den kommenden Jahrzehnten schreiben, trinken zu viel, zu schnell, zu billig. Letzteres stimmte nur bedingt.

Theodor schien wenig vergnügt, schenkte schäumenden Champagner über die Gläserränder hinweg ein. Gesprochen wurde allerdings nichts. Die Zirrsonn wagte nicht, Theodor wollte nicht. Beim Kuchen räusperte er sich dünn. Zwischen ihnen stand eine feucht aufgeworfene Schwarzwälder-Kirschtorte mit einer dunkel wie geronnenes Blut prangenden Kirsche obenauf. Was ruhig begann, lief rasch aus dem Ruder. Innen schmierte das Messer derartig an den verschiedenen Kuchenschichten entlang, dass dunkelbrauner und weißer Teig nicht mehr voneinander zu unterscheiden waren.

»Lassen Sie, ich brauche keine Hilfe!«, rief Theodor.

Das Champagnerglas entglitt seiner kuchenfeuchten Hand, Sekt splotterte gen Himmel und blieb als wässriger Staub an den Lidern hängen.

Anders als die anderen Weiber war die Zirrsonn seiner Liebe fremd geblieben. Das Reh hingegen lag bereit. Theodor klingelte an der Haustür ohne Namensschild.

*

Abgesehen von den Aussichten auf künftige Talsperren und abgesehen von Besuchen beim Reh, ging Theodor, im Sommer zumindest, gern schwimmen. Zu seiner großen Erniedrigung und aus allgemeinen Hygienegründen war dies nur im See der Essenbecks möglich. Oder bei Marthe. Er war also angewiesen.

Wenn Theodor schwamm, kannte er kein Pardon. Er

schoss hervor wie ein Otter. Theodor mochte Wasser. Er ließ sich gern von einer Planke oder Reling aus ins Wasser gleiten. Dann schaute er von unten aus dem Wabern heraus zu einer schönen Frau auf, die sich zierte. »Meine Haare, ach, Theo, gerade erst frisiert. Ich möchte … Ich möchte nicht.«

Theodor trug gern Schwimmhose, und er trug nur in Ausnahmefällen Hut. Dann aber trug er ihn, als würde er den eigenen Körper tragen, aufrecht und gerade wie der Korridor, der im oberen Stock seines Hauses zu seinem Schlafzimmer führte. Die Korridore und Zimmer in Theodors Haus glichen sich. Sie waren voll, angefüllt mit Vergangenem, Nachhallendem. »Wer von Schönem umgeben lebt, denkt nicht an Schlamm« war ein Familienmotto, immer wieder von Bauschekleidmutter beschworen, und so war es auch. Allein Theodors Zimmer war schmuckloser als die anderen, es musste so sein, ernst und glänzend, auf dem Tisch eine griechische Vase, an der dunklen Wandtäfelung nur das eindrückliche Bild eines neuartigen Malers aus Berlin. Es zeigte, in groben Strichen gezeichnet, eine liegende Frau in aufklaffendem roten Kleid, mit erhobenen Knien. Dann noch Theodors Bett, groß und schlicht, ohne Troddeln oder Betthimmel. Weiße Bezüge. Befand man sich in Theodors Schlafzimmer, kam man gewissermaßen an sein Innerstes heran, betrat die zarte unbekannte Welt unter der dicken Kruste aus Konvention und Pomade. Kurz, Theodors Schlafzimmer war wie er selbst, nur jetzt gerade nicht, wo er wieder einmal im Garten zwischen den Rhododendren stand und wartete. Es war dunkel, die Zirrsonn wieder in ihrem Bau im dritten Stock, und Alba war nicht im Haus. Alberts Eau de Cologne hing in der Luft zwischen den Birnbäumen, und Theodors Gesicht zerfiel für einen Moment. Seine Schuhe waren ihm schwer. Ganz hinten im Schlachthaus war Licht.

Nicht.

Nicht das Paar in Umarmung, das er nie wieder würde unsehlich machen können. Der Judas-Kuss schaukelte in der Fensteröffnung, dann sogleich das Kinn auf des anderen Schulter. Ein bedeutsamer Haarschopf, der nun schwer wirkte wie ein Helm. Alba ohne die wie sonst eng geschlossenen Füße, mit schattigen Nasenlöchern, Alberts Schultern schmächtig.

*

»Ich habe das Gefühl, Albert ist ein Blender«, sagte Theodor leichthin beim Abendessen am nächsten Tag und hob das Weinglas.

Albas Miene erstarrte, was es ihr erlaubte, unbeeindruckt zu wirken. Doch der beleidigte Babyton ihres folgenden Satzes verriet sie.

»Nun sprich doch nicht so garstig, Theo.«

»Du erlaubst, dass ich auf meinem Standpunkt beharre. Mir erzählt er nämlich alles.« Theodor schwieg und wartete.

Nichts. Vielleicht das Scheppern einer Gabel.

Theodor schnitt ruhig ins Fleisch, schnippte gezielt etwas Asche seiner heiligen Zigarette in die Mitte des Aschenbechers.

»Ich bin ja öfter in der Gießerei«, Theodor räusperte sich, hatte eigentlich noch weiter ausholen wollen, doch das hier machte zu viel Spaß.

Alba trank einen spitzen Schluck Weißwein.

»Ja?«

Dann abwartendes Schweigen.

Oho, ein wenig kannte sie ihn also schon.

»Mir ist aufgefallen, dass Marthe in letzter Zeit außerordentlich hübsch daherkommt.«

»Aha.«

»Vielleicht küsst Albert ihr deshalb nun so ausgiebig die Hand.«

Zack, das war's. Mal sehen, was nun passieren würde. Genussvoll lehnte Theodor sich zurück und kaute, zwirbelte dann hinter vorgehaltener Hand und verärgert über das profane Intermezzo einen Fleischfaden aus seinen Vorderzähnen. Alba schluckte, Mutter hüstelte und sagte: »Nun ja, wenn man bald sein eigenes Heim gründen möchte, ist so was eine Frage der guten Erziehung. Und die teuren Restaurants, in die er sie neuerdings führt, ins ›Neuhaus‹ zum Schnitzelessen. Na, du sagst ja nichts, Alba.«

»Ich frage mich nur«, hob Alba hochtrabend an, »wie Albert sich von so einem Früchtchen einwickeln lassen kann. Mehr sage ich dazu nicht. Doch Tatsache ist –«

»Tatsache ist was?«, schnappte Theodor, dem es heiß wurde. »Sag es ganz genau so, wie du denkst.«

»Na, wie du es grad gesagt hast.«

»Was habe ich gerade gesagt?«

»Dass sie ein Früchtchen ist.«

»Das habe ich überhaupt nicht, meine Liebe.« In

Theodors rechter Hand war die Zigarette bis auf den Filter abgebrannt. »Ich sprach von Albert.«

»Und ich sagte, du hast recht.«

»Womit habe ich recht, sag es bitte gefälligst.«

Nun trat doch etwas Schweiß auf die Oberlippe seiner Angebeteten. »Aber, Schatz, das tu ich doch schon die ganze Zeit«, sagte Alba.

»Was du tust, ist mir ausweichen, wie immer, wenn es um Albert geht. Ich stelle fest, dass du ihn mit deinem ewigen Zaudern und der Verweigerung klarer Worte eben doch in Schutz nimmst.«

»Schutz vor wem, Theo?«

»Vor dir!«

»Vor mir? Was habe ich damit zu tun, Theo?«

»Womit?«

»Damit. Dem Handkuss.«

»Worauf willst du hinaus?«

»Albert küsst mir nicht die Hand.«

»Aha, so, was küsst er dir denn?«

»Theo, also bitte!«

Seine Mutter schlug mit der flachen Hand auf das Tischtuch und hielt ihr Riechfläschchen an die Nase. Solche Vehemenz kannte er gar nicht von ihr. Theodor machte die Kehle frei und gehorchte fast. Alba für den Moment ignorierend und ganz an die Mutter gewandt, sagte er, sachlich und raffiniert: »Nun, Albert und Marthe gehören demselben Miliöh an. Solide Familien, gutes, westfälisches Vermögen. Manieren. Anders als dieses eingebildete Biest hier, das meint, in meinem Haus nackt Klavier spielen zu können, während wir unten bei Tisch auf sie warten. Das nicht versteht, afrikanisch wie sie ist, wie Servietten zu Fächern gefaltet werden, selbst die Zirrsonn schafft das, aber Lachs bei Klunerts bestellt, der im Laden noch nicht einmal Forelle hat, und obendrein noch Bischk verlangt.«

»Bischk?« Alba lachte hell auf.

»Bischk, ja. Aha, Fremdworte sind uns also auch unbekannt, das kann ja heiter werden. Bischk ist Fischsuppe, geschrieben B-i-s-q-u-e«, sagte Theodor, während Alba mit vorgehaltener Hand ein Lächeln verbarg. Es wurde Theodor zu bunt. Den Kiefer vorgeschoben, erhob er sich. Vor seinem Service stehend, zog er betont langsam die zum Fächer arrangierte Serviette auseinander, faltete sie einhändig zum nachlässigen Quadrat und warf sie auf die Mitte des Tisches. Einzig Bauschekleidmutter schaute ihn heischend an. Alba starrte auf das Eis in ihrem Glas. Mit Würde gepanzert, schritt Theodor aus dem Esszimmer und strich dabei mehrmals seine Krawatte platt, eine unbewusste Geste, wie um sich zu vergewissern, dass die Außenseite seines Selbst das aufgeworfene, erhitzte Innere ausreichend verdeckte. Was er sich in seinem Hause nicht alles bieten lassen musste. Ein gehörnter, düpierter Gastgeber, betrogener Freund. Und dann nicht einmal die Servietten falten können! Hart lachte er auf. Zeit für die Jagd.

*

An bestimmten Tagen, heiß, mit von irgendwoher wehendem Essensgeruch darin, flackerte immer derselbe vergangene Kindheitsmoment in Theodor auf. Der junge Mann hatte einen scharfen Seitenscheitel, die Haut zwischen den blonden Haaren leuchtete rosa und andersartig wie zarte Fischschuppen. Er stand auf der grellgrünen Wiese vor dem Iserlohner Gemeindehaus und trug graue kurze Hosen und einen grauen Wollpullover, obwohl es Sommer war. Hinter ihm spielte eine rotgesichtige Blaskapelle, Wimpel wehten, Schüsse und Johlen kamen von irgendwo.

Theodor hatte vergessen, warum er mit seinen Eltern damals auf dem Gemeindevorplatz gewesen war. Sicherlich war ein Fest gefeiert worden, höchstwahrscheinlich das Schützenfest, an dem seine Mutter Königin geworden war und von dem in seiner Erinnerung grelle Fetzen geblieben waren, seine strahlende Mutter im lindgrünen Kleid, heute unvorstellbar, dass sie je anderes getragen hatte als Bausch und Tüll oder dass ihre Wangen leuchten konnten.

Theodor stand im Baumschatten und blickte zu seinem Vater hinüber, der sich mit steifen Schultern und majestätisch dünnem Hals am Rande einer Gruppe Männer unterhielt, die beschlagene Gläser in den Händen hielten. Seine Mutter saß hinter der Gruppe auf dem Vordersitz einer eleganten Pferdekutsche; ihre Körperhaltung wirkte schräg, und ihre Lippen glühten rot. Sie lachte laut und leiernd, wurde dabei von einer busigen Frau im lila Kleid gestützt. Theodor biss in seine Bratwurst, Fett rann ihm das Handgelenk herunter. Gegenüber seinem Schattenbaum setzte die Blaskapelle an; der Wollpullover-Mann brachte sich in Position, womit gemeint ist, dass er die Schultern straffte und mit gestreckten Beinen die Fersen aneinanderschlug. Seine auf der Grasinsel im Bariton gesungenen Worte wehten zu Theodor hinüber wie die Verheißungen des Delphischen Orakels: »Die Son-ne am Morgen ist lieblich und warm, der Hirsch rennt freeei-in-dem-Wald. Doch seht, schon bald zieht der Sturm he-ran, doch Mor-gen gehört ganz mir. Oh Va-ter-land, Va-ter-land zeig uns, wo lang, wir sehnen nach-dei-nem-Liiicht. Der Morgen kommt und die Welt ist mein, das Mor-gen ge-hört, das Mor-gen gehört, das Mor-gen ge-hört ganz miiir!«

Ja, das war es. Worte wie Kirchenglocken, silberne Kirchenglocken, nein, goldene, schwingende, voller Gnade. Als sei der Wollpullover-Mann eigens für ihn gekommen, um ihm, Theodor, Erst- und Letztgeborenem, die frohe Botschaft zu überbringen, von der er unverzüglich und mit Wurst in der Hand meinte zu wissen, was sie bedeutete, und dann wieder nicht, bis heute wusste er es nicht, aber er trug die Worte immer bei sich.

*

Im Garten war das Licht mild. Domestikin Zirrsonn, den Hals trotz Sommertemperaturen in einen hellroten Wollschal gewickelt, schnitt Petersilie und rauschte erschrocken ab, als ihr Herr und Meister über die Schwelle der Terrassentür trat. Wenigstens eine, die spurte. Er setzte sich auf den Gartenstuhl, stellte die Beine gerade nebeneinander und wünschte sich, er hätte die Geistesgegenwart besessen, das *Altenaer Wochenblatt* mit hinauszunehmen. Wieder hineingehen und vor den Augen der Weiber die Zeitung von wer weiß wo hervorkramseln kam nicht infrage. Er zündete eine seiner schlanken Zigaretten an und wartete. Worauf, war ihm höchstens sekundenweise klar.

Alba kam nicht.

Er blieb sitzen und sah der zwischen den Blättern verschwindenden Sonne zu. Windstille. Schleimspurige Wolken am Himmel. Ausgeblichen, das alles. Durch das Gras wühlte sachter Wind an ihn heran. Dass er Alba gegenüber derartig die Autorität verlor. Gleich morgen würde er Tante Heide telegrafieren. Vielleicht konnte er sie doch noch an den unsäglichen Wildhüter Hans-Horst abtreten.

Abermals erschien das gedunsene, doppelkinnige Gesicht der Zirrsonn in der Terrassentür, verschwand sogleich wieder.

»Allmählich reicht es mir! Ich werde hier allein sein, bis ich irgendjemanden rufe!«

Ruhe.

Doch niemand hielt es für nötig, ihn aufzusuchen. Um sich die Zeit zu vertreiben, schlenderte er gen Tatort, gen Schlachthaus, obwohl es ihm die Kehle eng machte. Sich niemals vertreiben lassen. Im Schlachthaus gab es sicher was zu tun. Auf dem weißen Kadavertisch lagen wie vor einem chirurgischen Eingriff sauber aufgereiht die verschiedenen Messer, das Aufbrechmesser mit Damastklinge, dann noch eines mit Hornschale für die Schnitte an der Drossel, saubere Klingen mit Wellenschliff, zwei Paar Kettenhandschuhe, das rundklingige Messer für das Öffnen des Bauchraums, filigrane Klingen, grobe Allzweckmesser, die Säge für den Brustkorb, spitze Haken für die Hinterläufe, ein Hackbeil und verschiedene Messer für Rippenknorpel und Felllappen. Die Messer waren blitzeblank, aber nicht logisch angeordnet, also machte er sich an die Arbeit und war nach vier Minuten fertig. Er mochte den Geruch des Schlachthauses, die Mischung aus Fell und Tod.

Alba wollte ihn nicht, zumindest nicht so, wie er es sich vorgestellt hatte, als er sie in Afrika gebeten hatte, mit ihm nach Hause ins Sauerland zu kommen. Was sie aber zu fast aller Zeit wollte, waren seine feinen, kräftigen Hände auf ihrem Leib. Schaute sie ihm beim Ankleiden zu, dem Hochziehen und Schließen der Hose, dem Richten des Hemdkragens, während er sich ausgiebig im Spiegel zulächelte, wurde sie nass zwischen den Beinen. Sie sagte es ihm. Wenn er in ihr war, mochte sie es, wenn sein Gesicht ausdruckslos und hart blieb, auch dann, wenn er zum Abschluss kam.

»Ich fühle mich wie ein Wild im Hirschpark«, sagte sie ihm, und er zuckte mit den Schultern, wohl wissend, was sie meinte.

Im Hirschpark lagerte immerhin in vollem Ornat die Reh-Nutte, ausstaffiert und mit kühn ausgreifender, blutleerer Nase. Nein, Alba war kein Reh. Doch was war sie dann? Neulich hatte er einen Traum gehabt. Er stand auf dem Bahnsteig in Finnentrop, winterblasser Himmel, der Zug fuhr ein, und Tiere stiegen aus, Lemuren, Giraffen, ein Leopard. Alle rannten an ihm vorbei in Richtung der Häuser und Straßen. Im Rennen bissen sich die Tiere blutig, mit zerrissenen, brombeerroten Wunden. Ihre Zähne standen vor, selbst die Giraffen hatten spitze Gebisse und verzerrte, fast menschliche Gesichter. Ihre Schreie waren lautlos, und mit Schweiß im Nacken war er aufgewacht.

Alba meinte, Alberts Geld zu lieben, doch noch nicht einmal das hätte er ihr im Falle eines Geständnisses abgenommen. Sein bester Freund war zwar parfümiert und fein, aber winzfingrig, mit nervösen Händen, die Krawatte zu licht. Vor allem aber war Albert geizig und standesbewusst. Er, Theodor, offensichtlich nicht.

Auf der Gartenbank, wo Alba den Nachmittag über gesessen hatte, lagen zerknüddeltes Bonbonpapier und ein Heft, aus dem die Seiten quollen. Nicht in ihrer Handschrift verfasste Notizen oder waren es Tagebücher, Briefe? Theodor setzte die Brille auf und las aufmerksam. »Wie ekelhaft, übel riechend und anfällig wir doch sind«, stand auf der ersten Seite, die er aufschlug. Marthes liebe Schrift. Aha, eine Diebin war die Pute auch noch.

Wie lange kannte er Marthe schon? Schon immer, schien es. Marthe und Albert hatten sich in den Monaten vor Albas und Theodors Ankunft klammheimlich verlobt, taten aber weiterhin so, als sei nichts. Ein Donnerschlag für Theodor, der die Gründe durchaus kannte, es aber bevorzugte, sie bloß zu vermuten, und der bis dato noch nie mit einer Frau so gern geschlafen hatte. Er liebte Marthes Fleisch, ihren Geschmack, die mal dunkleren, mal hellen Melierungen ihrer Haut, ihren wie im Todeskampf durch malmende Kiefer gestoßenen Schweißatem. Wäre es ihm zu verdenken gewesen, hätten seine Stöße ihre Knochen gebrochen?

Als Kind war Theodor von Darstellungen des heiligen Sebastian fasziniert gewesen. Gefesselt und von Pfeilen durchbohrt. Er schien sich himmelwärts gen Peiniger zu räkeln. Warum? Warum blickten die Tiere, die er tötete, ihn fast dankbar an? Freude am Schmerz. War es nicht das, worum es ging, immer gehen sollte? Fesselung, so sah es Theodor, ist freier Wille, und der freie Wille bedeutet Leben. Und was wäre lebendiger und machtvoller als das Göttliche?

»Sollte ich euch anflehen, mich loszubinden, so fesselt mich umso stärker und fester«: Anders als Orpheus, der die Sirenen mit Musik herausforderte und zähmte, wies Odysseus seine Mannschaft an, ihn zu fesseln, bevor das Schiff die Meerenge der Sirenen passierte, Fabelfrauen mit Klauen und Federn, die auf Klippen in der Brandung hockten. Odysseus durchquerte das Getöse, den Lärm aus Tierschreien und Wellenbrausen mit minimalem Aufwand, fast schon Geiz: Die Ohren der Mannschaft waren versiegelt, er selbst angebunden, gefesselt wie Künstler an ihr Werk. Und warum? Um es auszuhalten, zu schaffen, nicht zu erliegen. Ein Wille, stählern, übermenschlich. Manchmal stellte er sich vor, er könne Marthe beim Verkehr fesseln, an Händen und Füßen aufhängen und dann …

Seitdem Marthe also mit Albert verlobt war, wahrte Theodor die Fassung. Solange sie ihm weiter irgendeine Form der Aufmerksamkeit zollte, ging es. An manchen Abenden, wenn die Drahtzieherei schloss, fuhr sie mit ihm heim. Im Wagen drückte sie ihr Bein an seines und kniff ihn verstohlen am Ellbogen. Er setzte sie an der Villa Luft ab, genauer, am Fuße der Auffahrt, und fuhr dann weiter. Einmal hatte sie ihm beim Abschied eine schrumpelige Kastanie vom Vorherbst in die Hand gedrückt, die er behutsam in seinem Sekretär platzierte.

Immer wenn ihn die Traurigkeit überkommen wollte, dass er die gelbäugige Marthe doch etwas mehr vermisste als erwartet, sagte er sich, dass es dann eben so sein müsse, als widme er vergebliche Zeit der Betrachtung einer Ziehdüse, demütig, begehrlich, in Teilen unwissend, wie so viel menschgemachte Herrlichkeit zustande kommen konnte, erst mit genauerem Blick, dann abdriftend, tagträumend, ein feiner Drahtfaden, wie er sich durch meliertes Wasser zog, bot sich seinem inneren Blick.

*

In letzter Zeit hatte Marthe erste gröbere Dissonanzen zwischen sich und Theodor verspürt. Drinnen war die Drahtzieherei, und draußen war Sonnenschein. Es war alles nicht so, wie es sein sollte. Verärgert und mit lautem Geräusch setzte Marthe sich auf die Bank vor der Haupthalle. Auf dem Tisch neben ihr lagen Theodors ausgestülpte Handschuhe mit seiner Fingerform darin. Marthe schaute an sich herunter. Ihr Kleid war schön und einsam, sie selbst blank gerieben von Vorfreude, eigentlich lebte sie immer in Vorfreude. Bald würde Theodor, ihr Theodor, in die Drahtzieherei kommen und warten, bis sie in sein Büro trat. Dann würde er seinen Penis an sie drücken. Wenn er nicht in der Drahtzieherei mit ihr schlief, dann presste er sie in das Land hinein, bedrängte sie, drückte sie in Baumrinde, in das Laub am Boden, nie in Bettlaken.

»Theodor, nicht …«

Marthe klang immer noch müde und verzückt, nach all den Jahren. Sie vermisste die Hoffnung auf ein Leben mit Theodor, konnte aber dem Lebensstil der Villa Luft einiges abgewinnen, denn er glich dem Gewohnten und schwappte da und dort als träge glitzernde Wellen an sie heran.

Morgens brachte die Zofe ihr Madeleines ans Bett, die sie »MadlängnädjeFrau« nannte, ihr »Bittegernschön« wurde zur Melodie für Marthes Welt: mit Arnika eingeriebene

Füße, aufgerissene Fenster und der Blick auf Rhododendren und jetzt im Sommer wirr wachsende Margeriten. Nichts sonst, nur langstielige, an den Seiten struppige und unter der Hitze knickende Margeriten, andere Blumen ließ Marthe nicht zu. Oft nahm sie sich vor, in einem passenden, wallenden Kleid durch die Margeriten zu streifen und träumerisch zur Auffahrt ihres Hauses zu schauen. Vielleicht kam er ja. Doch Theodor kam fast nie, und wenn, dann nie ins Haus hinein. Theodor ließ sich besuchen.

Marthe mochte das Verbotene, doch seit ihrer Verlobung fühlte sie sich ausgehöhlt, fast matt. Warum hatte sie das getan? Sie war Alberts Verlobte. Geld allein war es nicht, sie hatte selbst genug, aber Vater hatte es so gewollt. In vergangenen Generationen hatten Angehörige der Familien »Bank und Stahl«, wie Vater sie nannte, immer wieder untereinander geheiratet, was zu einem mächtigen Familienkonglomerat im Sauerland geführt hatte. Man brauchte sich finanziell, und Marthe hatte sich nicht zuletzt auch aus Bequemlichkeit gefügt.

Marthes Haus, ein aufgeworfener Rundbau, war vorerst noch ihr Heim. In der ersten Woche nach Vaters Tod hatte sie ein Schwimmbecken in Auftrag gegeben, nierenförmig, mit Grotte, »Poolhouse« und einem Sprungbrett. Unerhört, liederlich. Sie war nun frei, niemand beäugte sie mehr durch Schlüssellöcher und von den Fenstern aus, wenn sie im Garten war. Niemand in Iserlohn oder der näheren Umgebung hatte ein Schwimmbecken, nur Marthe mit dem Van-Eyck-Gesicht und den schönen Kleidern, die sie prinzipiell am Beckenrand vor sich niedergoss, bevor sie nackt ins Wasser sprang. Theodor schwamm manchmal bei ihr.

Meist lag er dabei garstig am Beckenrand, tauchte nur ab und zu misstrauisch einen Zeh ins Wasser. Wie er ihr fehlte. Die Goldkette auf der Brust, die nervös wippenden Beine, von ihm gänzlich unbemerkt, der abweisende Kopf.

Marthe liebt Wasserwellen im Haar und Wasser im Becken. Langstielige Gläser und rosa Licht am Abend in allen Zimmern. Das alles machte sie nach Vaters Tod, sie machte es sich schön, wie Mutter damals. Mutter hatte aufgetürmte Haare gehabt und Cologne aus Italien getragen. Sie kämmte sich die Wimpern mit einer kleinen Bürste und feierte gern spontane Geburtstage, meist ihre eigenen, ohne zu sagen, wie alt sie wurde, oder die Geburtstage und Nicht-Geburtstage von Freunden, die auf Besuch kamen, und wenn ihnen der Schaumwein besonders gut schmeckte. Niemand in Mutters Umgebung konnte sich seines genauen Alters mehr sicher sein.

»Und so soll es ja auch sein, Schätzchen, nicht wahr«, sagte Mutter und nahm das Gesicht des oder der Befeierten in ihre Hände. »Du bist nur so alt wie deine Erinnerungen.«

Dann lachte sie, und noch Stunden würden die Wangen nach ihrem pudrigen Parfüm riechen.

Vater hatte Schuppen auf den Schultern, selbst im Schlaf rieselten sie an ihm herunter, von ganz Nahem betrachtet, wirkten sie durchsichtig, wie feine Fischhäute. Er hasste Schaumwein und Schwimmen. Seitlich der dünnen Nase pellte sich seine Haut. Vater war glücklich und exaltiert, wenn er trank, und wütend, wenn er nüchtern war. Über Marthes Mutter sprach er schlecht, und von ihm hatte sie den Satz, der eigentlich einer anderen gehörte. »Wie ekelhaft, übel riechend und anfällig wir doch sind«, schrieb Agnès Sorel, die schöne Frau von der Loire und erste königliche Mätresse Frankreichs. Zusammen mit Vater ging sein Geruch nach Haut und zu oft getragenen Kleidern, doch Mutters Pudergeruch blieb an den Ecken und Kanten aller Möbel hängen.

Seit Theodors Rückkehr aus Afrika, eigentlich seit seiner Abreise in das Land, in das sie aus Angst vor den Afrikanern nie freiwillig einen Fuß gesetzt hätte, beschränkte sich ihr Kontakt zu Theo auf Körperliches und Briefe. Sie schrieb ihm in Momenten, in denen sie einigermaßen zufrieden war, sonst hätte sie es nicht geschafft. Andere Frauen hätten sich zum Schreiben vielleicht auf eine Chaiselongue gelegt, ihre Briefe wollüstig begonnen, »jetzt gerade schreibe ich dir im Liegen und fast ohne Kleider«. Marthe fiel in die Schrift wie Alba in die Musik; sie schrieb ernst und hoheitsvoll, die Zungenspitze zwischen den Zähnen, zuerst ins Unreine mit Mutters Füllfederhalter und dann auf dickes Briefpapier mit Bleistift, genau auf die perfekten Rundungen der Konsonanten achtend, die Schattierungen des Graphits, Wörter wie Federn.

»Theo, zum Abschluss – ist es ein Abschluss? – eine Erklärung«, schrieb sie an Theodor, als dieser schon längst wieder aus Afrika heimgekehrt war.

Eifersucht ist schlimm, ja. Ich dachte, es sei weiterhin in Ordnung mit uns. Das war es auch; es war sogar schön, wie früher. Ich hatte mich unendlich auf Deine Rückkehr gefreut. Dann hat die Ankündigung Deiner neuen Bekanntschaft in Afrika alles (unerwartet) eingestürzt. Warum? Beim Lesen Deines ersten Briefes von dort kam mir der Gedanke: Ja, genau, er ist dort verliebt, und natürlich bekommt diese Wer-auch-immer Pralinen aus Westfalen von ihm eingeflogen, natürlich erledige ich das für ihn, warum auch nicht? Es wäre ja auch das Richtigste der Welt gewesen, dass Du Dich verliebst, zumal heldenhafte Entsagung Deinerseits, und dann noch wegen mir, nichts besonders Praktisches in einer Gesellschaft hätte sein können, die in unseren Schichten auf Testamente und Erbverträge setzt. Aber es hat mich so traurig gemacht, ein paar Zeilen weiter Deinen Verweis auf die interessante Gedankenwelt Deiner Bekanntschaft zu lesen. Mein Gedanke: Die geistige Verbindung, das hat er nicht mit mir, sondern mit einer anderen. Ich mochte in Deinem nächsten Brief Deine Reaktion auf meine Eifersucht. Als Du dann aber vom »Michnehmen« schriebst, kam mir der nächste (rückblickend alberne) Gedanke: Ja, natürlich, für mehr will Theo mich nicht, für »nehmen« oder Pralinenschicken bin ich zuständig, aber nicht für Zuneigung oder gemeinsames Denken. Im selben Moment habe ich es vermisst, Dir Baudelaire-Gedichte zu schicken, musste an meinen dicken Madame-Bovary-Koffer denken, immer dann, wenn ich versuchte, das Sauerland auch nur für einen Tag zu verlassen, nach Köln zu fahren oder nach Bacharach, und dann immer erschöpft aufgab, weil Vater so schrie und Mutter nicht mehr da war. Und daran, dass immer nur ich Dich heimlich irgendwo besuchen fahren wollte, für winzige Zeitausschnitte, und dass ich nie wagte, Dich zu fragen, ob Du vielleicht länger an dem und dem Dienstag Zeit hast, ob wir wohin fahren könnten, lange spazieren gehen, doch ich kannte ja immer die Antwort. Klammern wollte ich auch nicht. Du jagst so viel, Du schreist, wirfst Teller aus dem Fenster. Mit deiner »Neuen« kam für mich der nächste Schmerzpunkt, Dich fortan in Ruhe lassen zu müssen. Dazu die üblichen Gedanken, der Wahnsinn, dass wir uns seit je bloß stundenweise für Du-weißt-schon-was sehen. Dass wir kaum je reden, dass ich Dich wahrscheinlich kaum kenne. Aber braucht die Ferne nicht erst recht eine Form der routinierten Nähe? Sonst zerfällt alles in Traurigkeit (ich) oder Gleichgültigkeit (Du?). Du sagst, Du kannst mit einem ruhigen, beherrschten Gesprächston besser umgehen als mit (meinen) hysterischen Gesprächsfetzen und Gedankenwellen und mit richtigen Wellen statt der unten im Schwimmbecken. Das verstehe ich. Ich hingegen kann nur sehr schwer mit Stille umgehen, sie verletzt mich mehr als eine Beleidigung, »hysterisiert« mich, wie der österreichische Arzt es nennt. Du fragtest mich, wer die wahre Marthe ist, die nackte im Schwimmbecken oder die angezogene im Walzwerk? Ich kann das nicht beantworten. Ich kenne meine Schwächen zu gut, das Destruktive, schnell Verunsicherte, Unreife – die Hölle, wie Du es nennst. Doch aus der Ferne werden solche Dinge auch stärker wahrgenommen. Du hast mich die Stunden oder Tage vor unseren Begegnungen nicht lachen sehen, mich nicht ruhig schreiben sehen oder aufräumen oder in einem schönen Kleid spazie-

ren. Ich weiß nicht, ob ich ein guter Mensch bin, ich hoffe es, ich bemühe mich.

Wer ist Theo für Marthe? Ein Splitter im Fleisch, viel Helle, Wind im Haar. Als ich zum ersten Mal bei Albert ganz hoch in der Villa Luft saß, hoch über den Wiesen, und ihn im Nebenzimmer herumwühlen hörte, alles dort so elegant, voller Licht und Bücher, was seltsam anmutet für eine Stahlfamilie, musste ich an uns denken und wie es hätte sein können, ohne Deine Jagerei, das Getriebene. Wenn ich jetzt aber sage, dass ich wünschte, dass wir uns nie kennengelernt hätten, dann meine ich damit, dass ich wünschte, mir wäre mein eigenes Versagen (Dir gegenüber) erspart geblieben, dieser Schmerz über Dich und diese Hingezogenheit zu Dir, die alles, was ich bin, in Zweifel ziehen.

Warum hast Du mir nie gesagt, dass Du diese hochmütige Person liebst? Warum sagst Du es bis heute nicht? Sie behandelt mich schäbig, und Du schaust zu.

»Du bist so exklusiv wie meine Adresse«, schriebst Du mir gestern auf meine Frage hin. »Theo«, wollte ich zuerst antworten, »nun habe ich diesen Satz vierzigmal gelesen, als wäre er eines von Kafkas Rätseln, laut und leise, Worte umgestellt, Synonyme gesucht, die Syntax umgeschachtelt – und nein, das hier ist nicht zweideutig, es IST *so! Dann habe ich gewartet, wie sich das anfühlt, und ich hatte recht, der ganze Zorn der letzten Monate ist fort, ich bin so tief glücklich wie früher, vor Afrika. Ich kann es kaum glauben, es ist wie atmen. Ich halte mein Versprechen: Kein eifersüchtiges Gezanke mehr, kein Hin und Her, es ist*

alles gut zwischen uns, so, wie es eben ist. Eine aus Wut zugesagte Einladung nach Köln habe ich gerade abgesagt. Ich küsse Dich überall und sage Dir alles Schöne.«

Doch nun merke ich, dass ich Dir wieder aufgesessen bin. Deine Nachricht ist nicht ambivalent, doch der Kontext ist es. Warum nicht einfach sagen: »Nein, ich habe niemand anderen, ich liebe diese Person nicht, sie ist bloß eine Cousine«? Stattdessen dieses Komplizierte, Raffinierte. Ich bin kein Dummkopf, Theo. Eine exklusive »Adresse« sagt nichts über andere »Orte« aus, andere Kontaktformen, Adressen, Affären, Bordelle, weiß der Teufel. Es ist schade, Theo, ein trauriger Albtraum für mich. Du machst mich unglücklich. Aber gut, mach, was Du machst, warum sollte ich auch bürokratisch-bourgeoise Maßstäbe an Dich oder uns erheben, Lügengeflecht bleibt Lügengeflecht, nicht wahr? Nicht alles, was Dir nicht in den Kram passt, ist Gezänk; derjenige, der am meisten schimpft, hat nicht notwendigerweise das größte Unrecht. Nun habe ich die Einladung nach Köln wieder zugesagt. Siehst Du denn nicht, dass Deine »Ehrlichkeit«, kombiniert mit »Vagheit«, alles beschwert und daher kaputtmacht, eben weil diese, Deine Art mich so hysterisiert?

Es war immer alles gut und schön, ich habe das Schöne zwischen uns nicht weggenommen; ich habe – verzeih dieses Minutiöse, das nun kommt – mich trotz der Unmöglichkeit, unter meinem Stand heiraten zu können, zu dürfen, Vater ist immer da, auch wenn er tot ist, und er wird immer über mir schweben wie eine seiner Schuppen, also noch mal, ich habe mich ernst und tief auf uns eingelassen, kleine Reisen geplant und durchgeführt – weißt du noch, Finnentrop? –, Dir realistische Orte und Situationen vorgeschlagen, in denen wir uns frei sehen könnten, Dich gefragt, wie es Dir geht, Deine Geschäftspläne und Fakturahefte gelesen und kontrolliert, selbst Deine Dissertation kenne ich. Ich habe mich für Deine Arbeit und das Walzwerk interessiert, das Schlachthaus, Deine Schießerei, Deine Tischgedecke und Dein Lieblingsessen – und das alles trotz Afrika.

Hast Du irgendetwas davon je getan? Du sitzt an meinem Beckenrand, und selbst dort scheinst Du nie froh, sondern irgendwo anders, weit weg in einem anderen Geistesreich. Du sagtest mir so oft: »Ich möchte dich immer bei mir haben.« Als Du in Afrika warst und ich zunächst skeptisch wegen der Distanz zwischen uns, sagtest Du mir Ähnliches. Und ich habe nur schülerhaft, bewundernd in allem, geglaubt, was Du sagtest und ernst genommen, was Du mir an Zuneigung suggeriert hast. Trotz der Lage.

Du hast mir gesagt, dass Du mich liebst – warum sollte ich das nicht freudig glauben, warum sollte ich nun Teil einer Mehrfachaffäre sein? Warum, Theo? Es war mir immer klar, dass wir nie mehr sein würden als ein Verhältnis. Aber darf man nicht auch dann exklusiv begehrt werden wollen? Denn genau darum geht es, zumindest für mich, bei einer Liebesaffäre, darum, sich auf das Besondere, Einzigartige in jemandem zu konzentrieren, um ein von diesem Besonderen ausgelöstes Begehren. Ich kann und werde es nicht teilen wollen.

Du denkst, meine Düsterkeit hat alles zerstört – Du weißt genau, wann und warum das ganze »Hin und Her« begonnen hat. Ich bin nicht düster, es ist alles Gute da, ich bin hell – doch Du bist gegangen, und zwar immer ein Stück mehr und endgültig seit Afrika.

Du sagst, wenn Du mir Leid bringst, dann soll ich Dich vergessen. So einfach ist das leider nicht. Es kostet Kraft, genauso, wie es Kraft kostet, jemandem, der sich abwendet, die Worte »Ich liebe dich« zu sagen oder zu schreiben. Das Schreiben gerade kostet Kraft. Es kostet nicht zuletzt auch Kraft, weil ich Deinen Körper so begehre, die (einstige) Richtigkeit zwischen Deinem und meinem, die Linien an Deiner Hüfte.

Ich frage Dich allen Ernstes und bitte Dich um Ehrlichkeit – nicht in einer Antwort an mich, sondern Dir selbst gegenüber: Ist nicht die größte und zynischste aller Spitzkehren Deine Umdeutung meiner hellen Verliebtheit und Bereitschaft für diese Freundschaft zwischen uns in eine Düsterheitserzählung? Ist es nicht zynisch, mich erst für eine andere vom Podest zu stoßen und mir dann Eifersucht, Unsicherheit, Traurigkeit, Unentschlossenheit vorzuwerfen, als seien diese dem Sturz vorangegangen?

Ich weiß nicht, was Du für mich empfindest, warum Du die Dinge tust, die Du tust. Manchmal denke ich, ich kann Deine Liebe fühlen, ein Flackern davon, etwa in Deiner Geduld und Beharrlichkeit uns gegenüber, mir gegenüber.

Du kannst natürlich tun, was Du willst und mit wem Du willst. Trotzdem habe ich das Gefühl, dass es an Dir ist zu entscheiden, was das mit uns noch ist. Ich kann Dir nur sagen: Ich wäre da. Doch ich kann und will nicht um Zuneigung und Exklusivität betteln. Niemals.

Jetzt ist wieder etwas Beschwertes herausgekommen, und ich stimme Dir zu: Ich möchte es auch nicht, ich hasse es. Ich hatte mich vorhin erst verlesen, zum Guten, Deine Frage in Deinem letzten Brief: »Kann da noch Gutes, Schönes draus werden?« als: »Da kann noch Gutes, Schönes draus werden« gelesen, und ich war dabei, ganz anders zu antworten, nämlich einfach mit einem klaren, leichten: Ja. Deine Marthe

*

Zutiefst verletzt von dem Vorwurf, Servietten nicht zu Fächern falten zu können, und noch beunruhigter über das mit Marthe und Alberts Handkuss, hatte auch Alba sich vom Tisch erhoben und war nach oben gegangen. Auf der Treppe hatte sie mehrmals den Stoff über ihrem Hinterteil glatt gestrichen. Im Schlafzimmer angekommen, bekam sie Schluckauf. Gut, dass Theodor nicht da war. Sie fügte jedem Schluckauf einen kleinen, aber lauten Rülpser hinzu und betrachtete im Spiegel die betretene und verwirrte Miene, die plötzlichem Aufstoßen folgt. Nicht sehr schön. Theodor tolerierte Rülpsen nicht.

Neben ihrem Toilettentischstuhl lag eine seiner Zigaretten. Sie grapschte danach, zündete sie an, überschlug ihre denkwürdigen Beine und hielt ein kurzes inneres Zwiegespräch mit ihrem Vetter und Herrn. Immer mit ihm schlafen würde sie fortan, jawohl. Das mit Albert musste sie anders regeln; durch den Handkuss verhielt es sich ernster als gedacht. Die Asche der Zigarette achtlos auf den Toilettentisch stäubend, musterte sie den gepolsterten Hocker, auf dem Theodor saß, wenn er ihr beim Schminken zusah. Gerührt betrachtete sie die von seinen Gesäßbacken hinterlassenen Vertiefungen, sprang auf und klatschte ihren Hintern auf den Hocker, um die Kuhlen zu vermengen. So, da hast du's, Theo, ich auf deinem Schoß. Und nun? Versuch nur mal aufzustehen! Lachend erhob sie sich, zog ein paarmal an der Zigarette, hustete.

Liebe, bedeutsame Haarmähne, ich werde dich waschen, Mätresse zweier Männer, du, gepflegt sollst du sein, die schönste Pracht im Sauerland! Sie rannte ins Bad und ließ Badewasser ein, tunkte ihren Körper ein, noch bevor die Wanne voll war. Wie unersetzbar ihr der eigene Haarschopf, das Gesicht, ihre Beine plötzlich schienen. Also, lass uns mal sehen, begann sie, als schriebe sie einen ihrer Vermerke für die Zirrsonn, den Dummkopf, noch begriffsstutziger als ihre Domestiken daheim, die aber durchaus in der Lage waren, jeden ihrer Befehle anstandslos und mit wissendem Blick auszuführen. Also, lass uns mal sehen, meine Beine sind einwandfrei, meine Hände auch, nur die Nägel zu weich. Mein Hintern wabbelt, wenn ich gehe, das Bauchfett, und sicher sieht mein Allerwertester nicht schön aus, wenn ich sitze, doch wer schaut mich schon von unten an, nein, diese Stellung habe ich nirgends zuvor je eingenommen, pfui. Aber bald, Theo will nicht mehr lange warten, bei Albert ist es noch nicht so weit. Beine und Arme sind nahezu haarlos, nur ganz feine, durchsichtige Härchen gibt es da, Marthe hat einen regelrechten Rasen an den Schienbeinen wachsen. Sie stand auf, das Wasser lief an ihr herab, und seifte sich ein, unter den Armen, hier wuchs zu viel, als sei die Achsel eine Verlängerung ihrer Haarkrone, dann die Poritze.

Beeil dich, du Huhn, Theo kommt immer dann, wenn er wütend war und vor Wut matt wird, als wolle er es nicht zulassen, dass es ihm wieder gut und friedsam gehen könnte. Bis dahin musste sie trocken sein. Sie ließ sich ins Wasser fallen, ein Schwapp davon platschte auf die Fliesen. Komm schon, Theo, du weißt, ich habe es nicht so gemeint, den Schlachthauskuss. Albert ist klein, mit zu zarten Fingern, ich mag deine. Mach doch bitte nicht so ein Gesicht. Ich werde deine Servietten nicht mehr Lappen nennen, sondern *särviätt*, französisch ausgesprochen, das ist ihnen würdiger. Ich werde auch meine Hand nicht mehr in das Tischtuch krallen, wenn ich etwas erzähle, sodass sich Teller und Schüsseln nicht verschieben, mein Geliebter, ich verspreche es. Ich werde Mahler für dich spielen, wie du es magst, und du darfst mich dabei von hinten anschauen, wie du es magst. Warum du mein Gesicht dabei nicht sehen willst, ist mir schleierhaft, aber sei's drum. Wie sieht mein Gesicht eigentlich aus, wenn ich spiele? Schnell raus aus der Wanne, das kann nicht warten. Schaumige Pfützen verteilend, rannte sie ins Schlafzimmer, setzte sich nackt und nass auf den Hocker. Nachdenken, bitte, du Gans, nachdenken. Sie schloss die Augen beim Klavierspiel, richtig. So. Liderzittern, das war normal. Nase bewegte sich nicht. Aber der Mund! Der Mund war's. Die Lippen. Beim Spiel zusammengepresst und runzlig wie bei einer Vierzigjährigen. Die Linien zwischen Nase und Mund tief und hart. So was will man nicht sehen, dieses Ausgelaugte, als hätte sie seit zwanzig Jahren die Finger nicht von den Tasten genommen.

Theo hatte sie also mit Albert gesehen. Anscheinend haargenau gesehen. Jetzt nur nicht die Nerven verlieren. Theodor besänftigen, irgendwie. Zurückschicken lassen würde sie sich nie, niemals. Nicht dahin zu den müden Körpern und dem dürren Land. Als Kind hatte sie in Afrika Bücher über Afrika gelesen und war davon ausgegangen, ihre Umgebung sei wahrer, echter und besser als die in die Savanne hineingestanzte, von Maulbeerbäumen und Protea gesäumte Kopie eines obsoleten westfälischen Haushalts. Doch es war nie so gewesen, zumindest nicht dort, wo sie lebte. Die auf der Farm angestellten Arbeiter waren zerlumpt. Unterschiede zwischen Leoparden und Löwen schienen sie nicht zu interessieren, Tatzengröße, Fährtenleserei, wer brüllte wie, aber alle wollten bei Hans-Horst schießen lernen, auf Dosen oder hinter dem Haus aufgeschüttete Müllberge.

»The deeper the white man went into Africa, the faster the life flowed out of it«, würde der Fotograf Peter Beard ungefähr vierzig Jahre später über Albas zurückgelassene Welt sagen. Dass der weiße Mann den dunklen Kontinent ruinieren würde, immer mit einem gleichgültig-brutalen und einem romantisch-verklärenden Auge darauf, lag 1926 schon lange im Bereich des Möglichen, aber noch nicht im

Bereich des Denkbaren. Als Theodor auf Alba traf, war fast nichts am westlichen Blick auf Schwarzafrika empfänglich für die dort angerichteten Verheerungen und Ausbeutungsverhältnisse und Tiere, all die Tiere, tot, angeschossen oder lebend, in endlosen Weiten.

Die eigentlich auf viele Monate angelegten Wochen, die Theodor zu Alba kam, erzählten tief drinnen, im Gewebe ihrer Zueinandergezogenheit, das Ende von Afrika als verwunschenem Kontinent. Alte Bilder, vergilbt, wie Postkarten in Ständern und feucht vom Wind, Jäger, breite Veranden und Tropenhelme, Frauen, deren Gesichter umso schöner wirken, wenn sie vor Malaria fiebrig glänzen, dennoch fehlte es so, wegen Mutter und Vater und der lieben Oase, die die Farm gewesen war. Alba sprang auf, weg damit. Ruhe bewahren. Er würde sie nicht wegschicken, nein, dazu war sie zu herrlich, zu neu, ihr Haar …

Sie rieb sich mit Baobab-Öl ein, ganz, überall, und legte sich ins Bett. Sie umschlang sich mit den Laken, presste den Stoff an ihre Haut, bis er Fettflecken bekam. Sie ließ abrupt los, strampelte die Laken weit weg ans Fußende. Wo Theodor die Stille mochte, verlangte es Alba nach Lärm. Theodors Schweigen setzte seinem Selbst Grenzen, bestätigte es gewissermaßen: Er war die Säule, sein Kopf der Pilaster, war selbstbeherrscht bis aufs Äußerste, wenn es nicht gerade um den Esstisch ging und nur solange die Körper anderer ihm nicht zu nahe kamen. Vor Ekstase schauderte er zurück, vor überschäumender Freude, kurz, vor jeglicher Regung, die mit Befriedigung in Verbindung gebracht werden könnte.

Albert war anders, er küsste ihre Brust, als sei sie ein

Ladenmädchen, und er redete dabei zu viel. Wie anstrengend sie waren, die zwei. Reizend. Und sie mittendrin. Vielleicht war sie einfach nicht geeignet für so was, immer verdarb der eine alles mit dem anderen. Huch, es wurde kalt. Nun schnell fester zudecken. Ihren Körper, den schönen. Vielleicht sollte sie mal runter in die Stadt in den Schönheitssalon? Nase schminken, nein, pardon, den Mund und die Wimpern. Aber da würden die Weiber der Stadt sitzen und sie anschauen, tuscheln.

Neulich hatte sie einen Traum, das war schlimm. Sie war im Schnee und dick und fein angezogen, mit Pelzmantel und Kunstwimpern aus Nerz. Sie kam in eine Schneehütte, glänzendes Holz, Fellteppiche überall und war so müde, dass sie sich auf ein Sofa legte und die Augen schloss. Herein kamen Frauen mit Männergesichtern, die flüsterten und ihre Hände nach ihr ausstreckten. Sie zupften an ihren Kleidern, eine nahm ihr die Mütze ab, und sie tat weiter, als schliefe sie. Ganz nah kamen sie an ihr Gesicht, und ihre Münder rochen nach Käse. »Sie ist schön«, sagte eine. »Gleich nicht mehr«, sagte eine andere und zog ihr die Wimpern ab, falsche Wimpern aus Nerz, ganz langsam, als würde sie einen Apfel schälen. Angst kam in sie, was würde Theodor denken, wenn er sie so sah, halb nackt im Gesicht. Weg mit dem Traum, nein, nicht mehr dran denken. Aufstehen, anziehen, dann in den Garten gehen, dort lagen noch Blätter, die brauchte sie für eines ihrer anderen Gesichter, die Obstgesichter, Äpfel für die Wangen, Trauben für die Augen, wenn sie sie doch nur malen könnte, aber nein, dann würde ihnen etwas verloren gehen, es war doch viel echter so, angeordnet auf dem Tisch, und dann verrotteten sie langsam. Und war es nicht besser so, als das Obst unten in Schalen zu arrangieren? Das hatte etwas Dirnenhaftes, als würde sie die Beine aufschlagen. Nein, hier oben, als Gesicht auf dem Tisch, und wenn sie eine Traube davon nahm, kurz bevor Theodor kam, um sie in den Teppich zu drücken und dann wieder zu gehen, würde ihr Mund danach schmecken, nach Obst, auch wenn er sie nur selten küsste. Aber man wusste ja nie. Gut riechen, gut schmecken, schön aussehen, die Brust nicht zu bedeckt, nicht zu frei, doch wenn sie sich nur sachte nach vorne lehnte, oh lala, haha, sein Blick dann immer, wachsam, wunderbar.

Neulich hat er mir sein neues Messer gezeigt, aus Köln hat er es, und mir war kurz ganz schwach vor Verlangen nach ihm und eklig von dem, was Männer da unten haben. Ich fühle mich so würdig, wenn er in meiner Nähe ist, und beobachtet, angeschaut. Wenn er im Türrahmen lehnt und mich anstarrt, ohne dass ich weiß, was er denkt, dann will ich zu ihm gehen und meine Arme um seine Hüften schlingen, da, wo der Gürtel sitzt, damit er weiß, er gehört mir, aber das kann ich nicht, denn dazu müsste ich mich hinknien, und das wäre, als würde ich mich wie Obst in eine Schale legen, und er nimmt nix davon.

Vielleicht habe ich es neulich übertrieben, als ich mir selbst Blumen nach Hause bestellt habe, dreißig Rosen, nein vierunddreißig, das waren alle, die im Laden waren, die der Droste absichtlich liefern sollte, als ich reiten war, damit es unmöglich so aussehen konnte, als hätte ich das arrangiert. Die Zirrsonn stellte die Blumen mitten auf den Esstisch, ausgerechnet, der heilige Esstisch! Und wie passend. Theodors Augen wurden zu Schlitzen, als er die Blumen sah, er sagte aber nichts. Nichts. Dabei sollte er doch fragen: »Von wem sind die Blumen, verdammt noch eins, wer wagt es sich? Du gehörst mir.« Aber er sagte nichts, schlitzte nur die Augen. Als ich dann ein paarmal seufzend an den Blumen vorübergestrichen war, so als würde ich gerade an jemanden denken, den Absender natürlich, während er im Sessel saß und mich bestarrte, war es aus. Er sprang auf, mit kaltem Gesicht, nur die Wangen rot. Wie er mich am Haar zog, als steckte ich im Wasser fest. Er zog mich hinter sich her, Richtung Wand, was gut war, denn er lässt mich an der Wand doch immer fallen, dann ist es schnell vorbei, aber diesmal nicht, er hat mich an die Wand gedrückt, und kurz dachte ich, er drückt mir die Luft für immer ab. Bin ich unanständig, wenn ich sage, ich wollte ihn danach besonders? Ich darf mir nicht selbst leidtun, nein, hör auf, du Gans. Theo ist ein guter Mann. Ekelhaft, mein Wunsch nach Erniedrigung, ich kann mich selbst nicht ausstehen. Trotzdem werde ich mich nun hübsch machen, das Gazekleid, schnell hinein, die Strümpfe, wo sind sie, warte, da, nicht die mit den gröberen Maschen, die ganz feinen, die aussehen, als trüge ich Haut. Keine Unterkleidung heut Nachmittag, bald ist Abend, er hat nun schon einen Schnaps drin, ich muss schnell unten sein, bloß nicht zu früh, das wäre noch schlimmer, nüchtern am Nachmittag ist er unausstehlich, aber zu spät darf es nicht sein, dann wird gedeckt, dann ist's aus mit der betüddelten Laune. Moment, nein, lieber doch Unterkleider, sonst wabbele ich vorne am Bauch und hintenrum. Das hat er mir schon mal gesagt, schrecklich war das, dass ich wabbele wie ein Nilpferd. Und obwohl er so geredet hat, habe ich dabei nur auf seine Hand gestarrt, die langen Finger, genau die richtige Breite für alles, einfach alles, den Ring am kleinen, und immer sind sie warm, auch im Winter, warme Kissenhände, sage ich ihm. Das sind deine Hände, hat er geantwortet, und ich wollte ihn anbeten und anschreien, nimm mich und behalt mich, und natürlich habe ich es gelassen. Ich sprang auf, um die ersten Akkorde von Mahlers Quartett in d-Moll zu spielen, nur das Klavier, obwohl die Geige viel schöner wäre, nur leider spiele ich kaum Geige und lange nicht so gut wie Klavier, und wenn ich Mahler spiele, fühle ich mich eng und will ausbrechen und schreien, aber das interessiert ihn nicht. Warum ist alles so leer? Mir fehlt Mama. Die Luft zu Hause. Der Staub. Warum ist die Luft nicht mehr in mir? Wenn ich an zu Hause denke, dann doch immer als Luft, die zu den verschiedenen Tageszeiten weht, und wie sie riecht. Morgens warm und nach Wasser, mittags ist die Luft schwer und riecht nach Erde, nachmittags wird sie kühl, und der Himmel ist in ihr. Bitte. Ach. Ach, papperlapapp. Ich bin nun hier. Ich muss Theodor einmal fragen, ob er Klavier spielen möchte. Ich kann es dir beibringen, werde ich sagen und an seinem Hals riechen, schnüffeln, mein Gott, das wird ihm auf die Nerven fallen. Ich werde ihn fragen, ob er wirklich an mich denkt, in seinem Zimmer drüben, wenn er nachts einschläft. Er hat es mal gesagt, dass er immerfort an mich denkt. Entsagung jenseits des Ganges, darauf käme es an. Ob er das auch diesem Weib Marthe sagt? Sicher. Ha, das glaube ich aber ganz fest. Sagt er ihr auch, dass ihr Hinterteil wabbelt? Sie spielt keine Instrumente, angeblich soll sie schwimmen, da wabbelt alles, im

Wasser und überhaupt. Zu Hause schwimmen wir nicht, das wäre unerhört. Ich wusste doch, dass ich etwas Besseres bin. Ich bin wirklich eine dumme Gans, warum habe ich das mit den Blumen gemacht? Es hat ihn abgestoßen. Später, beim Abendessen habe ich mich blamiert, als ich ihm so beflissen den Bratensaft reichte. Wie eine Nonne den Spendenbeutel, nein, wie eine Dienerin, schlimmer, wie die Zirrsonn. Und warum? Wie ich ihm die Sauciere quer über den Tisch hingehalten habe, meine Hand muss gezittert haben, alles klapperte. Oder kam es mir nur so vor? Oh, Grundgütiger, hätte ich den Arm nur nicht so ausgestreckt. Eine Bettlerin, ja, das bin ich, eine Bettlerin um Aufmerksamkeit, und er wollte noch nicht mal Bratensaft. Ignoriert hat er meinen ausgestreckten Arm: »Ich bevorzuge es heute saucenlos.« Saucenlos! Was hätte ich ihm da sagen sollen. Aber nein, Theodor, das bildest du dir ein, du brauchst Sauce, wie du mich brauchst, mich, deine Königin aus Afrika. Deine Ariadne mit der Nase der Gebieterin, ich küsse dich sogar unter Wasser, wie du es magst, nur das mit der Zunge klappt meist nicht, es tut mir leid. Ach, mir wird kalt, ich muss mich besser zudecken, das Öl hat alles verschmiert. Nein, aufstehen muss ich, mich schön machen, das leichte Kleid anziehen mit dem Blau im Stoff, Wasserkleid nenn ich's, und ich mag, wenn er mich darin an sich zieht und hinlegt und ich meine Beine um ihn schlinge, die ihm entgegenlaufen, immer entgegenlaufen. Manchmal lässt er seinen Zeigefinger über die kleine Falte zwischen meiner Lippe und meiner Nase gleiten, die es nur gibt, wenn ich lächele. Ich muss dann ganz lange lächeln, ach, es ist so anstrengend und sieht dümmlich aus. Aber er scheint es zu mögen, obwohl sein Blick immer fern und starr ist, wenn er das macht. Er schaut nicht, fühlt nur. Das mit den Servietten werde ich nun üben, er wird schon noch sehen, was ich ihm alles zeigen werde. Er weiß gar nicht, wie sehr ich es liebe, wenn er auf mir ist und dabei Brille und Anzug trägt, der nur vorne aufklafft, um das Nötigste herauszulassen. Seine Brille ist eckig gerahmt und aus dunklem Horn und seit Neuestem etwas zu weit an den Bügeln, wodurch er permanent die Nase rümpfen muss, damit sie nicht runterrutscht, und sein Gesicht sieht dann ganz konzentriert aus, als ginge es nur um mich. Dabei beschämen seine beobachtenden Blicke mich eigentlich.

Es ist einfach so anders mit ihm als mit Albert, der immer so höflich ist und fein, und wenn er mich plötzlich doch nicht treffen kann, dann schreibt er mir: »Liebe Löwin, heute Abend rechne ich nicht mehr darauf, hier zeitig wegzukommen und dich zu sehen, wenn du es aber doch wünschst oder dir etwas einfällt, wie wir das arrangieren könnten, dann hinterlasse mir ein Wort an der Pforte des Werks, bevorzugt geschrieben, oder schicke es mir geschrieben und versiegelt, absenderlos, in die Villa.« Hat man so was schon erlebt. Manchmal sage ich ihm, ich wünschte, ich wäre dein Taschentuch vorn im Revers, dann könntest du mich immer einfalten und bei dir tragen, und wenn du Sehnsucht nach mir hast, dann nimmst du mich hinaus und drückst mich an deinen Mund. Er lacht dann, sagt nichts und schaut kurz traurig. Theodor schaut nie traurig, nur manchmal habe ich das Gefühl, er tut es doch, wenn ich nämlich ihn beobachte und nicht er mich. Etwa bei der Rasur, neben ihm die brennende Zigarette im

Aschenbecher, oder allein im Esszimmer, wenn er im Sessel sitzt, die Beine ganz gerade, wie ein Verbannter am Strand mit Blick aufs Meer. Er fühlt sich eingemauert in seiner Liebe, sagte er mir einmal. Welche Liebe, Theodor? Keine Antwort. Theodor antwortet nicht. Ach, gäbe es nur einen anderen Ort für uns, weder hier noch dort. Ohne all die schrecklichen rotgesichtigen Leute, die gucken, warten und lauern, was wir als Nächstes tun. Wie schade, dass ich ihm nicht meinen liebsten Ort zu Hause zeigen konnte, den unter dem Marulabaum, als Kind habe ich mir vorgestellt, ich würde ganz klein in einer Ritze der Borke wohnen, stundenlang saß ich davor und habe auf eine dieser Ritzen gestarrt, aber da wollte Theodor schon abreisen und war ungeduldig. Der Bootsausflug mit Herrn Heesterberg war da gerade erst gründlich ins Wasser gefallen, weil mir niemand zuhören wollte. *Nicht längs der Schienen pflanzen,* wollte ich sagen, zehn Mal, zwanzig Mal, und diese dummen Otter haben weitergeschwatzt, Wein getrunken, den Ben ihnen servieren musste, obwohl es so heiß war und überall Fliegen waren und Mücken, sogar auf Bens Mund und auf seinem Kopf. Und dann habe ich ins Wasser geschossen, einfach so, vielleicht treff ich ein Krokodil, und da war keines, nur Vögel. Immer der Schmerz, wenn ich an zu Hause denke. Theodor versteht es nicht und will es nicht sehen. Körperschmerz, kein gedanklicher Schmerz, als würde ich untergehen, fallen, und der Schmerz geht nie weg, er ist nur manchmal milder als an anderen Tagen. Egal, weg damit, anziehen, schön machen für ihn, für sie alle. Es gibt keinen herrlicheren Schauplatz als meinen Körper. Was ich gerne mal machen würde, Doppel von mir organisieren, ganz viele Frauen, angezogen wie ich und mit Perücken, die überall dort auftauchen, wo Theodor ist, in der Drahtzieherei, vor dem Schlachthaus vorbeihuschen, ans Büro klopfen und wegrennen.

Ach, absurd das alles. Alba lachte hilflos, zog das Laken wieder zu sich heran und rollte sich fest hinein. Manche Orte wehen an einen heran wie Federn oder kleine, aber wichtige Texte, und manche dieser Orte sind Männer wie Theodor, die diskret und halb unsichtbar am Wegrand liegen. Dann tritt man heran, und es ist, als beträte man das Land eines alten Königs, von dem nur wenige wissen, dass es ihn gibt, aber auf diese wenigen kommt es an.

*

Diesen Sommer kamen ihm die Tage besonders hell und lang vor. Unerträglich lang. Wahrscheinlich lag es an Szenen wie dieser. Er sah Albert hinten auf der Wiese, wie er den Jockey spielte, und Alba, diese dumme Gans, schmolz dahin vor Begeisterung, tat, als habe sie Robin Hood persönlich vor sich, und wahrscheinlich war Robin Hood nie so bewundert worden wie Albert von Alba in dem Moment, da er mit dem Pferd und erhobenen Armen eine schlaffe Volte hinlegte. Albert war klein und vier Jahre älter als Theodor. Er würde also früher sechzig sein und ein Greis. Sehr gut. Sollte sie es doch mit ihm treiben. Jetzt gerade stieg Albert vom Pferd, schmiss sich vor Alba in die Hocke und drückte ihre Knie. Leider war Albert nicht kahlköpfig, aber wenigstens hatte er mehr Grau an den Schläfen. Unfeiner Kontrast zwischen dem Schläfengrau und dem Schwarz des Schnurrbarts. Gut so. Jetzt kam Albert nicht aus der Hocke in den Stand und krallte sich an Albas Ärmel fest, die verlegen lachend schwankte. War er mit allen Körperteilen so unbeholfen wie mit seinen Beinen? Hoffentlich.

Theodor schlug sich auf den Oberschenkel und blickte hinauf zu den Wolken. Das war die Höhe, hier auf seinem Grund und Boden dabei zusehen zu müssen, wie sie es fast mit seinem besten Freund trieb. Und wie oft sie es wahrscheinlich schon getrieben hatten, im Schlachthaus, in der Villa, immer wenn er gerade nicht hinschaute, das Schnapsglas gehoben hatte oder im Walzwerk stand, hatte sie den Rock gelüpft. Einfach ekelhaft.

Nein, unmöglich, sie abzutreten. Er brauchte sie, jetzt und immer. Theodor machte auf dem Absatz kehrt und eilte ins Haus, fuhr sich durchs Haar, dann noch einmal, stürmte durchs Portal vorbei an Bauschekleidmutter die Treppen hoch. Vor Albas Zimmertür angekommen, fasste er sich. Hier würde er jedenfalls als Herrscher des Hauses eintreten. Langsam öffnete er und ging geradewegs zum Kleiderschrank. So, so, die Fetzen kannte er gar nicht. Schick. Er wühlte die Hände durch Albas zarte Stoffbahnen. Aus Wut und Empörung griff er nach dem »afrikanischen Kleid« und stülpte es über den Kopf.

Er stand im Begriff, das Gesicht zu verlieren, nach diesem Verrat. Und als er da so den Hausgeist gab, trat Alba mit roten Wangen ein. Bei seinem Anblick runzelte sie die Stirn.

»Was machst du da?«, rief sie und versuchte, nicht zu lachen. Theodor befreite sich von dem Lappen und nahm betont langsam eine Zigarette aus dem Etui auf ihrem Tisch. Seinem Tisch, um genau zu sein.

»Sag, Theo, du kommst doch morgen zum Kammerkonzert, nicht? Die Horstens werden das Menuett spielen, du weißt schon.«

Natürlich. Man erwähnte das Menuett, man war ja inzwischen intellektuell. Sollten die anderen doch dumm rumraten, um wessen Menuett es sich handelte. Theodor setzte sich in den Sessel und zog lange an seiner Zigarette, um nicht zu schreien. Dann lächelte er übertrieben jovial.

»Ich nehme an, er wird auf immer zwischen uns stehen, nicht wahr?«

»Ich weiß nicht, was du meinst«, sagte sie mit engelhafter Stimme und kam ihm nah. Zerstreut zupfte sie eine Fluse von seiner Schulter und rieb ihr Knie an seinem. Wie lächerlich das alles war. Sie würde nun schon sehen.

»Und stehen tut er ganz sicher. Ich wüsste gerne, wie lange«, sagte Theodor.

Alba schien nun nicht mehr zum Flirten zumute. Sie wich einen Schritt zurück.

»Liebster, lass doch. Wenn du auf Albert anspielst … Ja, genau, schau nicht so, ich habe dich vorhin auf der Wiese gesehen, du hast so einen Terz gemacht mit deinem Hut in der Hand und dem Aufgestampfe, das konnte man überhaupt nicht übersehen … Wenn du also auf Albert anspielst, dann muss ich dich enttäuschen. Da ist nichts.«

»Nichts also.«

»Ja, nichts.«

Noch langsamer, als er in ihr Zimmer hineingetreten war, drehte Theodor sich zu ihr um.

»Zeit zu packen, meine Gnädigste.«

Albas Gesicht wurde zum ersten Mal steinern und vorsichtig. Theodor rieb sich die Nase. Ihre Schönheit war unerträglich. Unbegreiflich. Wie konnte diese reine Person, wie konnte dieser schönste aller Körper unter einem anderen liegen als unter seinem. Da fiel es ihm ein. Stimmt, das musste noch geklärt werden.

»Noch eines, mein Schatz. Wie oft hat er hier geschlafen, hier, in diesem Bett?«

Um sie weiter zu verunsichern, zog er ein Kleid nach dem anderen aus dem Schrank und ließ es auf die Laken gleiten.

Alba schwieg. Dann sagte sie hart: »Das genügt. So viele passen ohnehin nicht in meinen Koffer.«

Theodor keuchte. So, nun wurde man also aufmüpfig. Von der üblichen Bettelei keine Spur. Sie hatte Schneid, das musste er ihr lassen. Alba begann, ihre Kleider sorgfältig zusammenzulegen. Kante auf Kante.

»Hier, vergiss das hier nicht.«

Theodors vorgetäuschte Hilfsbereitschaft sollte sie quälen, doch ihre Miene blieb ausdruckslos. Ihr Augen allerdings wirkten ihm feucht. Na, geht doch.

»Die Zirrsonn wird sich um die richtige Zugverbindung für dich kümmern.«

Zack. Das würde hoffentlich sitzen.

Alba schaute ihn an, ihr Kinn zitterte.

»Du weißt gar nicht, was du da tust. Du machst alles kaputt. Ich bitte dich.«

*

Theodor dachte daran, wie oft er sich prophezeit hatte, dass die Weiber ihn ins Unglück stürzen würden, es sei denn, er käme ihnen zuvor.

Ganz Mann der Tat zog er sich die Handschuhe an und erklärte: »Dieses Mal ist endgültig Schluss. Na, nun komm, in Finnentrop gibt es einen Nachmittagszug.«

Seine unbeugsamen Gesten, die Aufbruch ankündigen sollten, suchten verzweifelt einen Vorwand zu bleiben. Während Alba steif und hart vor ihrem halb gepackten Koffer stand und ihn keines Blickes würdigte, begann er, seinen Krawattenknoten enger zu schnüren und sodann den Hemdskragen mehrfach hoch und dann wieder runterzuklappen, bis das Ergebnis zufriedenstellend war. Dann trat er ans Bett und strich am oberen Ende die Laken glatt, schaute mit einem »Na, auch sicher nichts vergessen?« unter das Kissen, das er sodann räuspernd aufschlug und wieder hinlegte. Wann würde sie endlich auf die Knie sinken und nach seinem Mund flehen, ihn bitten zu bleiben, dem Maulwurf entsagen? Ohne dazu bereit zu sein, hatte er den endgültigen Bruch gefordert und wegen seiner Sorge, sie könnte das mit Albert ernster meinen, als er bisher vermutet hatte, glaubte er doch nicht fest genug an ihren Willen, sich von ihm, Theodor, tatsächlich trennen zu wollen, und hatte nur deshalb die Kraft, so energisch damit zu drohen.

Umgekehrt wünschte Alba in diesem Moment, er möge sie anflehen, nicht zu gehen, die Arme ausbreiten, ihr unter Küssen erklären, er sehe Marthe nur als kladdentragendes Beiwerk der Drahtzieherei, nein, besser nicht unter Küssen, das würde die Dinge in ihren Gedanken ungut vermischen, denn vielleicht küsste er Marthe so wie sie, und daran denken zu müssen, war dann doch etwas zu viel des Guten. Ihre Eifersucht war ihr Geheimnis, das Warten am Telefon, wenn er nicht von der Drahtzieherei kam, sondern erst nachts. Herzklopfen, wenn unten der Wagen vorfuhr, wieder warten und warten auf Schritte im Korridor, aber nein, er kam nie spät zu ihr, und all ihre Vorbereitungen, schön zu sein, waren hinfällig. Oh Theodor, oh ritterlicher Wunderbarer, an dem ihre Abendkleider abprallten, der sie wegstieß, als wäre sie eine Wackelfigur, deren perlenbesetzte Beine jedem Druck von unten nachgeben, und sie stürzen ließen, nur um nach jedem Sturz wieder aufzustehen, ob sie nun wollte oder nicht. Manchmal, wenn er nachts nicht sogleich in seinem Zimmer verschwunden war, sondern noch unten im Esszimmer blieb, hatte sie ihre Zimmertür geöffnet und mit lautem Krachen zugeschlagen, in der Hoffnung, er würde besorgt hinaufstürzen. Nie kam er. Bei den ersten zwei Mal Türkrachen war sie noch davon überzeugt gewesen und hatte schluchzend und schnäuzend auf dem Bett gelegen, die königlichen Beine entblößt, die Stirn schimmernd. Inzwischen hatte sie für den Fall, die Tür würde sich öffnen, überhaupt kein Skript mehr. Das Herunterdrücken der Klinke, der Luftzug, der folgte, und das anschließende Kawumm waren ein Automatismus geworden, den auszuführen ihren Hass mehr anstachelte als ihre Liebe, weil sie litt und es ihm gleichgültig schien, aber aufhören wollte sie trotzdem nicht. Jetzt vielleicht schon.

Theodor hatte mit dem Zubbeln, Zupfen und Glattstreichen aufgehört und stand nun seinerseits starr und erwartungsvoll. Sie warf einen vorsichtig traurigen Blick zu dem aufklaffenden Koffer auf ihrem Bett, derselbe Koffer, mit dem sie aus Swakopmund hierhergekommen war. Sie stellte sich vor die zum dünnen Schlitz geöffnete Zimmertür und wartete. Hinter ihr Schweigen. Oh Tür, weder geschlossen noch offen hilfst du mir. Ah, da, ein Räuspern.

»Nun, auf Wiedersehen.«

Theodor klang feierlich und dünnlippig. Immer noch mit dem Rücken zu ihm befeuchtete Alba einen Finger und rieb einen eingebildeten Fleck von ihrem Handrücken.

»Ja, Theodor«, sagte sie so hochnäsig und dunkelstimmig es eben ging und mit aus dem Dekolleté quellendem Busen, oh Herrlichkeit. Sie tippte mit der Fussspitze an die Tür, die aufschwang wie eine Feder. Verdammt, nun hatte sie die Zigaretten nicht eingepackt. Jetzt bloß nicht umdrehen, mondän hinausschreiten, erst im Korridor das zwickende Kleid richten, unter den Achseln riechen, ob auch alles stimmte. Sie hätte ihn ohrfeigen sollen, allein schon deswegen, weil es ihr die Gelegenheit gegeben hätte, ihn um Verzeihung zu bitten, ohne das Gesicht zu verlieren.

»Ich werde dir nicht schreiben oder dich anrufen.«

Aristokratisch klang sie, das musste er ihr lassen. Beeindruckend für eine, die im Busch aufgewachsen war. Doch er hatte im Leben noch andere Dinge vor, als der Hahnrei zu sein. Nur kam es auf seine Pläne in diesem Hause anscheinend nicht an. Wenn sie nun diese entscheidende Warnung nicht annahm, seine strengste bisher, und – jeden Moment musste es so weit sein – umkippte und ihn anflehte bleiben zu dürfen, dann stand sie geistig auf einer noch niedrigeren Stufe als bisher angenommen, ein trauriges

Rinnsal, das immer gen Loch tropft. Selbstredend hätte er sie gern gebeten zu bleiben, in der Hoffnung, dass sie gerade deswegen gehen würde, aber auf die Weiber war kein Verlass.

Alba stand nun kurz hinter dem Türrahmen und, anders als Theodor es vermutete, entging ihr der Sinn der Aktion überhaupt nicht. Nach all den Monaten Sauerland nahm sie an, dass hiesige Männer offenbar zu Szenen neigten, deren Konsequenzen sie niemals einlösen würden, wenn sie nicht verliebt wären. Deswegen hatte sie es nun auch nicht nötig zu reagieren. Erst neulich hatte er ihr gesagt, sie solle ihm doch verdammt noch eins sagen, was zwischen ihr und Albert passiere.

»Unklarheit nimmt allen Charme, wenn du dich so gehen lässt und kaum mehr sagst, was ist, musst du verstehen, dass ich dich nicht länger begehren kann. Eine ehrliche Beichte aber ... Wie gut könnte es wieder zwischen uns sein. Und wie dumm du bist.«

Alba, die genau wusste, dass Theodor ihre Unwahrheiten bemerkte, behandelte Lügen als eine ehrliche Auskunft unter besonderen Umständen, doch das kam Theodor nicht in den Sinn.

In der Ferne pfiff ein Zug, dann noch einer, ein Geräusch, auf das er noch nie achtgegeben hatte, doch heute war es für ihn bestimmt. Alba schien nichts zu hören. Die Tür war aufgeschwungen, und sie trat über die Schwelle, als würde sie ihn von einem auf den anderen Moment nicht mehr bemerken, wie damals unter dem Baobab. Ohne dass Alba sich dessen bewusst war, waren die Momente ihrer Selbstvergessenheit nützlicher als jede vor Theodor vergossene

Träne, die er ihr nur deswegen von den Wangen küsste, weil Tränen Liebende miteinander verbinden sollen, wie im Schloss Chenonceau zartgraue, auf schwarze Tapete gemalte Tränen für immer Louise de Lorraine mit ihrem erdolchten Mann Heinrich IV. verbanden.

Doch so weit würde es im Sauerland anscheinend nicht kommen. Alba ging.

Sie war schon am Treppenaustritt angekommen. Gerade wollte sie den Fuß auf die zweite Stufe setzen, zaghaft wegen des zu langen Kleidersaums und das auf ihrem Hut befestigte Pappmaché-Obst balancierend, da passierte es. Theodor hatte zwei, drei große Schritte gebraucht. Von hinten riss er ihr den Hut vom Kopf, der mit Nadeln an ihrem Haar befestigt war. Mit einer Hand das Haar haltend, mit der anderen nach dem Treppengeländer greifend, strauchelte sie und fiel. Sie schlug mit der Wange auf den Teppich.

Gut, das ist geschafft, denkt sie. Er hört auf, wenn ich hinfalle. Das tut er immer. Er steht einen Moment und schaut schräg an mir vorbei und geht nach unten ins Esszimmer. Ins Esszimmer. Gleich. Das Esszimmer, in dem sein Sessel steht, bei den Gardinen.

Nicht dieses Mal. Etwas ist anders. Heute versucht sie aufzustehen, bevor er gehen kann. Sie ist diejenige, die gehen will, diesmal will sie wirklich gehen. Ihr Hut ist ihr egal. Die Zigaretten sind auch egal.

»Lass mich«, sagt sie und macht sich schwer wie ein Sack. Sie tritt nach ihm. Das hat sie noch nie getan. Ihr Atem ist zu laut in ihren Ohren, als würde Luft durch ein Megafon rauschen, und Tränen treten ihr in die Augen. Theodor packt ihren Arm und versucht, sie über den Teppich zu ziehen. Sie braucht sich gar nicht so schwer zu machen, er schafft es kaum mehr als einen Meter. Auf dem scharfen Teppich reißt die Haut an ihrem Ellbogen auf.

»Das kann doch wohl nicht –!«, ruft Theodor und tritt. Der erste Tritt trifft die Kante des Treppengeländers, der zweite verpasst knapp ihre Schulter. Sie schreit erschreckt auf. Dann ist Theodors Gesicht ganz nah an ihrem, und sie kann seinen Atem riechen, er riecht abgestanden.

»Wenn du das noch einmal machst.«

Sie schließt die Augen, und alles dreht sich. Sie hört, wie er die Treppe hinunterläuft und ausrutscht. Es gibt ein großes Geräusch, Fluchen, und dann ist Stille. Draußen im Garten bellen die Hunde. Wo Bauschekleidmutter ist, weiß sie nicht. Alba flüstert mit sich, leise Worte von zu Hause. Namen. Mama, Vati, als würde sie beten. Sie drei auf der Farm und hinter ihren Lidern sieht sie Sterne. Tausende. Gnus schreien, nicht Hunde, ganz sicher sind es Gnus, und das Gras riecht kalt und feucht. Der Himmel ist so schwarz wie selten.

*

Das Haus war leer. Ihr Bett auch. Korridore, Teppiche, Vorhänge, nirgendwo ein Schatten von ihr. Auf dem Küchentisch trockene Flusen. Auch der Garten ist leer, die Gartenbank, unter den Bäumen liegt sie nicht. Heiß, kalt, heiß, kalt, hat er das als Kind nicht immer gespielt? Kalt, lauwarm, wärmer, warm, wieder kälter, noch kälter. Kalt und sonnenlos, dabei schien die Sonne.

Wo könnte sie sein?

Theodor fasste alle Möglichkeiten ins Auge, obwohl die Wirklichkeit so, wie sie ihn da unter den Apfelbäumen überkam, keinerlei Beziehung zu den Möglichkeiten hatte, die er betrachtete.

»Ein, vielleicht zwei Mal. Nein, sicher waren es nur zwei Spaziergänge mit ihm, nicht mehr«, hatte sie gesagt.

Routinierte Worte, klar und ohne Grausamkeit, die wie eingeritzt auf seiner Haut brannten. Das Leiden, das er verspürte, war mit seinem verärgerten Misstrauen bisher nicht zu vergleichen, da er sich in seinen Gedanken nie so weit hätte vorwagen wollen, wie es ihm die vier Worte »Ein, vielleicht zwei Mal« nun aufzwangen und die »Spaziergänge« in den Hintergrund traten. So viel war klar: Er musste sie effizienter unter Aufsicht stellen. Wie eine Horde Wildschweine strömte die Einsicht in die ansonsten ruhig und kalt wabernde oberste Schicht seiner Seele, dass nur eine Einschränkung ihrer Bewegungsfreiheit sie ganz in seinen Besitz bringen würde.

Aha, nun, da stand sie also, hinten beim Schlachthaus. Sie trug tatsächlich Lippenstift und hatte hektische rote Wangen, stand nahe bei ihm. Dann bemerkte sie ihn. Eben noch hatte sie unbeschwert gelacht, nun – aber nein, er musste sich täuschen – wurde ihr Mund klein wie ein Pilz. Zerstreut schob sie Albert beiseite, der ihr mit verletzten Rehaugen hinterherblickte, und kam auf Theodor zu. Hatte Albert ihr nicht kurz den Arm um die Schultern gelegt? Doch, sicher hat er das, ganz sicher, er hatte es gesehen, bis in alle Ewigkeit wird er meinen, nein, wissen, gesehen zu haben, dass Albert ihr auf seinem Grund und Boden den Arm um die Schultern gelegt hat.

Mit einem Lächeln verbarg Theodor seine Qual: »Guten Morgen, Alter.«

Albert sah ihn beinahe grinsend an, als ob es selbstverständlich sei, am Morgen in fremden Gärten zu stehen, oder weil er glaubte, er könne durch seinen aufgeräumten Gesichtsausdruck die brenzlige Situation entschärfen, die er eigenhändig – kleinhändig! – herbeigeführt hatte.

»Alba sagte mir gerade, Frau Zirrsonn habe die Fakturahefte unten auf den Küchentisch gelegt; ich wollte sie holen kommen.«

Froh um jeden Splitter Wahrhaftigkeit in dem Geflecht aus Lügen, nickte Alba beflissen und trat ein Stückchen auf Theodor zu, der zurückwich.

»Natürlich«, sagte Theodor. »Geh nur hinein. Ihr entschuldigt mich, ich muss ins Werk.«

Oh Eifersucht, oh verlorene Ufer der Liebe, das Sauerland heißt dich willkommen. Anders als der Neid, der sich auf Dinge bezieht, die man haben möchte, aber nicht haben kann, sieht die Eifersucht das, was man bereits hat, aber nicht verlieren möchte. Eifersucht ist ein Bedürfnis nach Tyrannei, das auf die Liebe angewandt wird. Theodors eifersüchtiger Verstand suchte nicht nach Fakten, die Albas realen oder eingebildeten Verrat beweisen konnten, er suchte nach Gründen, um eifersüchtig zu sein, aber gerade genug, um Alba weiterhin zu lieben. Theodors Eifersucht war unbezwingbar, einsam, immer woanders. Eifersucht ist der Esprit einer zur Gegenwart gewordenen Vergangenheit, die so nie war. Eifersucht schafft eigene, unantastbare Wahrheiten.

Oh Eifersucht, du gewaltiges, kristallenes Gefühl, beginnst mit den Urmythen der Schöpfung, mit Kain und

Abel, mit dem Urteil des Paris, die Göttin Aphrodite sei die Schönste, woraufhin die verschmähten Göttinnen Hera und Athena den Trojanischen Krieg anzetteln. Jetzt gerade residiert die Eifersucht im Sauerland. Am Ufer der Lenne tobt sie rasend oder brodelt still und leise in festlichen Esszimmern. Eifersucht laugt das Selbst aus und wächst giftig in der Dunkelheit, verzerrt die Realität und ist der unzuverlässigste aller Erzähler. Eifersucht entsteht in der Zeit, Eifersucht ist endlos. Selbst wenn Alba tot wäre und ihn nicht mehr provozieren könnte, benähmen sich Theodors Erinnerungen an sie, als wären sie die Ereignisse selbst. Es wären Erinnerungen, die unbedeutend schienen und die allein dadurch, dass er über sie nachdenken würde, einen neuen, schrecklichen Sinn annähmen. Wenn also Alba tot wäre, würde die Vergangenheit wahr, nachdem die Zukunft eingetroffen ist. Die Zeit entsteht in der Eifersucht. Und tatsächlich ist Eifersucht manchmal durchaus begründet, und die geliebte Person betrügt. Doch davon wollte Theodor, der Eifersüchtige, immer noch nichts wissen. Sein Selbsterhaltungstrieb sorgte dafür, dass nur er es war, der Geschichten zu Alba erfand, und sich in dem Moment der Realität verweigerte, in dem Außenstehende seine Vermutungen durch Beweise hätten bestätigen können.

*

Morgens in der Drahtzieherei. Drum herum Bäume. Der metallene Geruch, der über allem lag. Theodor fühlte sich einen Moment lang, als könne er endlich wieder atmen.

Marthe saß im Vorzimmer am Tisch von Sekretärin

Schürze, vor ihr aufgeschlagene Fakturahefte und liegen gebliebene Rechnungen. Zur Stärkung zupfte sie mit grausamen kleinen Bissen an ein paar Scheiben Cervelatwurst. Hier und da setzte sie ihre Unterschrift, faltete Papier und steckte es in die Dienstumschläge der Drahtzieherei. Leider war Marthe zum Plaudern aufgelegt.

»Ich habe das Gefühl, lieber Theo, du bist kaum mehr Herr im Hause. Ich konnte gerade noch den Gerichtsvollzieher abwimmeln.« Sie wedelte mit einem blauen Blatt. »Die Walze Nummer vier war nicht bezahlt, und das seit Januar. Dabei ist alles Geld der Welt da.«

Noch ein Biss in die Cervelat. Marthe nahm einen Bleistift in die Hand, ließ ihn sogleich wieder sinken und sah Theodor lange und ernst und gelblich an.

»Du brauchst gar nicht so unschuldig schauen. Dir droht noch mal die Pleite. Wenn das Chaos so weitergeht, werden die Geschäfte im Osten bald Lieferausfälle beklagen, wenn nicht Baufehler. Zudem fordert Herr Heesterberg eine gewaltige Entschädigung nebst Reisekostenerstattung für das geplatzte Kap-Projekt.«

Mit gespreizten Fingern klaubte sie eine Faser Wurst zwischen den Zähnen hervor.

»Stell dir vor, wenn dann auch noch die Kontoristinnen streikten. Wegen zu später Bezahlung der Gehälter. Sag, was *macht* die Schürze eigentlich? Sie muss dir solche Dinge doch mitteilen. Du kannst mir glauben, den Schlendrian einkehren zu lassen, ist zu keiner Zeit angebracht.«

Sie faselte noch weiter drauflos, und Theodor, den inneren Blick anderswo, fühlte einen ersten, für ihn selbst noch lange nicht diagnostizierbaren, neurasthenischen Anfall nahen. Er täuschte Husten vor. Mitleidiger, aber auch wehmütiger Blick von Marthe.

Immer diese verdammten Fakturahefte, das Geschnüffele, Nachgerechne, misstrauische Zu-ihm-her-Geschaue. Sich derartig die Ruder aus den Händen nehmen zu lassen. Warum er es je zugelassen hatte, dass Marthe und Albert sich in die Drahtzieherei einmischten, vermochte Theodor nicht mehr zu rekonstruieren, insbesondere jetzt, wo Albert ihm buchstäblich die Sonne raubte. Er war anscheinend zu gut gewesen, fein zu Freunden, wie nur die Hasselts fein sein konnten, nur dass seine an Dummheit grenzende grenzenlose Güte ihn jetzt den letzten Nerv kostete. Die lumpigen Arbeiter rumorten, und mit Arbeitererholungsheim-Albert saß der Feind gleich doppelt in den eigenen Reihen, und zwar erstes Parkett mit Blick aufs Orchester. Theodor wünschte innigst, er hätte es nie dazu kommen lassen, Albert fast die Hälfte des Nebenwerks »C klein a« quasi abzutreten, siebenundvierzig Prozent, um genau zu sein. »Hey, Alter, ich sag dir, das wird ganz groß.« Zum Lachen war das. Klein war's geworden, klein und mickrig. Kleinmaschinenteile sollte das Nebenwerk an die Essenbecks liefern, allerdings hatte Albert, hinterrücks, wie er war, Gesenkschmieden gemeint, die groß und aufwendig waren und daher in Theodors Werk nur unter Aufwand halbwegs vernünftig herzustellen.

»Da zahle ich drauf«, hatte Theodor leichthin gesagt.

»Dann geb ich was drauf, und du gibst mir was ab«, hatte der geschäftige Tüftler Albert unversehens erwidert. Dann kam der Handschlag, er hatte Alberts Teufelsklaue zwischen seine vollkommenen Finger gelegt, denn bei den Hasselts galt der Handschlag unter Freunden. Hatte es nicht gereicht, dass Marthe bereits wie ein alter Fuchs die Abrechnungen durchging? Theodor hatte den Verdacht, dass sie das inzwischen ohnehin nur tat, um in seiner Nähe zu sein, Wurst verschlingend in seinem Büro zu hocken, zu unmöglichen Tageszeiten zum Käfig hochzusteigen, wo sie genau wusste, dass nicht er da war, dafür aber Alba. Nun, da er drüber nachdachte: Auch Albert hatte unlängst versucht, über die Küchenterrasse ins Haus zu kommen, wahrscheinlich hatte Marthe ihm verraten, dass Alba gerne im Garten saß.

Er wusste noch genau, warum das mit Marthe und ihrer Buchhalter-Hilfe gekommen war. Weil Marthe, das verwöhnte Balg mit den schon als Vierzehnjährige platt gewalzten Haaren – Wasserwelle, dass er nicht lachte – nichts je lieber getan hätte, als in Paris zu leben, um zu studieren, an der Sorbonne, soso, haha, Frau Professorin, noch gehörte die Welt den Männern, und weil Theodor tief im Innern und ohne dass er es je zugegeben hätte, an die Bildung und Ausbildung der Frau glaubte. Marthe verstand tatsächlich etwas von Zahlen. Und, was die Höhe war, die Arbeiter mochten sie. War sie da, also fast jeden Tag, füllte ihr Parfüm die Hallen der Drahtzieherei aus, betörte die verlotterten Halunken von Werkleitern, die die Gewohnheit angenommen hatten, Marthe als eine Art Schaltstelle zu ihm, Theodor, zu sehen, der sie die Abrechnungen in die Hände drückten, die sie ihm dann zur Durchsicht und Unterschrift weiterleitete, nachdem sie ihren Hintern auf das Besprechungssofa in seinem Büro gleich gegenüber von seinem Schreibtisch gepflanzt hatte, nicht etwa draußen im Korridor, wie die Schürze. Inzwischen war das schon fast ein Büro-im-Büro, permanent lag Zeug von Marthe auf dem Polster oder dem niedrigen Tisch davor, Zigarettenspitzen, sinnwidrig zu Muscheln geformte kleine Handtaschen, Notizzettel. Neulich hatte ihn die Wut gepackt, und er hatte all das Zeug vor der Bürotür zu einem kleinen vorwurfsvollen Hügel aufgeschichtet, doch an dem Tag war Marthe nicht erschienen.

»Also, ich lasse dich jetzt. Vergiss die Unterwerksleiterkonferenz nicht. Dreizehn Uhr.«

Gerade und kompetent stand Marthe auf und ging hinaus. Ihr Duft blieb.

*

Die vier Unterwerksleiter warteten bereits. Jeder von ihnen saß in einer anderen Ecke des Zimmers, was Theodor absurd erschien, zumal es unter anderem um das Thema Kollegialität gehen sollte. Gräuliche Zigaretten wurden aus den Hemdtaschen gezogen und mit idiotischer Manie mehrfach glatt gestrichen, bis sie noch krummer waren, dann angezündet. Rauchschwaden. Notizbücher hielt keiner. Niemand war aufgestanden, als er eingetreten war. Theodor hüstelte. Die Tagesordnung: Maßnahmen zum Ziele des Erhalts der umliegenden Wasserläufe, zur Verhinderung von Arbeitererholungsheimen in der Nähe der Drahtzieherei – eine Farce! – und dem Erhalt des Metallbestandes. Theodor fühlte sich kühn und gut gelaunt, das hier war sein Element. Tumb saßen die Unterwerksleiter in ihren Ecken, gewölbte Bäuche, geschwollene Hände. Manchmal flackerte in einem von ihnen so etwas wie ein

Gedanke auf, der nicht zuvor von Theodor in ihre dünnen Hirnkammern hineinsuggeriert worden war. Heute ergriff Herr Wetz, Leiter des Unterwerks Stahl, forsch das Wort und wies auf die Notwendigkeit der Verengung des oberen Wasserlaufes hin, gab außerdem zu bedenken, dass die Arbeiter, die starke Hoffnungen in ein Erholungsheim setzten, bei einer Absage »direkt angegangen« werden sollten, das Wort »Ehrlichkeit« presste er sich auch noch ab und schaute von Theodor weg und seine Kollegen selbstzufrieden an.

Das Thema Arbeitererholungsheim schien Theodors unmittelbare Untergebene zu engagieren, denn nun meldete sich auch Herr Spack aus der vorderen linken Ecke. Herr Spack war der Unglücklichste unter den Unterwerksleitern, mager wie verdünnte Milch, ein Hungerleider mit sieben Kindern und immerhin einer Frau. Herr Spack der Uninteressante, der Niederste innerhalb der Kaste der Unterwerksleiter, denn ihm oblagen Nägel und Nadeln. Keiner der Arbeiter, Aufseher, geschweige denn Theodor, sprach je mit Herrn Spack, der sich jeden Tag aufs Neue zwang, alle, die in den Gängen des Werks an ihm vorbeigingen, zu grüßen, freundlich, lächelnd, hoffend, endlich auf einen Freund zu stoßen, der ihn erkannte, erhob nun das Wort: Er wolle alleruntertänigst zu bedenken geben, dass eine Absage an das Arbeitererholungsheim ausdrücklich gegen den Wunsch sämtlicher Arbeiter und Angestellter geschehen würde, die sich doch so gefreut hatten, dass es mit ihren Rechten bergauf ginge – oho, man wusste also, was Rechte waren, durchzuckte es Theodor –, und ob man nicht vielleicht, zumindest zwischen den verschiedenen Arbeitergruppen der verschiedenen Unterwerke, die, da solle man sich dann später nicht wundern, schon ganze Aktionspläne zur Forderung und Umsetzung der Errichtung gleich zweier Erholungsheime eventuell gar gleich hinter der Drahtzieherei in petto hätten, ob man nicht also zwischen den verschiedenen, von der Aufrührerei nicht mehr allzu weit entfernten Gruppen vermittelnd eingreifen dürfe?

Bestrebt, vor dem zunehmend steinern dastehenden Theodor zu glänzen, da seine Haltung anscheinend als Zustimmung oder doch zumindest als wohlwollende Konzentration auf das eben unter seinen Augen vorgeschlagene Projekt »Neues Umfeld für den erneuerten Arbeiter« gewertet wurde, schaltete sich auch Herr Wetz wieder ein, was wiederum die beiden anderen Herren der rechten vorderen und hinteren Flanke ermutigte, ihren Senf zu der Angelegenheit dazuzugeben. In der folgenden halben Stunde ereiferten sich die vier Unterwerksleiter zum Thema Arbeiterrechte, schwelgten in unerhörten Fantasien begrünter Baracken mit Außendusche, als sei Hygiene ein Bürgerrecht, als gäbe es nicht schon genug Grün im Sauerland und als sei »Schlamm erholt den Geist und ist gut für die Haut« nicht der insgeheime Wahlspruch ihrer aller Heimat. Man benutzte die freche Sprache der Vor-Revolte, »es könnte allerhöchste Zeit dafür sein«, »vielleicht doch noch mal überdenken, was hier auf dem Spiel steht, bevor es den Bach runtergeht«, »Maßnahmen, es braucht neue Maßnahmen«, gespickt mit noch schwerfälligen, an Aufruhr nicht gewohnte Handgesten, viel Zigarettenrauch und gewissenhaft stenografiert von Frau Schürze, denn Ordnung musste auch im Moment des Beinahe-Umsturzes sein.

Erbost darüber, derartig das Ruder aus der Hand gerissen zu bekommen, nutzte Theodor den sodann eintretenden Moment erschöpften Schweigens – so aus dem Fenster gelehnt hatte man sich noch nie –, sich ins rechte Licht zu setzen, ohne irgendetwas zu versprechen.

»Ausgezeichnet«, hallte es in die angespannte Stille aus Rauch und Schweiß. »Ich danke Ihnen für heute, meine Herren.«

Endlich allein, stellte er sich ans Fenster, unten auf dem Hauptplatz sah er Marthe in Halle 2 verschwinden. Frau Schürze wartete wie nach jedem Meeting auf Anweisungen, das Besprochene umzusetzen. Er hoffe doch sehr, sagte Theodor, immer noch aus dem Fenster schauend, in seinem Rücken die aufmerksamen Augen der Schürze, sie könne stante pede, allerspätestens bis übermorgen, ein Orientierungspapier ausarbeiten, das Schlagworte wie Effizienz, Betriebsinteresse und Berücksichtigung der unterschiedlichsten Bedürfnisse enthielt.

»Das sollte ein Klacks für Sie sein, aber bedenken Sie bitte, dass das Thema politische Brisanz hat, und integrieren Sie Aspekte, die die Unverrückbarkeit des sauerländischen Wesens ansprechen, Erdverbundenheit, Licht und Luft gibt es zur Genüge und so weiter und so fort.«

Weder Theodor noch Frau Schürze hatten die geringste Ahnung, was genau unter die Rubrik »sauerländisches Wesen« zu fassen war. Als alles besprochen war, stand Frau Schürze sich respektvoll räuspernd auf und verließ den Raum.

*

1926 lag das Sauerland den künftigen, bereits dräuenden Weltgeschehnissen noch relativ fern. Es waren die letzten drei Jahre der Ruhe. Für die Iserlohner, Hagener und Altenaer Oberschicht war Adolf Hitler, das Viech, noch kein ernst zu nehmender Begriff, höchstens diffus für diejenigen, die gelegentlich überregionale Zeitungen lasen. Er sollte im Land der jammernden Eulen noch länger keine nennenswerten Konturen annehmen, obwohl der Gauleiter Westfalens, Josef Wagner, bereits in nationalsozialistischen Verbänden tätig war und seit drei Jahren den »Völkisch-Sozialen Block« leitete. Für das Viech also war das Jahr 1926 eines der glücklichsten seines Lebens. Vor nicht allzu langer Zeit auf Bewährung aus dem Gefängnis entlassen, kaufte es weit im Süden Deutschlands, oberhalb von Berchtesgaden, ein Haus und beschaute die Berge, träumte von dem abstoßenden Grauen, das es über die Welt schütten würde. Es hatte die letzten großen Rivalen verdrängt und war Parteichef der Nationalsozialisten. Schon jetzt nannte es sich Führer, obwohl die Partei noch klein und nicht sehr bekannt war. In Bayern durfte das Viech nicht öffentlich reden. Über Bekanntschaften in den oberen Schichten hatte es dennoch finanzielle Gönner gefunden. In einem roten Mercedes Benz ließ es sich durch die bergige Landschaft fahren, mit dabei waren Parteifreunde. Ebenfalls 1926, allerdings erst im Herbst, würde es seinen zukünftigen Propagandaminister Joseph Goebbels nach Berlin entsenden, damit er dort Gauleiter und Werbemann einer Partei werde, die noch weitgehend ignoriert wurde. Mit Erfolg. Goebbels ließ in den Straßen Berlins Plakate anbringen, gründete eine Zeitung, hielt Reden. Berlin begann, die Nationalsozialisten kennenzulernen; die Partei bekam langsam und stetig Zulauf, wurde aber bis zum Frühling 1927 verboten, nachdem bei einer ihrer Versammlungen ein Pastor zusammengeschlagen worden war. Im selben Jahr würde Deutschland wählen; von den Nationalsozialisten bekam nur Goebbels einen Sitz im Reichstag. Man hatte noch anderes zu tun, als sich mit den Braunsäcken zu beschäftigen.

Auch das Sauerland wartete. Die Inflation hatte vor drei Jahren geendet, der Wirtschaft ging es allseits prächtig, der Drahtzieherei auch. Während das Viech in Berchtesgaden seinen *Kampf* diktierte, sich an der Wolfsschanze einnistete, nach Berlin hineinsickerte und sich in seine aus Wien angereiste, zwanzig Jahre jüngere Nichte Geli verliebte, mit ihr Kleider kaufen und Kuchen essen ging, verehrte das Sauerland noch Altehrwürdiges wie das Eiserne Kreuz, Heldentum und Mannestat, unterschied noch nicht, wie später in der Geschichte Deutschlands, zwischen körperlichem Mut und Zivilcourage. Stahlhelme galten als ehrwürdige Überbleibsel der Schlacht von Verdun; erst später würden die verlotterten Schlägertruppen des Viechs sie zu Bettelschalen für Münzen umfunktionieren. Aber noch nicht. Iserlohner Schaufensterauslagen, Wände, Anzugaufschläge zierten Ehrenabzeichen, Sterne und Schleifen der alten Zeit. Frauen schminkten sich mit Glanz und Gloria, kaum eine flocht ihre Haare zu »Lorelei-Zöpfen«. In Cafés durften Frauen rauchen. Die tiefen Blusenausschnitte von Eintänzerinnen waren im immer vollen Nachtlokal »Zur Goldenen Glocke« noch nicht verboten, und Theodor oder andere reiche Herren baten die ein oder andere Tänzerin gern einmal zu sich an den Tisch. Jazzmusik spielte, und man lernte den Foxtrott. Marschmusik und patriotische Lieder waren einigermaßen verpönt, das ermüdend lange Horst-Wessel-Lied noch nicht komponiert, und die billigen und schepprigen Sturmlokale der Viecher, die »rein nationale« Küche servieren würden und in denen SA-Leute Bier im Stehen tranken, noch undenkbar, wenn auch nicht ganz.

Denn auch in den Straßen von Iserlohn sah man bereits gelegentlich die judenfeindlichen »Kölubu-Damen«, insbesondere im Sommer, zur Reisezeit: dickliche und nie hübsche Frauen, mit roten, abgerieben wirkenden Wangen, Vorgängerinnen des künftigen Stahlhelm-Frauenbundes. Sie trugen kittelschürzenartige Kleider in Kornblume, Lieblingsfarbe der Königin Luise von Preußen, deren silbernes »L« sie zu Paraden auf die Brust klemmten. Von Mode verstanden sie nichts, nannten sich gute Hausfrauen und Mütter, ohne dass bei ihrer Betrachtung der Wunsch entstünde, sie zum Familienmitglied zu haben.

Auch anderswo brodelte es. Sport, Sonne und Wasser gab es nicht für jeden. Seit Längerem regten sich die sauerländischen Arbeiter, da weder die Wahlen von 1919 noch der »Kapp-Putsch« die benötigten Sozialreformen gebracht hatten. Drei Jahre zuvor hatten französische Soldaten im Zuge der Ruhrbesetzung – Deutschland habe die Reparationszahlungen nicht eingehalten, hieß es – versucht, mit Eisenstangen beladene Lastwagen vom Werksgelände der Essenbecks zu entführen. Theodors Drahtzieherei blieb verschont. Noch.

Das erste Unheil würde von ganz anderswo über das Sauerland und die Welt kommen. New York, Stadt der Lichter, die glühen oder flimmern, blinken oder rotieren, und der Straßen, in die nie die Sonne dringt, die nie der Regen einmal vernünftig abwäscht, auf denen nie auch nur eine Blume wächst, sollte die Zeit der Ruhe allseits beenden und den Aufstieg des Viechs und seiner Gefolgschaft beschleunigen, auch im Sauerland. Am 29. Oktober 1929 brach die New Yorker Börse zusammen und damit die westliche Welt, deren Sturz in Unsicherheit und Fanatismus wie ein rasend schneller Riss im Eis fortschritt, zuerst als feiner, fast nicht zu sehender, knacksender Faden, schnell größer und tiefer werdend, bis alles entzweibrach.

*

Die nächste Stunde wurde sehr lang und interessant. Theodor schüttelte kurz ab, schloss den Hosenlatz. Immer wieder eine Erlösung. Er schaute in den Spiegel. Alles intakt. Gratulation, Alter. Donnerwetter, in diesem Laden regierte er immer noch allein. Wieder in seinem Büro, setzte er sich an den Schreibtisch mit dem Rücken zu den Fenstern. Erste Klasse, das Holz. Der Stuhl. Die paneelierten Wände, darüber Seidentapete. Mit Daumen und Zeigefinger drückte er die Nasenlöcher schnell und wiederholt zusammen, atmete dabei ein und aus, zaff, zaff, zaff.

In der Drahtzieherei ließ er sich nicht lumpen, das sollte der Spack ihm mal nachmachen, unverschämt, dieser indirekte Vorwurf an ihn neulich auf der Unterwerksleiterkonferenz. Geiz, Unverständnis trafen nicht auf ihn zu, den Schuh zog er sich nicht an, Schluss, aus. Käse ließ er ihnen rankarren, zu jeder Betriebsfeier, Käse, Brot, Apfelsaft. Mieser kleiner Mäuserich, der Spack. Mit einem Schreibtisch der zweiten Klasse, wenn überhaupt. Soweit er wusste, saßen die Unterwerksleiter an mit Tabakbröseln übersäten Brettertischen. Keinen Teppich unter den Füßen, sondern Kratzefilz. Keine Tapete. Keinen Servierwagen mit Tee und Gebäck für die erste und zweite Morgenpause.

Und dann Albert. Albert hatte Tapeten, aber weniger als er. Säulen. Frauen. Theodor begann, vor Empörung zu schwitzen. Wie hatte der Maulwurf es geschafft, Albas Zuneigung zu ergaunern? An der Wand krabbelte eine Fliege, ölig grün schimmernd, die schlimmstmögliche Version einer Fliege. Vorsichtig näherte er sich mit erhobener Hand und schlug zu. Das wäre erledigt. Zerstreut ging Theodor im Büro auf und ab, verflogen war die Siegesstimmung von gerade eben.

Alba hatte Mumm, das musste er ihr lassen. Einen Mann wie Albert zu küssen, er konnte sich nichts Widerwärtigeres vorstellen als das Küssen eines Mannes. War er nicht achtsam genug gewesen? Hatte er sie zu sehr laufen lassen? Jetzt, wo er darüber nachdachte, lief sie tatsächlich viel. Wie eine rollende Kutsche lief sie auf ihn zu, wenn er nach Hause kam, immer noch, trotz Albert. Sie lief in den Garten, lief, mit Blättern und Obst beladen, ins Haus, polterte die Treppen hoch. Tja, ja-ha, die Auffahrt zur Luft war sie auch halb hochgerannt vor Aufregung und dann hingefallen.

Ruhig verhielt sie sich höchstens beim Anziehen und beim Schminken. Er saß hinter ihr, und ihre Blicke trafen sich im Spiegel. Guter Gott, wie sie ihn immer ansah, entweder verhuscht oder direkt, fast maskulin, unangenehm. Aber wunderbar, diese doppelte Ansicht der Morgenröte, von vorne, von hinten, Schultern und Busen gleichzeitig. In diesen Momenten vor dem Abendessen, die sie geziert Soireen nannte – ihre französische Aussprache war, im Gegensatz zu seiner, tadellos, auch das musste er ihr lassen –, hatte er nicht aufgepasst. Um ihre Stimmung zu heben, hatte er sie ermutigt, tiefe Ausschnitte zu tragen, ja, natürlich, es ist doch Abend, da schauen 'se anders hin als tags, aber den Kleidersaum bitte nicht über das Schienbein hinaus, die Beine nackt, wunderbar, alle werden vor Neid erblassen, ein freies Pferd, das bist du. Meine Königin.

So, nun mal sondieren. Albert würde Marthe wohl kaum gegen Alba austauschen. Marthe war Geld, Prestige, Finanzwissen. Erstaunlich, dass ein Frauenzimmer in der Lage war … Na, sollte sie doch. Sollten sie alle doch. Rumpelnd zog er den Servierwagen zu sich heran, griff nach einem Stück mit Pudding gefülltem Fettkuchen und biss hinein. Puddingcreme quoll zwischen seinen Zähnen hervor. Und dann hatte sie die Güte, ihm mitzuteilen, sie sei mit Albert »ein, vielleicht zwei Mal« spazieren gegangen. Und die Unverschämtheit, ihn dabei noch so anzuschauen. Verwundet und hochnäsig. Ekelhaft, der Kuchen, widerlich, wer aß denn so was. Theodor ließ das angebissene Stück zurück auf den Teller platschen und ging dann mit dem gespreizten Schritt des beleidigten Patriarchen auf und ab. Fuhr sich durch die Haare. Vor dem Schreibtisch blieb er stehen und kratzte mit dem Fingernagel an einem Fleck herum, schlug mit der Faust auf das Holz. Albert also. Also Albert. Egal, wie er es drehte und wendete, es blieb absurd. Albert. Sie sollten ihn alle gefälligst in Ruhe lassen. Die Zirrsonn. Mutter. Schürze. Das Reh. Die Schlampe. Denn das war sie. Eine afrikanische Schlampe, weiter nichts. Er zündete sich eine Zigarette an, die sogleich erlosch. Entsetzt warf er sie in den Aschenbecher. So war es also um seine Männlichkeit bestellt. Und in ihrem Blick immer nur der andere. Albas Kleider, das Dekolleté, nichts war seines. Aus dem Unterholz krabbeln und in seinen Gebieten wildern. So weit kam es noch. Schlampe. Und gleichzeitig das Wunderbarste, was ihm je begegnet war. Das war ja das Schlimme. Göttlich war sie. Einzigartig im Sauerland wie eine seltene Libelle, und alle schauten immer. Wäre er neulich nur an den Bahnhof in Finnentrop gefahren und hätte sich vergewissert, dass auch wirklich ein Zug ging. Das hätte ihn glaubwürdiger dastehen lassen, und er wäre sie schon los. Wie oft hatte sie Albert eigentlich noch gesehen, außer den »ein, vielleicht zwei Malen«?

Rechnungen musste er auch noch zahlen, Herr Heesterberg war für morgen früh angemeldet, und eben erst hatte er einen Haufen silbriges Porzellan aus Berlin bestellt. Und karierte Suppenschüsseln, Vasen, ein Vermögen hatte er ausgegeben. Theodor stampfte mit dem Fuß auf. Stärke zeigen. Durchhalten. Nicht in den Irrtum versinken wie Madame Bovary, von der Mutter ihm als Kind erzählt hatte. Theodor versank, metallen und traurig. Dann wieder wütend. Nein, er war eigentlich nur wütend. Er wollte sich hinlegen, gleich hier, auf den eben noch gerühmten Teppich, der nun fad und rindfleischfarben dalag. Seine Knie ausstrecken, nur einmal ganz platt sein, an die Decke schauen oder schräg zur untersten Kante der Zimmertür. Gefühl von Erde im Magen.

Ich liebe das Licht deiner Augen, liebstes Schönes. Doch

jetzt wird alles bitter, nichts bringt Helle. So lass mich, für den Moment und bevor der Winter kommt, meine Stirn auf dein Knie legen und dem Herbst Lebewohl sagen, den gelben Blättern, während ich schon um den verlorenen, immer zu kurzen Sommer weine. Woher kam das? Hatte er das mal gesagt? Vielleicht sollte er versuchen, sich einen anderen, neuen Ort vorzustellen, einen, an dem er noch nie war. Einen unerhörten Ort wie Italien, den er nur aus Griebens Reiseführer kannte und dessen Bilder seit je warm und ausgebreitet in ihm lagerten. Rom. Warme Steine, Steinbänke, Bodenplatten, Reste von Steinmauern, Marmor, Steinköpfe ohne Nasen, verstreut herumliegend und alle aus der gleichen Farbgruppe. Tönerne Farben und Sandfarben und Weißliches.

Er verstand auch langsam, wie das mit Alba und Albert und ihm lief. Albert gegenüber war sie sicher eindeutig, gespreizte Beine, zerwühlte Laken. Theodor gegenüber war sie allzu oft zweideutig, und deswegen hielt sie ihn an der Kandare. Freundlich, vielleicht auch verliebt, aber immer der verwaschene Ton wie ausgetretenes Gras oder ein scheuendes Pferd. Wenn er dann schwieg, weil er sie schwer deuten konnte, redete sie sich ein, er sei gerührt oder verärgert. Antwortete er, hatte er die Wahl zwischen unverbindlicher Rührseligkeit oder Patzigkeit, auf die sie sich wieder einreden könnte, er sei im Unrecht. Doch er würde die Madames, die meinten, ihn zertrampeln zu können, seinerseits in die Mangel nehmen. Sollten die doch mal verständnisvoll nicken, wenn er sich danebenbenahm. Und zwar am Tisch. Da würden sie schauen. Blaues Service, dazu unpassend zitronengelbe Platten und Schüsseln, das

Fleisch würde auf grünem Untergrund serviert. Rote, grob gestrickte Servietten. Besteck würde er weglassen. Das Kinn auf den Unterteller legen und ihnen gebieten, es ihm nachzumachen. Schlürfen. Die Finger tief ins Wildschwein graben, bei dem er die Zirrsonn anweisen würde, doch bitte ein paar Borsten dranzulassen, bevor es in den Ofen kam. Ach ja und die Preiselbeeren würden in die schwarze Sauciere kommen, Bluttasse würde er sie nennen. Bitte, die Damen, nehmen Sie, nehmen Sie aus der Bluttasse. Das Blumenarrangement würde aus Strünken bestehen und fletschenden Mohnblumen, hier würde er drauf achten, dass es die strahlendsten Mohnblumen wären, die er auftreiben könnte, rot und böse. Ja, böse. Komplizinnen. So musste es sein.

Er konnte es sich genau vorstellen, wie die Dinge vonstattengingen, wenn er nicht zu Hause war. Albert kam klingeln. Schamlos und so hoch aufgerichtet, wie es für diesen Zwerg möglich war, den kleinen Knubbelfinger in die Schelle gepresst. Dann die Zirrsonn, die bestimmt lächelnd – lächelnd! – die Tür öffnete, frische Schürze.

»Kommen Sie doch herein, der Herr«, äffte Theodor laut. »Kommen Sie herein, wir erwarten Sie schon.«

Sie würde vor ihm herrollen, die Treppe hoch, bis zu Albas Zimmer, vor dessen Tür Mutter stand, bereit für den Verrat an ihrem Sohn. Selbst Mutter würde wissen, dass Albert reicher und besser war als er. Genau deswegen würde sie dem Frauendieb die Tür aufhalten und sachte schubsen, wenn er mit einem letzten Funken Anstand an der Schwelle zögerte.

»Geh nur, geh!«

Erschreckt hielt Theodor inne, sein Nachäffen von Mutter klang täuschend echt, er verweibte! Drinnen im Zimmer, da lagerte Alba, in dem halb durchsichtigen Kleid, das er ihr gekauft hatte und von dem er ihr aufgetragen hatte, es dürfe ihr Zimmer nie und unter keinen Umständen verlassen. Was für ein Trottel er war. Kam der Prophet nicht zum Berg, kam der Berg eben zum Propheten. Er mochte gar nicht daran denken, die Kleider, die Bettwäsche, der Kristallspiegel am Fußende des Bettes, was das alles gekostet hatte, mindestens zweitausend Mark, für nichts und wieder nichts, für ihn zumindest nicht. Das halb durchsichtige Kleid war ein Kompromiss gewesen, denn sie zeigte ihm zwar ihre Beine oder den Busen, lief aber lange nicht so oft nackt im Zimmer herum, wie er sie anflehte, es zu tun.

»Ich geniere mich, Theo, ich wabbele so beim Laufen.«

Ha, wabbeln, dass er nicht lachte. Eine Lüge war das, alles Lüge, aufsparen wollte sie sich, ihre Nacktheit nicht an ihn vergeuden, so war's, und er hatte es immer gespürt.

Und da waren ja auch noch die Rechnungen, Heesterberg, das desaströse Schienenprojekt, und sie, sie würde dasitzen, gespreizte Beine, und erröten, wenn er, der Maulwurf, näher kam, aber nicht vor Anspannung wie bei ihm, sondern vor Freude. Und mit Schweinereien würden sie anfangen, nicht mit scheuem Herumtänzeln, wie sie es ihm abverlangte, sie fasste Albert bestimmt gleich an, noch durch den Stoff hindurch, die Knöpfe würden nicht lange zubleiben und heraus mit dem Getier. Ohne Ekel würde sie die Wurst anfassen, dabei mit tränenfeuchten, dankbaren Augen zu ihm hochschauen.

»Ich weiß, ich weiß doch …«, würde sie sagen und den Mund öffnen. Den Mund! Und dann … weiter konnte er nicht, das war ein Bild zu viel gewesen. Eben noch hatte er geschwitzt, nun wurde ihm kalt. Er stand vom Teppich auf und betrachtete seine Hände. Hier triumphierte er, niemand hatte Hände wie Theodor, Hände, die Frauen auf ihren Bäuchen und Schenkeln spüren wollten. Seine Hände hatte er gegen Albert in der Hand. Scherz beiseite, verdammt, ihm war wirklich kalt. Er stand auf und trat ans Fenster, sein Kopf spiegelte sich in der Scheibe, der Kopf eines Gehörnten. Weiter also mit dem Tisch und dem Essen. Eier würde die Zirrsonn kochen müssen, für jedes Weib eines. Nicht zu weich, nicht zu hart gekocht und er würde sie allesamt zwingen – die Zirrsonn am Katzentisch sitzend –, die Eier mit Silberlöffeln zu essen. Da würden sich die Münder verziehen. Bittergeschmack, Metallgeschmack, das verdienten sie.

Bliebe Albert. Mit den Fingerspitzen und spiegellos fuhr Theodor sich in die Haare und zog sich einen imaginären Mittelscheitel, den er sofort wieder zerrubbelte. Sollte er hoch in die Luft fahren und Albert herausfordern? Für Duelle war es kaum mehr die Zeit, aber den Maulwurf verprügeln wäre möglich. Verdammt, warum war ihm nur so kalt? Das musste an dem scheußlichen Gebäck liegen, von dem er nun einen Pelz auf der Zunge hatte. Stellen Sie mir nie wieder Fettkuchen hin, würde er der Schürze sagen, sonst setze ich Sie gleich mit an den Tisch. Theodor tätschelte seinen Oberschenkel, zwickte kurz in die Haut. Machte sie bei Albert auch so einen Terz, wenn sie »ihr Monatliches« hatte? Sicher nicht, sicher machte sie selbst dann die Beine breit. Inmitten der Kälte überlief ihn eine lästige Hitzewelle. Schmerzen im Genick, der Pelz in seinem Mund schmeckte bitter. Plötzlich kam ihm ein nicht allzu lange zurückliegender Gesprächsfetzen in den Sinn. Gereizt schlug er sich auf den eben noch gezwickten Oberschenkel. Albert und er waren gemeinsam auf der Jagd gewesen, und der Hirschbock war entkommen. Auf das Gewehr gestützt, hatte Albert ihn ernst angeblickt.

»Du solltest gewisse Möglichkeiten in Betracht ziehen, Theo, und nicht die Augen verschließen. Frauen wie deine Alba sind –«

»Was heißt Frauen wie sie?« Sogleich war Wut in ihm aufgestiegen. »Du bist wirklich gewagt, mein Lieber. Zu denken, sie sei schlimmer als die Weiber, mit denen du dich abgibst. Ist sie etwa weniger wert als Marthe? Als, wie hieß sie noch, als Annie damals?«

»Nun reg dich doch nicht so auf. Du sagst, du liebst sie, da musst du dir doch anhören können –«

»Was soll ich mir anhören? Wenn du nicht sofort den Mund hältst!«

»Was habe ich denn schon gesagt? Du lässt mich ja gar nicht ausreden.«

»Ich weiß genau, was du sagen willst.«

»Na, was, sage es doch!«

»Das weißt du selbst am besten.«

»Achte mal drauf, wie man sie ansieht. Du lässt sie halb nackt am Tisch sitzen und wunderst dich, dass allseits gestarrt wird.«

»Ich wundere mich überhaupt nicht, ich sehe nicht, was du siehst, meinst zu sehen oder meinst zu meinen.«

Hektisch hatte er eine Zigarette aus der Tasche gezogen und mehrfach versucht, sie anzuzünden. Beim dritten Mal klappte es, das Streichholz versengte ihm die Fingerspitze. In dem Moment raschelte es im Gehölz. Nicht der Hirschbock kam hervor, sondern ein Fasan, den Theodor sogleich schoss.

An dem Jagdmorgen war das Wetter schön gewesen, aber als er nach Hause kam, lag Alba mit Migräne im Bett. Immer trug sie irgendeinen Kopfschmerz herum, um den er sich dann kümmerte. Lag sie mit Lappen auf der Stirn herum, ließ er ihr von der Zirrsonn Wildpastete bringen, noch mehr nasse Lappen, schaute gar ein oder zwei Mal am Tag zu ihr hinein, doch sie lag immer mit dem Rücken zur Tür und schwieg, schwieg und lauerte, worauf, war ihm schleierhaft. Löwenschmerzen nannte sie diese Zustände. Löwendunkel. Immer machte sie ein lächerliches Drama aus sich und ihren Zuständen. Bestimmt verachtete sie ihn dafür, dass er die Amme spielte, wenn es ihr schlecht ging, das tat Albert sicher nicht, und er karrte ihr sicher nicht auch noch Essen ans Bett.

Theodor trat ans Fenster und ließ Luft und Metallspäne herein. Wie eilig sie es gestern gehabt hatte, zum Zug zu kommen. Sogar das Zigarettenetui hatte sie liegen lassen. Ausgerechnet auf ihrem ersten Ausflug nach Köln, als sie noch afrikabraun und strahlend neben ihm herschritt, hatte er ihr das Etui in die Hand gedrückt. Im Innendeckel hatte er es gravieren lassen. »Immer Alba« stand dort, und so würde es sein. Sein Platz an der Sonne. Er wusste längst, dass sie heimlich rauchte. Sie hatte sich so gefreut, dass ihre Wangen rot wurden, doch gesagt hatte sie nichts. Am

Abend war ein Zettel unter seiner Tür durchgeschoben, darauf die seltsamsten und unbegreiflichsten Worte:

»Wie kann sie ihm erklären, dass Zeit keine Rolle mehr spielt, dass ihre Gedanken sich verändern, seit sie begonnen hat, in der Sprache seines Namens zu denken, seiner Linien, seiner ausgeruhten Hand. Wie kann sie ihm durch die enge Kleidernaht ihres Mundes erklären, dass Liebe nur dem einen Zweck gereicht, sich am Morgen die Hand mit Männererde zu begießen. Dass Worte die Stille der sich hinter Säulen verbergenden Zuneigung sind. Dass es gar kein Wort mehr gibt, nur den zu einer Tulpe gekrümmten ersten Buchstaben seines Namens. Phi. Φ. φωτιά, Feuer: der unbeugsame Wille seines immer schon gewesenen Jetzt, hell lodernd wie die Flammen Ilions. Φ, die schreckliche Klarheit der durch eine Mitte führenden Linie. Wie kann sie ihn dazu bringen, es zu sehen, das seltsame, schattenlose Licht seines Daseins, frei von Schrullen und Umwegen, besessen von Handlung und von der Freude zu sehen, wie eine Handlung sich vervielfältigt zu Handlungen, die unerbittlich voranmarschieren, während von rechts und links immer weitere Handlungen heranfließen, sich sauber in seinen Marsch einfügen, eine lange, speerförmige Linie von Ursache und Wirkung bis hin zu dem einzig möglichen Ende.«

Theodor atmete aus. Schloss das Fenster. Öffnete es wieder. Lehnte sich hinaus. Seltsame Worte, die ihm schmeichelten, ein bisschen kam er sich vor wie ein Held aus der Antike. Obwohl weder sein Name mit einem Phi begann noch Alberts.

Zurück am Tisch, strich er über das Holz, sprang dann

auf. Auf dem Servierwagen stand auch ein Teller mit Glosche. Kalt gewordener Hackbraten. Er stopfte ein Stück in den Mund.

Bevor sie ein Paar geworden waren, hatte Theodor Alba nebst aller Faszination auch ein wenig verachtet. Obwohl sich zu ihrer Schönheit immerhin auch Bildung gesellte, erschien sie ihm – hier lag sein größter Irrtum – nicht besonders ehrgeizig, dabei war er doch aufstrebender Drahtzieher und Unternehmer im Osten und hätte sich durchaus eine ehrgeizige Frau gewünscht. Trotzdem oder gerade deswegen war ihre von Beginn an den Tag gelegte Starre unerträglich, die er fühlte, wenn er Alba umarmte, um sie sogleich gen Bett zu bugsieren, und ihr Kleid sich unter seinen Händen einbauschte wie ein Segel über einem störrischen Mast. Und seitdem sie mit Albert angeblich nur spazieren ging, immer öfter miese Stimmung, finsterer Blick, darin flackerte Abscheu. Nein, sicher vertat er sich nicht. Sie begann, ihn zu verabscheuen.

Kurz vor Mittag. Noch sechs Minuten. Während er hier stand, war sie sicherlich mit dem Kerl. Glücklich und strahlend. Alba und der andere, dessen Borsten sich irgendwo im Unterholz, in seinem Revier, an ihrer Glätte rieben. Na, er würde später ganz genau auf ihrem Bettlaken nachsehen. Theodor summte: »Grün, grün, grün sind alle meine Kleider, grün, grün, grün ist alles, was ich hab …« Er fummelte an seiner Krawatte, schlang den Streifen Stoff um seinen Zeigefinger, drehte zu. So war das eben. Wie gewonnen, so zerronnen. Theodor lehnte sich aus dem Fenster, atmete ein, von unten winkte Marthe hoch. Nicht die auch noch. Theodor drehte sich gen Zimmer, nahm ein, zwei lange

Schritte in die Raummitte und legte sich rücklings auf den Teppich. Streckte die Beine aus. Sein linkes Knie knackte leise.

*

Unter den Bäumen fühlte es sich an wie Tauchen. Smaragdgrünes Licht, die nur schwach durch die Kronen dringende Sonne formte Zweige und Blätter zu eigenen Gebilden.

Auf Theodors Wut folgten in Alba Tage der Stille, und sie riss sich die Haare aus. Blutig, immer hinten am Nacken. Die Haare wuchsen sowieso zu tief in ihren Nacken hinein. Sie ging behutsam durch den Garten des Käfigs. Vögel sangen langsame, sonnenvolle Klänge, und sie wollte sich am liebsten hinlegen in Helle und Leere, doch Blätter umgaben sie, Pappelwolle, und sie dachte an Camille Pissarros verwehendes Gemälde aus Éragny, wenn sie es in ihrem Kunstband betrachtete, spürte sie Blattknistern und goldene Dryadenfinger. Nachdem Theodor sie im Garten beinahe erwischt hatte, war er wütend und stumm unter einer dicken Regengardine ins Walzwerk gefahren, danach war die Sonne gekommen und klebrige Insekten. Sie war noch eine Weile allein im Garten geblieben, dann hatte Albert angerufen, sie solle sich bereithalten, er würde in einer halben Stunde mit dem Wagen vorfahren. Sie rannte auf ihr Zimmer und puderte sich die Achselhöhlen und die Nase, schnell, ein frisches Kleid. Vor dem Spiegel probte sie kurz den einladenden und den elegant umflorten Blick.

Heute brachte sie der Wagen zu »Neuhaus«, dem elegantesten, aber auch dem einzigen Restaurant in Iserlohn.

»Neuhaus« hatte Terrassen, Gärten mit Mirabellenbäumen und Dahlien in allen Farben, die Betten hatten weinrote Überdecken, und man servierte Schnitzel und Möhrensalat. Das Restaurant war braun, der Boden birkenfarben, die Sofas beige, die Teppiche vergilbt wie alte Milch, die Beistelltische waren aus Mahagoni. Am Nebentisch saß ein Mann, von dem sie zuerst dachte, er rede absichtlich mit verstellter, hoher Fistelstimme, aber er redete wirklich so.

Albert schaute sie strahlend an, sie bestellten Kaffee, und es kam etwas Obst. Sie saßen züchtig nebeneinander, aber dicht genug, dass ihre Ellbogen aneinanderstießen. Sie wollte ihn fragen, ob er das hier bei »Neuhaus« nicht zu riskant finde, ließ es dann und aß zu viele Salzbrezeln. Der nach dem Kaffee bestellte Wein machte ihr Kopfschmerzen, aber sie war glücklich. Scherzhaft bot Albert ihr eine Traube zwischen den Zähnen dar, lachte, jonglierte dann unbeholfen mit zwei Äpfeln aus dem Obstkorb.

Wie herrlich, dachte Alba, wie herrlich es hier sein konnte, in dem anderen Leben. Und wie dumm sie die Leibeigenschaft gemacht hatte und wie verzweifelt. Durchs offene Fenster wehte heiße Luft herein. Sie blickten auf die Gärten und Tische mit flatternden Tischdecken hinaus und zeigten einander unbedeutende Kleinigkeiten.

»Schau mal, das Spätzchen dort.«

»Da hinten oben, eine Gewitterwolke.«

Der Oberkellner tat, als wundere es ihn nicht, Alba statt in Begleitung von Theodor mit einem noch bedeutenderen Bewohner des Sauerlandes zu sehen.

Als das Essen kam, aß sie etwa drei Mal so viel Fleisch wie Albert, redete von Dingen, die weder Albert noch

Theodor interessierten, von Malerei, ihrer Musik, gestikulierte dabei und siezte ihn beharrlich, damit die Umsitzenden bloß nicht auf falsche Gedanken kamen. Der jede Mahlzeit begleitende, immer gleiche Salat, Möhrenraspeln, Kohlrabi, zwei, drei grüne Blätter, wurde auf kleinen Tellern angerichtet und mit weißer Sauce übergossen. Konzentriert und versunken starrte Alba auf ihren Teller. Mit der Gabel schob sie die Blätter und Schnipsel so lange hin und her, bis sich ein Gesicht geformt hatte, Salathaar, Tomatenwangen, faseriger Möhrenmund. Dann griff sie in den Salat und ballte die Faust, bis die weiße Sauce durch ihre Fingerritzen und auf das nichtssagende Tischtuch quoll. Albert blickte irritiert, doch sie lächelte ihn an und legte ihm ihr halbes übriges Filet auf den Teller.

Oha, dachte Albert, würde sie mir auch die Fingernägel polieren? Plötzlich überkam ihn ein Gefühl großer Rührung, und er griff ihre Hand, die ihn umsorgen wollte, aber nicht konnte, ließ sogleich wieder los, denn der Kellner näherte sich. Urplötzlich stellte er sich Alba im Moment ihres Todes vor, im Sarg in der Kirche, eines Tages, vielleicht hier in Sankt Pankratius, wie sie dalag, mit auf dem Bauch gefalteten Händen, in denen sie ein Bund Maiglöckchen hält, mit hohlen Wangen, aber friedlich. Sie würde ganz still liegen, kein aufgeregtes Atmen mehr, und der Stoff des Sarginnern würde sie umgeben wie Bonbonpapier. Er stellte sich ihr Grab auf dem Friedhof vor, bereits ausgehoben, und unten in der Grube würde etwas Wasser stehen, das ihr Kleid feucht machen würde. Es würde in den Stoff aus Spitze hineinsickern, Erdkrümel würden an Albas heller Haut kleben, die Haare in dem braunen Wasser ertrinken. Mit halb geschlossenen Augen betrachtete er Alba traurig lächelnd über den Tisch hinweg, die leuchtend zurücklächelte, und plötzlich bekam er Angst. Was diese Frau antrieb, war ihm unklar. Allein der Wunsch nach Reichtum, ob nach seinem oder Theodors, konnte es nicht sein. Wenn er auf und in ihr war, lag sie erst lange steif und bewegungslos, wand sich dann, umklammerte ihn mit ihren Beinen und hielt ihn fest, als wolle sie ihn hinunterreißen in ihre andere, dunkle Welt, bevölkert von Sirenen und bleichen, tragischen Gestalten, auf der Suche nach anderen, ihm unbekannten Dingen.

Vielleicht war das, was Albert sah, aber nicht greifen konnte, und vor dem Theodor, der besser sah als Albert, die Augen verschloss, vielleicht war es das, was sich Seele nennt, die immer nur dort sitzt, wo das Ich sich entscheidet.

*

Theodor, der Tyrann, der wachsam zwischen Alba und der Welt stand. Tyrann ohne Frau, ohne Geschwister, ohne Kinder. Die, über die er herrscht, kennen ihn, und doch kennt ihn niemand ganz und er sich selbst am allerwenigsten. Sein Zimmer gleicht einem gut gepflegten Terrarium. An der Wand lehnt sein Spazierstock mit Stahlknauf. Seine Haut ist immer sauber, er mag das Halbdunkel. Ist er zu lange in der Sonne, platzt ihm die Haut am Schienbein auf, immer an derselben kreisrunden Stelle. Ansonsten ist Theodor glatt, nur an der Brust behaart wie Albert. War Alba bei Theodor, wünschte sie zwar öfter, sie könne entkommen, sank aber jedes Mal wieder müde zurück. Bei Albert wollte sie bleiben, durfte nicht und lief, aus Angst, entdeckt zu werden, hektisch fort. Mit Albert machte sie andere Sachen als mit Theodor. Wenn sie vor Theodor kniete, schloss er nicht die Augen, sondern sah sie an, mit eigentümlich abwartendem Blick, immer von weit weg, so schien es ihr, äußerlich wie innerlich. Er roch nach Tier, weil er Tiere tötete.

Fast jeden zweiten Tag ging Alba in die Villa Luft. Manchmal auch jeden dritten. Albert rief sie zu immer anderen Tageszeiten an, sie könne nun kommen, er sei allein. Dann rannte sie jedes Mal zu dem Wagen, den er vor dem Käfig vorfahren ließ. Nie entging es Frau Zirrsonn, wenn sie fuhr. Bauschekleidmutter hingegen bevorzugte es, nichts zu merken.

Die Villa Luft betrat Alba durch den Seiteneingang, der in den Servierraum führte und von dort in einen Gang hinter dem Gobelinsaal, dann auf eine Paralleltreppe, die versteckt zur mächtigen Haupttreppe führte. Anders als vornehme englische Landsitze und anders als Theodors Käfig, hatte der alte Essenbeck eine architektonische Grundregel der oberen Klassen gebrochen: Das Haus nicht in zwei unvereinbare Trakte zu teilen, einen für die Herrschaften, den anderen für die Angestellten, sondern er hatte den mehr als großzügigen Wohnraum von Köchen, Gärtnern und Hausmädchen in den Gesamtorganismus des Hauses integriert.

»Lächerlich, diese sozialen Anfälle«, schimpfte Theodor gern und regelmäßig. »Domestiken gehören in den Keller, meinetwegen auf den Dachboden, nicht mit an den Esstisch.«

Bevor es Mies van der Rohe und Le Corbusier gab, gab es die Villa Luft im Sauerland. Mit der Villa Luft endete die Härte des Zwecks, wurde das Alte, Schwere ersetzt. Wie Nietzsche den Historismus kritisiert hatte, feierte man in der Villa Luft die Gegenwart, zumindest baulich. In der Luft wehte Luft, zwischen den Hauptzimmern gab es eingelassene, kleinere Räume, die den Service erleichtern sollten, es gab Blumensalons, Terrassen, Balkone, alles war *breezy* und durchlässig, voller Lebensadern bis in die Gärten hinein, dort gab es Plätze, Brunnen und Glasüberdachungen für Sonnenmöbel und Chaisen. Innen waren die Korridore tageslichtdurchflutet, verstellbare Jalousien ließen je nach Sonnenstand und Wetter verschiedene Formen natürlichen Lichts herein, Wände waren in Teilen durch verschiebbare Glasportale ersetzt worden, je nachdem konnten Besucher einen weiten Blick vom Vestibül durch die folgenden Säle bis ins Blumenzimmer, raus zur mit schwarzem und weißem Stein ausgelegten Terrasse und bis an den Horizont erlangen. Terrassen, Balkone und Veranden waren im Winter mit Glas umschlossen, im Sommer lagen sie frei. Die riesige Villa ähnele einer Voliere, sagte Albert. Es gab keine Räume, sondern Raumhüllen, die einzigen dickeren Wände, etwa in den Garderoben oder Servicezimmern, waren Wandschränke, ansonsten durchglaste Wandelgänge, weiße Korridore, zartbraune, glatte und hohe Wände ohne Tapete. Das Haus erschien ihr als ewiger Tag, genau wie Albert ihr Tag war und sie die frühe Sonne.

In Alberts Zimmer erwartete er sie immer in derselben Pose, im Sessel, mit aufgeklapptem dunklen Morgenrock. Sie kamen behutsam aufeinander zu, erst vage auf Distanz, dann eng umschlungen, und gingen behutsam wieder auseinander, denn Alba wollte oft sehr plötzlich nach Hause. Sie wagte nicht, in Alberts Hörweite die Toilettenspülung zu benutzen oder sich zu schnäuzen. Meist blieb sie in seinen Schlafzimmern. Nur einmal konnte sie nicht einhalten und hatte das Badezimmer aufgesucht. Es war Durchfall. Sie musste die Spülung gleich mehrfach bedienen, riss das Fenster auf und wartete, solange es irgend ging. Umgeben von ihrem eigenen Gestank und eigentlich zum Gehen bereit, verflog alles Unbeschwerte in ihr. Sie fühlte sich unmöglich, wie in ein Kostüm gekleidet, ein dicker Hut mit baumelndem Plastikobst dran und hängendem Kleid, sie sah aus wie eine betrunkene Frau Jenny Treibel. Sollte sie rasch eine Zigarette rauchen, um den Gestank zu übertünchen? Nein, dann konnte sie Albert unmöglich zum Abschied küssen, dann würde sie nach Tabak riechen.

Nachdenklich ging sie an diesem Nachmittag nach Hause, unbestimmt traurig wie etwas Kümmerliches und schlecht Gedichtetes. Das Körperliche zwischen ihr und Albert erschien ihr in diesem Moment grau und leer. Sie wollte etwas anderes unternehmen als in den Spiegel starren und überlegen, wem sie nun als Nächstes gefiel, gefallen wollte. Sie wollte tanzen gehen. Reiten oder spazieren. Neulich hatte sie ein sepiafarbenes Seidentuch über ihren Lampenschirm gehängt, bevor Theodor eingetreten war, das Licht war theatralisch gewesen, nie hatte sie schöner ausgesehen. Für Albert ergriff sie nie die Initiative. Rausfahren, sich bewegen, Minigolf, sie musste wieder Minigolf spielen. Nach Köln fahren und mit Theodor von schräg unten auf Häuser starren, an gelben, melancholischen Nachmittagen auf Restaurantterrassen sitzen, Melodien hören und an das Ende der Liebe denken, ohne dass das Ende nahte. Sicherlich würde die Liebe nicht wegplätschern, sondern von einem Moment auf den anderen aufhören, so als hätte sie in ihrer Handtasche gewühlt, erst langsam, immer schneller und sodann bemerkt, dass sie ihren Fächer auf dem Tisch bei »Neuhaus« hatte liegen lassen. Zurückrennen und den Fächer holen wollte sie aber auch nicht. Nein, nichts an ihren Gefühlen würde langsam abblättern und schal werden. Es würde ein Donnerschlag sein.

Noch hatte sie das Gefühl, sie liebte Theodor und Albert. Sie konnte durchaus zwei Männer lieben oder etwa nicht? Doch der Moment würde kommen, wo sie mit einem Schlag keine passive Zugreisende mehr sein würde, die, erst angetan, dann nach vielen Stunden müder werdend, dumpf auf eine Landschaft schaut, von der sie wusste, dass sie sie zum letzten Mal sah, irgendwann gar nicht mehr hinschaute, weil es egal war, was draußen vorbeizog. Nein, sie würde frei sein, die Knöpfe würden platzen.

*

Nachdem Theodor aus dem Walzwerk heimgekommen war, setzte er sich in den Sessel im Esszimmer. Unterschenkel im rechten Winkel zu den Oberschenkeln, Knie zusammen. Anscheinend hatte Alba hier hantiert, die Blumen standen anders, über der Stehlampe hing ein sepiafarbener Seidenschal, was den Raum in trübes Spelunkenlicht tauchte. Fehlte nur noch ein ungeschickt zu Akkordeonmusik aneinandergedrückt tanzendes Paar.

Auf dem Beistelltisch lagen seine Zigaretten. Theodor zählte penibel nach. So, so, sie hatte also heimlich geraucht. Unter dem Esstisch lag eine einzelne Zigarette, mitten auf dem Teppich noch eine. Mein Gott, nie konnte Ordnung herrschen. Theodor betrachtete sich im Innenspiegel seines Zigarettenetuis, blähte die Nasenlöcher, ziepte an einem kleinen, neben dem rechten Nasenflügel fehlwachsenden Haar.

Theodor, der Drahtzieher. Doch den Arbeitern war er fern. Hoch oben im mit Teppichen und glänzendem Holz dekorierten Büro über Halle 3, mit Blick auf Halle 1 und 2 sowie die angrenzenden Wagenremisen, umgeben von Servierwagen und Blumenarrangements, blieb er auf Distanz zu dem, was ihn ausmachte. Nur selten kam er hinunter ins Werk. Firmenjubiläen feierte er nicht, den Arbeitern waren spontane Festreden oder Umzüge zu seinen und den Ehren der Drahtzieherei verboten. Reden und toasten, nein danke. Verhasst waren ihm rührselige Szenen und eitle Gespräche. Ein gelegentlicher, anerkennender Händedruck zwischen ihm und seinen Untergebenen reichte.

Theodor, der Gastgeber. Doch der gesellschaftlichen Teilhabe war er fern. Er hatte durchaus Sinn für Feste, aber, anders als die Essenbecks, kein Gespür dafür, dass die öffentliche Zugänglichkeit der sein Anwesen umgebenden Park- und Gartenanlagen zumindest für diejenigen wichtig war, die selbst keine hatten.

Theodor, der Sohn. Doch Mutter war er schon lange fern. Bauschekleidmutter. Nicht immer trug sie diesen Namen, und nicht immer war sie der passiv wirkende Schatten des Hauses gewesen. Bis zu dem Jahr, in dem Theodor die Drahtzieherei nach Vaters Tod übernahm, war sie Mutter gewesen, die Fee, die in sein Leben hinein- und wieder hinauswehte, die gut roch, die wärmte und schützte, aber immer auch ein abstruses Zeichen war, das er nicht verstand. Frau Hasselt war Vaters zweite, wesentlich jüngere Frau und Theodor ihr einziges Kleinod. Eine eindrucksvolle, elegante Dame des Iserlohner Großbürgertums. Im Winter trug sie Seide, im Sommer Musselin. Schwarze Perlen, Fuchspelz. Die täglichen Brötchen für die Familie ließ sie von »Neuhaus« anliefern, Obst von Händler Schulte. Und sie verehrte ihren Sohn, nannte ihn »kleiner Wolf«, tat es bis heute.

Und Theodor, der als Drahtfabrikant zum eleganten Inbegriff des Sauerlandes werden sollte, kurz bevor dessen industrielle Existenz verblühte? Bis Vater starb, war er Muttersohn gewesen, noch ehe es überhaupt einen Begriff dafür gab. Unvorstellbar der Gedanke, je von Mutter mit den großen Kleidern getrennt zu sein. Seine Mutter war sich bewusst, einst zur sauerländischen Aristokratie gehört zu haben, protestantisch, die Welt in Erwählte und Verdammte einteilend, und verdammt waren fast alle. Von ihren Eltern wusste Theodor wenig, außer dass sie Cousin und Cousine dritten Grades waren, entfernt verwandt mit dem Geschlecht von und zur Lippe. Mutter hatte von ihnen nichts geerbt, bis auf ein großzügiges Aktienpaket, das sie seitdem für künftige Generationen hütete.

Mutter war einst so sehr Mutter, dass er vergaß, dass sie einen Namen hatte, genauer, einen Vornamen plus einen Namen in der Mitte, helle Zimbelschläge aus Vokal und Konsonant, a, e, i, ohne die wehmütigen, nach Fleischrollen riechenden Abgründe von o oder u. Erstickende Mutter, liebende Mutter, beherrschend und verständnisvoll, während Vater die Dunkelheit entlangglitt. Im Nachhinein war es ein Geben und Nehmen: Als Kind konnte und wollte Theodor von Mutter nicht lassen, dachte an sie, wenn sie im Garten war oder in der Küche, auf Ausfahrt in die Stadt, jenseits der feuchten Auffahrt oder am anderen Ende vergilbter Flure, nur nicht bei ihm. Theodor belauerte Mutter, erwartete sie, die nach der Schule bis in die späten Nachmittage immer irgendwo anders schien, trinkend, lachend, scherzend, mit Hinz und Kunz, ob es der Gärtner war, der Postbote, vorbeirauschende Freunde, nur nie ausreichend mit ihm beschäftigt, dem Hochwohlgeborenen, bis endlich Vater kam und das Haus voller war, aber auch schwermütiger. Den Großteil der Tage bewohnten Mutter und er den Käfig allein, weil Vater im Schlachthaus oder in der Drahtzieherei zu tun hatte. Dass seine Mutter in späteren Jahren zur Travestie im Bauschekleid werden würde, zeigte ihm, dass die Dinge letztlich doch nicht blieben, wie sie waren. Höchstwahrscheinlich hatte das Ende von Mutters Würde auf dem Fest begonnen, als Mutter Schützenkönigin wurde und schräg und angetrunken vorn auf der Ehrenkutsche saß. Als das Gefährt sie dann mitnahm, hinaus auf die Wiese zur Verleihung der von den Essenbecks gespendeten Krone und Schärpe mit kleinen aufgenähten lila Pailletten, und Mutter ihn unter der Linde mit wurstfettigen Fingern zurückließ, mit nichts als der hölzernen Singstimme des Wollpullover-Mannes und Vater, der weder ihn beachtete noch die Männer, die lachend redeten und Gläser hoben, sondern der, wie er, Mutter hinterherstarrte. Als sie hinten auf der Wiese angekommen war und schwankend vom Kutschbock stieg, blickte er erst ins Leere und begann, mit hektischen, zwischen dem Nichts und Mutter oszillierenden Augen auf und ab zu gehen, blieb stehen, lief nach kurzem Zögern hinaus zur Wiese, denn die Krönung würde jeden Moment beginnen. Theodor blieb allein und verschmiert unter dem Baum zurück, und der Kitzel des soeben vernommenen Zukunftsliedes wurde von plötzlicher Trennungsangst abgelöst. Im Nachhinein war Mutter in diesem Moment zu der immerwährenden anderen geworden, als die sie heute, welk und schlecht geschminkt, durch jedes Zimmer geisterte, in dem er hoffte, endlich einmal eine Minute Ruhe für seine heimlichen Zehspreizübungen zu finden.

Mit Vaters Tod begann Mutter, ausladende schwarze Kleider zu tragen. Es war im August, ein greller, heißer Tag. Über dem Sauerland hing ein Schleier aus Wassertropfen und Sonnenlicht. Im Schlachthaus war der Vater dabei gewesen, ein Reh zu zerlegen. Als er nach draußen unter die Bäume ging, um Luft zu schnappen, erschien ihm eine Frau. So sagte Mutter, die im Garten gestanden hatte und sie von Weitem gesehen hatte, wirklich, sie hatte sie gesehen, die Frau, die einen langen Mantel trug und jung wirkte, tauchte plötzlich vor Vater auf, der sie erstaunt ansah und dann in die Knie ging. Hinter ihr stand ein Mann mit einem Gewehr oder war es ein Stock, eine Angel? Hier wurde Mutters Erzählung schwammig und gedunsen, doch ihr glaubte ohnehin niemand. Man schüttelte den Kopf. Die elegante Frau Hasselt, zu jung verwitwet, wirr vor Schreck, tragisch, tragisch, so ein Selbstmord. Natürlich, Frau Hasselt, werden wir darüber Stillschweigen bewahren, kein Wort zu ihrem Sohn. Man weiß ja, wie das mit den Herzinfarkten so geht, sagte der vielsagend blickende Kommissar. Nein, so war es nicht, sagte Mutter, und der Kommissar schüttelte weiter den Kopf, und Mutter erlosch.

Binnen weniger Wochen wurde sie eine stille Hülse, umgeben von Stoff und Taft. Bauschekleidmutter, neuerdings anscheinend Dichterin ohne Ambitionen. Ihr Zimmer war weiß, weiße Teppiche, ein weißes Bett mit weißem Bezug, ein weißer Schreibtisch. »Meine Muschel« nannte sie es. Ihre Verse schrieb sie auf lose Zettel, die sie in Schubladen aufbewahrte. Niemand las sie. War sie allein zu Hause, saß sie im Esszimmer am leeren Tisch, die Hände vor sich ausgebreitet. Beringte Finger, delikate Blässe, mehlweiße Lider. Vom Esszimmertisch aus blickte sie durch die Fenster in den Garten bis an den Horizont ihres Reichs, das abgeschirmt von einer hohen Mauer aus Pflanzen und Stein dalag. Nur die Auffahrt zum Käfig war lang, dunkel und feucht, weil die Bäume so dicht standen. Der Rest war hell und weit.

Und Mutter lebte weiter bei Theodor, oder eher: Theodor lebte bei Mutter, die vorgeblich stumm durchs Haus geisterte. Er hatte keine Frau, keine Kinder. Vielleicht war es das, vielleicht war sie deswegen enttäuscht von ihm. Auf Spaziergängen um den Seilersee erblickte Theodor sie nicht mehr im lichten Himmel, sondern im rotzgrünen, wächsern riechenden Wasser.

Was war er noch? Freund, Liebhaber, doch Alba, Leitprinzip seiner männlichen Existenz, entfernte sich von ihm gen Luft und Liebe.

»Alba betrügt mit Albert«, murmelte er und schnippte einen Fussel von seinem Hemdsärmel. Von der Terrasse wehten Amselrufe herein. Theodor summte: »In unserm Garten, da sitzt ein Amselchen …«, ging dann über zu »Alba-Albert, Albalbert, Alberta.«

Wie lächerlich.

Ein nicht ganz neuer Gedanke durchschoss ihn. Wäre er plötzlich beschädigt, würde die Vorderzähne verlieren oder ihm würden die gepriesenen Hände abfallen, würde sie ihn dann noch wollen? Theodor beschloss, sie später am Abend zu fragen. Noch war er schön, viel schöner als Albert. Noch konnte er auf eine zufriedenstellende Antwort hoffen. Was, wenn er sich das Haar von hinten nach vorne ganz tief ins Gesicht kämmen würde, sodass am Oberkopf schüttere Stellen zu sehen wären und sein gesamtes Haar auf der Stirn prangte wie ein Eichhörnchenschwanz? Da würde sie schauen. Und was, wenn er sie in dieser Aufmachung zwingen würde, mit ihm Arm in Arm zu »Neuhaus« zu gehen? Alba, die Eitle. Herrlich, die Vorstellung. Ganz anderes Mannsein, die Hässlichkeit. Mannsein war nicht gottgegeben. Theodor lächelte schmerzlich. Ein Mann zu sein bedeutete Ehrgeiz, Rivalität, ob in der Drahtzieherei oder im eigenen Heim. Geborgene Häuslichkeit bot ihm Alba wahrlich nicht, dafür musste er selbst sorgen, und bisher versagte er kläglich. Sogar die ihm so kostbare Routine des Tischdeckens und des festlichen, stummen Speisens hatte sie ihm verdorben. Immer wurde geschwatzt, gegluckst, mit der Gabel auf dem Porzellan geschabt. Flittchen.

Würde »Albalbert« mitten auf dem Seilersee in einem Boot dümpeln, umgeben von weißen Schwänen, vielleicht noch mit einem Sonnenuntergang, Picknick mampfend und all dem Pipapo, und er, Theodor, würde ihr vom Ufer aus zuwinken, würde sie Farbe bekennen und ihm entgegenschwimmen?

Theodor klappte die Knie auf und zu. Flap, flap, flap. Plötzlich überkam ihn die Lust auf eine Treibjagd, in alter, stillgelegter Familientradition. Er stand auf und ging durch das Esszimmer. Aus der Obstschale nahm er einen Apfel und zwei Birnen. Hatte er ihr eigentlich je gezeigt, wie gut er jonglieren konnte, im Gegensatz zum Maulwurf, bei dem immer alles polternd hinfiel? Theodor warf die Früchte in die Luft und fing sie wieder auf. Was unterschied das Jagen von Tieren eigentlich von der Menschenjagd? Wahrscheinlich der Grad der Befriedigung. Fasane waren leicht zu schießen, Tauben auch. Bei Rehen kam es darauf an.

In Afrika hatte er Tage damit verbracht, wahllos Kudus zu erlegen, aber der Löwe war ihm entwischt, obwohl das Tier verwundet war. Es war der Tag einer groß angelegten Jagd mit Übernachtung gewesen. Hans-Horst hatte das Zeltlager unter wie Regenschirmen aufgespannten Akazien aufschlagen lassen, dahinter waren Graslandschaft und triste Felsbrocken, schließlich ein bräunliches Wasserloch. Dabei waren Tante Heide, Alba, Onkel Reingard, Herr Heesterberg und zwei benachbarte Farmer, außerdem der Koch, verschiedene Wächter, ein Häuter und Spurenleser und jedermanns *personal boys,* die mit ausdruckslosen Gesichtern im Schatten Getränke servierten, bis es losging.

Weiter weg und vom Lager aus nicht zu sehen verlief ein Fluss, und von dort hörte er den Löwen zum ersten Mal brüllen, tief und edel, dann wurde das Brüllen zu einer Art trockenem Husten. Doch anstatt Furcht zu empfinden, fühlte Theodor sich leer. Nachts brüllte der Löwe wieder hustend und klang so nah, als befinde er sich inmitten des Zeltlagers.

Der Morgen begann in heller Aufregung. Der Spurenleser hatte die Abdrücke von Tatzen im Sand gleich hinter dem Zelt des Kochs entdeckt. Also doch. Später erblickte Theodor den Löwen. Er stand am Rande des Wasserlochs und trank mit hoch aufstaksenden Schulterblättern. Der Kopf war groß und kastig, Wind wirbelte seine Mähne auf. Der Löwe hob den Kopf und schien kühl und unbeteiligt in Richtung des Baumes zu blicken, unter dem Theodor, Herr Heesterberg und Hans-Horst kauerten.

Theodors Schuss zerriss krachend die Luft. Das Geschoss schlug vor dem Tier in die Erde ein. Der Löwe sprang zurück und stürzte mit großen, zugleich geschmeidigen und schlaksigen Sätzen in das gelbe, hohe Gras hinter dem Wasserloch. Vielleicht war er von etwas Streumunition gestreift worden. Noch eine Weile lag der Löwe flach, mit zurückgeklappten Ohren auf den Boden gepresst in Deckung. Erst nachdem Hans-Horst zum endgültigen Rückzug geblasen hatte, sahen sie ihn, wie er den Rand des Grasabschnittes entlanggaloppierte und im Dickicht der Bäume verschwand.

Zurück im Lager blieben für Theodor die Glückwünsche aus, es gab kein Handschütteln, kein Schulterklopfen. Stattdessen betretene Blicke; selbst die eingeborene Entourage schaute abschätzig. Einzig Alba strahlte.

»Weißt du, Theodor«, sagte sie später bei weiteren Getränken unter den Akazienbäumen, »bei der Jagd geht es, zumindest bei uns, um das Jagen, nicht um das Erlegen. Der Weg ist das Ziel. Der Löwe weiß, dass du ihn bald erwischst.«

Alba hatte unrecht. Die Jagdgesellschaft, die noch einige Male zusammenkommen sollte, würde den Löwen nie wiedersehen. Er hatte wahrscheinlich das Revier gewechselt. Theodor gab sich seit seiner Rückkehr manchmal dem Gedanken hin, der Löwe sei Einbildung gewesen.

Im Esszimmer legte Theodor das Obst zurück in die Schale. Er fühlte sich klamm. Oben polterte Bauschekleidmutter. Ihre Räume lagen anteilig über dem Esszimmer, und Theodor hörte, wie oben etwas rumpelnd auf den Boden fiel.

An dieser Stelle soll erwähnt sein, dass Bauschekleidmutter alles andere als die abenteuerunlustige, in aufwendige Stoffe hineingefallene Puppenhülse war, als die Theodor sie sah. Während Theodors »afrikanischer Abwesenheit« hatte sie sich mit der in Hagen ansässigen »Blutsgeschwistergruppe« eingelassen, einer evangelischen Sekte, die praktischerweise nur aus Mitgliedern der lokalen Oberschicht bestand, vorzugsweise Frauen. Geleitet wurde die Gruppe von Pastor Franz, schlank, hohe Wangenknochen und wie mit der Faust eingeboxte Wangen. Sein Talar umgab ihn wie die Flügel eines höheren Wesens, ein Adler vielleicht. Viele Jahre später würde ein weit aufrichtigerer Wiedergänger des emsig um die Gunst seiner »Hennen« bemühten Pastor Franz in den *Dornenvögeln* auftauchen. Bauschekleidmutters Adlervergleich war demnach weit weniger fantasielos, als ihr selbst ohnehin nicht bewusst war.

In den meisten Haushalten hätte Pastor Franz eine höchst ärgerliche Störung bedeutet, nicht aber in denen der Hennen, die, verschwenderisch und dümmlich, jede noch so banale Order ihres heimlichen Meisters annahmen, als käme sie vom Heiligen Vater höchstpersönlich. Die Weisungen des Pastors betrafen in der Hauptsache Geld, das Mutter sich von sich selbst lieh, um es wiederum Pastor Franz zu leihen, in der Erwartung, dass der ihr Haus oft und öfter mit seinem illustren Schimmer beehren würde.

Das tat der Pastor auch und fügte sich schnell in die ihm vorgesehene Rolle. Die gelegentlichen Besuche bei den Hasselts, bei denen er links der Mutter und schräg gegenüber von Theodor saß, der wiederum flankiert von einer Frau, die ihrem klugen, offenen und gelegentlich abwesenden Blick nach zu urteilen nicht in die Kategorie »potenzielle Henne« fiel, die Besuche im Hause Hasselt also verliefen außerordentlich erfolgreich. Die Fresskörbe, mit denen Frau Hasselt ihn heimschickte, die auf seinen Namen ausgestellten Schecks boten ihm zwar keinen Vorgeschmack auf himmlische Freuden, aber bestätigten ihn in der Annahme, dass es so etwas wie das Prinzip »Auserwähltheit zu Lebzeiten« geben musste.

Über dem Hause der Hasselts lag zudem die Aura des Unerreichbaren, Entrückten. Und wer versprühte diesen Glanz, wenn nicht Bauschekleidmutter mit den blauweißen Händen? War Pastor Franz da, erwachte sie zum Leben. Der Adler erschien ihr, mehr noch als ihr Sohn und sicherlich mehr als Theodor senior als Inbegriff abendländischen Mannseins, dessen »moderne« Ausformungen spätestens seit dem Großen Krieg nicht nur körperlich enttäuschten (hier musste sie ihren Sohn ausnehmen). Binnen weniger Jahrzehnte hatten die Männer ihrer Schicht Birnenform angenommen, waren weibisch geworden. Wo auch immer sie hinschaute, das Zeitalter der Statuen war vorbei. Einfallende, abgerundete Schultern und – diese Vorstellung war das Allerverstörendste, doch sie war sich sicher – blass zerkochte Hühnerbrüste unter den Hemdstoffen. Das, oder die Männer (und hier konnte sie ihren Sohn nicht ausnehmen) verloren sich in neuartigen Etablissements, die nicht nur in den Großstädten, sondern auch in Hagen und Iserlohn Einzug gehalten hatten, Cabarets, Herrenclubs, Rauchsalons verschlangen die Männer in Scharen und spuckten sie als Trunkenbolde, Glücksspieler und Freier wieder aus.

Mutter glaubte an den Pastor, ohne dessen holistische Routinen und astrale Affinitäten kein Tag mehr Sinn ergab. Seitdem die Blutsgeschwistergruppe in ihr Leben getreten war, erschien die Zeit ihr rein und unschuldig, sie kam sich sogar wieder etwas hübsch vor und hatte unter ihren schwarzen Rockschichten vier Pfund abgenommen.

Von unten hörte Theodor das Klingeln des Telefons im Korridor vor Mutters Ankleidezimmer. Seltsam, so spät am Tag. Er stand auf und trat in die Halle hinaus.

»Nein, mein Lieber«, sagte Bauschekleidmutter gerade in neuartiger ehefraulicher Intonation, »machen Sie sich keine Umstände. Ich weiß doch, ich weiß es doch. Es ist nun mal so.«

Theodor lehnte sich weit über das untere Treppengeländer, um besser zu verstehen.

»Ja, gern. Ich werde mich darum kümmern. Einhundert Mark? Sagten Sie doch, oder? Oder einhundertzwanzig?«

Theodor schnappte nach Luft, ging dann zu Atemgymnastik über – dreimal langsam ein, dreimal schnell aus –, die zusammen mit dem täglich verzehrten Gesundheitsbrot – Brot, Butter, Gurke – dafür sorgte, dass er sich wie neugeboren fühlte, so beteuerte er seinem Spiegelbild.

Doch es kam noch bunter.

»Mein Theo ist sehr vernarrt in sie, es kann einem leidtun. Und nichts hat sie vorzuweisen. Ich sage mir da immer: Besser betrachte ich sie als bloßes Schmuckstück, das wir uns leisten können. Aber, Schmuck muss glänzen, und meine liebe Nichte wird matt, auch gesellschaftlich wirkt sie herablassend und bemüht. Sie spielt zu oft Karten. Neulich sagte sie, sie würde gern einmal zu einem Pferderennen –«

Mutter unterbrach sich, als befürchtete sie, belauscht zu werden, überlegte es sich dann anders. In sanftem, näselndem Ton fuhr sie fort: »Nein. Ja, richtig. Ein durchaus passendes Bild. In der Tat hat sie das. Man könnte auch sagen: Sie hat ihre Angel gleich mehrfach ausgeworfen.«

Theodor stürmte zurück ins Esszimmer und fiel in den Sessel. Das lief ja wie geölt mit den Weibern. Bitter knöpfte er den obersten Knopf seines Hemdes auf, dann wieder zu, erhob sich und ging zur Toilette. Licht an. Licht aus, Licht an. Williges Rauschen der Spülung.

Er trat aus dem Haus. Endlich Luft, obwohl, von Luft hatte er genug. Er ging unter den Obstbäumen, über die Wiese zum Schlachthaus, daran vorbei und bis ganz nach hinten in den Garten. Am liebsten würde er sich im Schneidersitz gleich hier aufs Gras setzen oder tief in die Hocke gehen wie die Eingeborenen in Afrika, die in dieser Pose ihr Leben zu verbringen schienen, Yams schrubbend oder Hirse klaubend, dann alles zu zähen Gemüsesaucen verarbeitend. In Südafrika waren Frauen für Männer frei verfügbar, nicht umgekehrt. Zwar lebte Theodor in einer Zeit, in der fraglos angenommen wurde, die westliche sei die Schwarzafrika weit überlegene Zivilisation und dass Eingeborene, wenn die Weißen ihnen überhaupt je nahe genug kamen, um es zu beurteilen, unmöglich irgendetwas richtig machten. Und wie sollte es bei Völkern, die an die Heilkraft getrockneter Fledermausaugen glaubten, auch anders sein. Dann aber wieder … Theodor hielt inne und war tatsächlich kurz versucht, mit angezogenen Knien in die Hocke zu gehen.

Rousseau hatte Eingeborene benutzt, um Missstände in der französischen Gesellschaft anzuprangern. Theodor war über die ersten zwei Kapitel des Buches über den Naturzustand nicht hinausgekommen, hatte den Gedanken vom edlen Wilden aber sehr wohl im südafrikanischen Geschlechterverhältnis bestätigt gesehen. Anders im Sauerland. Emaskuliert bis aufs Äußerste, wenn im Esszimmer, in der Küche, überhaupt auf jeder nur möglichen Fläche im Haus aufgeschlagene Ausgaben der *Praktischen Berlinerin* herumlagen. Berlinerin, dass er nicht lachte. Die Anzeigen des Schmierblattes sprangen ihm immer dann ins Auge, wenn er nun wahrlich Besseres zu tun hatte, und das war immer. »Felina, der ideale Büstenhalter« oder »Ungezwungene Sicherheit und Bewegungsfreiheit bietet Warners Mieder«. Natürlich. So, wie er das begleitende Bild beurteilte, trug die Dame in Rosa schlichtweg nichts darunter. Flittchen, allesamt. Und er der Gelackmeierte.

Theodor stand nun ganz hinten auf der Wiese nahe der überwachsenen Mauer. Von hier aus betrachtet, wirkte das Haus klein, das Schlachthaus lächerlich. Nahe der Hauswand rollte die rote Zirrsonnkugel auf und ab. Irgendwo jenseits der Mauer, in der Drahtzieherei, wurde der Aufstand geplant, Rechnungen waren unbezahlt, man machte Druck wegen dem Arbeitererholungsheim, und Afrika hatte geschäftlich nichts gebracht. Dann noch Albtraum-Alba, Mutter, die vermutlich Gelder veruntreute, von Marthe wollte er gar nicht erst beginnen. Konnte er auch nicht, zu Marthe gab es nichts zu sagen.

Theodor öffnete den Hosenstall. Die Lösung lag hier, in der Natur. Ein heller Strahl Urin ergoss sich auf das Gras. Warum nicht, warum es nicht so machen, wie er wollte? Hier, nur er und die Wiese. Wie grausam und bösartig alles war. Wütend zog Theodor an seinen Schamhaaren. Zeit, an sich zu denken. Er würde baden gehen. Die Weiber badeten permanent um ihn herum, irgendwo und zu allen Tageszeiten platschte es, Schaum in der Luft, selbst die Zirrsonn hatte unverschämterweise die letzte Lohnerhöhung ausgeschlagen und stattdessen eine eigene Badewanne gefordert, die er – selbstredend – gewährt hatte. Und das, obwohl er die Damen zigmal ermahnte, doch bitte Wasser zu sparen. Die Hasselts hatten ihren eigenen, von der Stadt abgesonderten Wasserzulauf, was bedeutete, dass der Käfig ungefähr halb so viel Wasser zur Verfügung hatte wie andere Haushalte, weil es nie genug regnete, obwohl das Sauerland auch im Hochsommer feucht und modrig dalag.

In seinem Zimmer ließ er Wasser ein. Er, der aufrecht duschte, nur Seife, nahm das erste Bad in mindestens dreißig Jahren. Lila Schaum, bitte schön. Ins Wasser eingesunken, lehnte er den Kopf an den Wannenrand. Schade, dass er vergessen hatte, die Kurbel des Grammophons anzuwerfen. Na, egal. Mit Daumen und Zeigefinger hielt er sich die Nase zu und tauchte unter. Stieß prustend Luft aus. Trotzdem geriet ihm Wasser in die Nase, er tauchte hustend auf. Kümmerlich. Jämmerlich. Er hier allein und jedes einzelne Weib in seiner Umgebung war alles andere als das. Zweisam, mindestens.

Abgetrocknet und eingecremt, zog er seinen besten Anzug an, die Hose Modell »Gardeur«, die Farbe der Hosenträger passend zur Fliege, das Jackett.

»Was kommt als Nächstes?«, fragte er sein Spiegelbild. Lächelte. »Ja, du Gockel, ich weiß schon.«

So also fühlte es sich an, allein und herausgeputzt zu sein. Am Schreibtisch stehend, zog er die obere Schublade auf. Da lag sie, blanker Lauf, warmer Schimmer.

»Ich grüße dich, Holde.«

Nein, ganz allein war er nicht. Er griff zum Hörer des Haustelefons. Die Zirrsonn klang atemlos und beflissen.

»Bitte, der Herr.«

»Heute Abend esse ich allein.«

»Wie meinen?«

»Dass ich allein esse. Decken Sie für die Damen in der Küche ein. Dortiger Menü-Plan: gekochtes Huhn, Reis, das dürfte reichen.«

»Sie meinen, Sie essen heute nicht gemeinsam?«

»Stellen Sie sich zur Abwechslung doch nicht dusseliger,

als Sie sind. Ich esse allein. Ich wünsche Filet. Makelloses Gedeck.«

Er wartete noch etwas, rauchte. Unten fanden sich die Damen ein. Aufgescheuchtes Getuschel, dann konzentriert klingendes Stimmengemurmel. Da flogen wohl die Federn im Stall. Dann Stille. Zeit, nach unten zu gehen. Auftritt des Gockels. Des grimmigen, herausgeputzten Gockels.

Niemand bemerkte, dass er ins Esszimmer eingetreten war; aus der Küche wehten Licht und Parfüm. Er saß im Halbdunkel und rauchte. Zu viele Zigaretten heute, in seiner Kehle klebte Schleim. Die Zirrsonn brachte das Filet, es war perfekt gebraten, schwärzliche Kruste, innen rot wie eine Brandwunde. Er hob das Glas und verzichtete darauf, sich zuzuprosten, wie er es sich bei seinen Vorbereitungen ausgemalt hatte. In großen Zügen trank er das Glas aus, dann das zweite. Die Fliege kniff ihn am Hals, aber er fühlte sich schön und stark. Jemand schluchzte in der Küche, na endlich. Dann aber bemerkte er, dass es Lachen war. Lautes, hysterisches Gegacker. Das Plopp eines Sektkorkens. Alba, Mutter und die Zirrsonn verstanden sich prächtig.

»Wunderbar hier.«

»Mal was anderes.«

»Köstlich, diese gekochte Hühnerbrust.«

*

Oh, Einsamkeit, oh, enttäuschte Liebe. Nichts macht das Herz härter als die Verlassenheit, dort, wo die Libellen nicht mehr fliegen, die Briefe nicht mehr ankommen, Körper nicht mehr aneinanderschlagen. Hart ist die Landschaft der Verschmähten, ohne Blumenatem, ohne wankende Walzer, ohne Trost, ohne vor Wonne verdrehte Augen. Der Raum liegt brach, der Blick bleibt an nichts hängen. Pflanzen verkleben im Schlamm, Körper erstarren im Frost. Über kalten, nassen Weiten scheint eine eisige Sonne, die nicht wärmt. Ein zitterndes Gespenst, das matt durch bedeckte Himmel scheint. Fallender Regen wird zu Gitterstäben.

Mit mehreren großen Schlucken leerte Theodor die Weinflasche. Er trank direkt vom Flaschenhals.

*

Die Vorhänge waren zu, obwohl draußen noch Zwielicht war. Theodor lag im Smoking auf dem Bett, mit dem Gesicht zur Tür. Er wartete viele Stunden. Als Alba vorsichtig hereinschaute, stellte er sich schlafend.

*

Ein neuer Tag im Sauerland. Tag des Mutes, Tag des Ritters. Theodor stand gestärkt auf. Nach wirren Träumen und viel Sodbrennen war ihm klar geworden – oder es war ihm immer klar gewesen, darauf kam es nicht mehr an –, dass er an eine alte Form der Liebe glaubte. Niemals, zumindest nicht für ihn, sollte die Liebe seines Zeitalters, durch Ehe, Kleinfamilie und Arbeitszwänge unterjocht und verdrängt, mit freieren und mutigeren Formen von Liebe verwechselt werden. Ich liebe das, was ich nicht hab, sinnierte er und riss das Fenster auf. Morgenregen nieselte ihm ins Gesicht.

Er würde sich fortan ritterlich geben. Ritter sein bedeutete Kraft und Heldentum, Klugheit und Anstand, bedeutete harrende und geduldige Liebe, Schönheit und vor allem Mut. Ritter strotzten vor Kraft, ihre Körper waren schwer, ihre Welt frauenlos. Schreiben konnten sie nicht. Sie strebten nach Glorie, verehrten ihre Schwerter und kämpften. Sie waren breitschultrig, muskelstark, zelebrierten die Ehre und ihren Herrn, waren freigiebig und loyal.

Der Vorsatz hielt genau bis zum Morgenkaffee. Das Esszimmer war leer. Keine Mutter, Alba kam ohnehin spät. Natürlich. Stattdessen Klappern und Geschäftigkeit in der Küche. Da hat wohl jemand Geschmack an der Degradierung gefunden, dachte Theodor nur halb befriedigt. Dann erklang die Stimme der Zirrsonn, gefolgt von der eines Mannes. Pfarrer Franz. Unangemeldet. Hinterrücks. Über allem hing das unerträgliche Parfüm der dicklichen Haushälterin. Vor seinem Inneren sah Theodor Haus und Hof davonschwimmen. Die Übernahme war weit fortgeschritten, wenn das Theater mit dem Pastor und Mutter schon am frühen Morgen losging.

Theodor brachte sich in Lauschposition, was heißen soll, dass er einen Stuhl nahm und in die Mitte des Foyers stellte, das Küche und Esszimmer verband. Er brauchte sich hier nicht zu schämen, konnte sitzen, wo er wollte. Was nun folgte, war aufschlussreich.

»Nein, sie kommt auch in Afrika aus der feinen Gesellschaft«, erklärte ausgerechnet die Zirrsonn gerade. Unfassbar, dass Mutter hier nicht einschritt, obwohl er sich fragen musste, wer hier überhaupt noch bei irgendetwas einschritt. Frau Zirrsonn fuhr fort: »Wenn ich oben in meinem Zimmer sitze, übrigens sehr hübsch, mit Blumentapete, und Zeitung lese, manchmal nehm ich mir auch einen Kaffee mit hoch, so richtig nett hab ich es also, dann höre ich von unten Klaviertöne, und sie spielt so froh, *Veronika, der Lenz ist da,* das verstehe ich auch von Musik, *die Vögel singen trallala*. Oder sie spielt Trauriges, als warte sie nur darauf, der gnädige Herr würde sie endlich einmal in die Arme nehmen, ohne sie vorher zu zwicken. Ganz weiße Arme hat sie, wie eine Königin, und beim Essen schmatzt sie nie. Eine Schönheit, und das, wo mir doch Afrika so gar nicht liegt, ich bin eben die Letmatherin, die ich bin.

Aber in letzter Zeit ist sie ganz anders geworden. Redet wenig, ist viel im Garten und sammelt Blätter, Äpfel, Stachelbeeren, die noch gar nicht reif sind, die Birnen kommen noch, das dauert, sag ich ihr. Am Anfang, als sie noch ganz neu war, frisch geliefert, sag ich gern, kam sie morgens zu mir, in die Küche, den Garten, wo auch immer ich war, und rief: ›Frau Zirrsonn, wird es heute wieder so sonnig wie gestern?‹, und ich sagte: ›Ja, mein Kind‹ oder: ›Nein, mein Kind.‹ Geredet hat sie, das kann ich Ihnen sagen, geredet und gelacht, und ihre Sommersprossen haben getanzt. Eine richtige Quasselstrippe, was anderes kann man nicht sagen. Sie hat geblüht wie eine Blume und das obwohl doch der gnädige Herr dreinschaut wie ein Feldwebel und merkt es gar nicht. Ganz gerade sitzt er, wenn sie in seiner Nähe ist, so als würde sie jeden Moment wegrennen und sich einen Freund anlachen, wenn er mal nicht genau hinschaut, dabei ist ihr nichts ferner. Wenn die andere gnädige Frau vorbeikommt, Dame Marthe, die übrigens auch aus der guten Gesellschaft stammt, ihr Vater war ein vornehmer Herr und Bankier, ein so brillanter Finanzier, dass die Tochter das mit den Zahlen gleich von ihm geerbt hat, wenn Dame Marthe also kommt und Abrechnungen bringt oder die Fakturahefte, als könnte der gnädige Herr das mit den Zahlen nicht selber erledigen, so weit kommt es noch, er ist doch Handelstreibender, liest Zeitungen, informiert sich, also, die Dame Marthe ist ganz ruhig und hoheitsvoll, fast ein bisschen hochnäsig, und wenn Fräulein Alba sie auch nur in der Nähe weiß, wird sie blass und verdrückt sich oder setzt sich hinter ein Buch und tut unbeteiligt. Wenn Sie mich fragen, dann liest sie entschieden zu viel, selbst im Bett hab ich sie lesen sehen. So eine Frau kommt doch nicht auf die Idee, einem Mann Hörner aufzusetzen, das können Sie mir nicht erzählen. Oh, und wie sie mit dem Hintern wackeln kann, insbesondere wenn Herren auf Besuch kommen, und die Post, die hier eintrifft, seitdem das Fräulein bei uns ist, Karten aus allen Städten mit Grußschriften drauf und Komplimenten.

Neulich kam der Förster, wie heißt er noch, Schulte, und brachte einen erlegten Hasen, ein Riesentier war das, ganz braun und flauschig, und wer musste ihn ausnehmen? Ich natürlich, hab gar nicht gewusst, wie viel Blut in so einem Tierchen steckt, Hasen werden selten geschossen, und der Braten, einfach köstlich hat der gerochen, den hab ich noch am selben Abend serviert, und Fräulein Alba trug ein goldenes Lamékleid und hat auch sonst geleuchtet, fast ein bisschen gemein geschaut, als der gnädige Herr fragte, woher der Hase käme, so was gäbe ihm schlechte Verdauung, wo das Wasser für die Spülung doch immer knapp sei, und sie antwortete: ›Von einem Verehrer!‹, und lachte und gluckste, als sei sie ein kleines Mädchen, und ihre Haare wippten. Und dann hat der Herr das Weinglas gehoben, es war das Weißweinglas, dabei hatten sie schon begonnen, Rotwein zu trinken, und sagte ganz leise, dass ich noch nicht mal sicher sein konnte, am Rand des Zimmers stand ich und musste für den Hasenabend die weiße Schürze und das dunkle Hauskleid anziehen, ganz leise und würdevoll sagte er das Wort, bei dem ich mir jetzt, wo Sie hier sitzen, eher die Zunge abbeißen würde, als es laut auszusprechen, und das sich doch nicht ziemt für so einen feinen, schönen Herrn mit so langen Beinen und wohlmöglich den geformtesten Händen, die ein Mann haben kann, aber was sind das nur für Gedanken, mir jucken gleich die Zehen. Ihr Gesicht hätten Sie sehen sollen, bei dem Wort, das so hässlich klingt, selbst im erhabenen Mund des gnädigen Herrn, huch, jetzt fallen mir doch glatt die Kartoffeln aus der Hand, heut Mittag gibt's Forelle, am Abend dann Zunge, das kommt immer ganz drauf an, mit welchem Hunger ich aufwache, die Herrschaften lassen mich, Gott sei Dank, walten, außer beim Tischgedeck, das darf nur der gnädige Herr aussuchen ... Doch ich sage Ihnen«, Frau Zirrsonns Stimme wurde dunkel, »wenn das so weitergeht, dann ist es eine Frage der Zeit, da wird er betrunken nach Hause kommen und irgendwen prügeln. Erst neulich hat er sie an den Haaren gezerrt, oben an der Treppe, wie angewurzelt stand ich unten in der Halle mit dem schweren Tablett und allem drauf und musste mir das Gepolter anhören, als sie rückwärts hinfiel, die Ärmste, nicht eine Miene hat sie verzogen, tapferes Schätzchen, so wohlerzogen, wenn auch etwas ausschweifend, das Blut ist ihr in den Kopf geschossen, doch sie hat ganz geradeaus geguckt, als sie auf dem Rücken lag, hoch zur Decke, das Püppchen, verlassene Seele, die Manschettenknöpfe des gnädigen Herrn haben gefunkelt wie böse Augen …«

Theodor reichte es. Nie hätte er für möglich gehalten, dass seine Haushälterin imstande war, mit derartiger Wollust und Klatschsucht vom Leder zu lassen. Angewidert stand er auf und rumpelte den Stuhl zurück ins Esszimmer. In der Tür zum Foyer erschien das karmesinrot anlaufende Gesicht der Zirrsonn, gleich darauf das des Pastors.

»Aber, Herr Hasselt!«, rief die Zirrsonn wie eine Idiotin.

Theodor würdigte sie keines Blickes. Dräuend blickte er auf den knochigen, hektisch schauenden Pastor hinab, den Mutter aus unerklärlichen Gründen als groß und kantig beschrieb.

»Herr Franz, ich vermute, Sie verleben einen ansprechenden Morgen?«

»Herr Hasselt, ja, also, ich bin eigentlich gekommen, um Ihre verehrte Frau Mutter –«

»Das soll uns im Moment nicht interessieren, Herr Pastor, ich möchte Sie unter keinen Umständen länger aufhalten als nötig. Sie kennen den Weg hinaus vermutlich besser als ich selbst.«

Theodor machte kehrt und vollzog die ersten glatten, eleganten Schritte eines Triumphmarsches gen Esszimmer, der von Mutters Stimme unterbrochen wurde.

Bauschekleidmutter hatte weder Theodor bemerkt noch die Zirrsonn, die sich umständlich in die Küche verdrückt hatte und dort mit vor Schreck plattem Haar begonnen hatte, den Fisch zu schuppen, mehr schlecht als recht das bekannte Volkslied *Ich liebe einen Tiroler* anstimmend, tellerklapperndes Theater machend, um von der wohl größten Blamage ihres Lebens als Hausdame abzulenken. Den Pastor allerdings sah Bauschekleidmutter, verwechselte dessen markanten Duft, Ausdünstung der Lebensströme, mit Theodors Cologne, das sich im Foyer bis ins Esszimmer hinein ausbreitete.

»Huhu«, rief Bauschekleidmutter, »Herr Franz, na, da stecken Sie ja, so ganz allein und verloren. Sie wollten wohl ohne das hier wieder gehen. Ach, verzeihen Sie, ich hatte mein Scheckbuch einfach nicht schneller gefunden.«

Mit seidenbehandschuhter Hand hielt sie ein hellblaues Papierrechteck hoch, blickte sodann in die Richtung, in die sie schon längst hätte blicken sollen.

*

So, das wäre erledigt. Pastor Franz war mit wehendem Talar und tief liegenden Augen über die dunkel bewachsene Auffahrt hinweggeeilt. Erstaunlich und beunruhigend, dass er sich stets zu Fuß ins Haus einzuschmuggeln schien und nie mit dem Wagen vorfahren ließ. Die Zirrsonn hatte die Androhung bekommen, nach dem Moppen des Küchenbodens die Fliesen mit der Zunge zu lecken, sollte er noch auf einen einzigen Fleck stoßen. Bauschekleidmutter, die protestierend und mit waidwundem Blick in den oberen Gemächern verschwunden war, hatte Hausarrest. Alba schlief noch. Angeblich. Der Morgenkaffee war unter fragwürdigen Bedingungen getrunken worden, das Frühstück ausgefallen, der Anzug saß. Was vom Tage übrig blieb, war die Drahtzieherei.

Theodor empfand Empörung und Traurigkeit. Wie er sich dafür schämte, vergangene Nacht wie ein Gockel beim Abendessen gesessen zu haben, parfümiert und gestutzt, während sich das Pack in der Küche verlustierte und keinen, aber auch nicht einen einzigen Blick für ihn gehabt hatte.

Mit vor Wut zitternden Händen stürzte er zurück ins Foyer, durch das Esszimmer die Treppe hinauf. Sein Leben war verkehrt. Er lebte im Käfig, und die Tiere da draußen waren frei. Nur dass er im Käfig nicht allein war, sondern umgeben von anderen Tieren, die ihm in den Nacken sprangen, sobald sie konnten, sich an ihm festbissen, ihm die Haare vom Kopf kratzten. Sie lauerten im Dunkeln, hinter Vorhängen, unter den Betten. In den Betten.

Geräuschvoll riss er die Tür zu Albas Schlafzimmer auf, den Spazierstock fest in der Hand. Mit einem Knall schlug er einmal auf das Sitzpolster ihres Sessels, dann einmal auf die Bettdecke, dort, wo ihre Füße nicht waren. Am liebsten würde er alles zerschlagen, die Stühle, die im offenen Schrank hängenden Kleider, ja, die Kleider, steckte doch nur ihr Körper drin. Keine Sekunde ließ er sie dabei aus den Augen. Wie herrlich sie war, große Haare, feuchte Augen, die bis ans Kinn hochgezogene Decke umgab sie wie Wasser.

»Ich warte immer noch auf Erklärungen! Was ist mit Albert«, brüllte er.

Alba würgte die Tränen zurück.

»Aber es gibt nichts zu erklären, dein Verdacht ist derart absurd, dass es nicht lohnt, darüber zu reden. Ich habe kein Verhältnis.«

Sie schien zu frösteln. Schwieg und schaute schräg an ihm vorbei an die Wand.

Da war es. Er war absurd. Er lohnte sich nicht, war den Aufwand nicht wert. Sie hatte es endlich ausgesprochen. Er plumpste auf den ihrem Bett gegenüberstehenden Toilettentischstuhl. Nur nicht schweigen, sondern die Leere ihrer fehlenden Worte füllen.

»Würde ich mich hier vor dir entmannen, mir die beiden kostbarsten Auswüchse abschneiden, was wäre dann, wie sehr würdest du mich dann noch wollen?«

»Theo, bitte ...«

»Nur dass du's weißt: Ich würde fett werden, bleich, mit Fistelstimme reden, mein Bauch würde wachsen, bis er über der Stelle hängen würde, wo einmal dein Kleinod war.«

»Theo, hör auf, ich möchte so nicht reden. Ich bin müde und habe Bauchschmerzen.«

»Aha, Bauchschmerzen. Die hast du immer, wenn es ernst wird.«

»Nein, es ist nicht der Magen, es ist weiter unten, da ... Du weißt schon.«

Sie hielt sich den Unterleib, gerade so lange, dass er noch misstrauischer wurde, als er es ohnehin schon war. Sie gab also vor, ihre Periode zu haben, wagte ihm gegenüber nach all der Zeit noch nicht einmal Klartext zu reden. So viel also zu Vertrauen und Zweisamkeit.

»Ich habe letzte Nacht viel Blut verloren. Manchmal kommen sogar Blutklümpchen heraus«, fügte sie hinzu und lächelte entschuldigend.

Vielsagend blickte er zurück, zündete sich geziert eine

Zigarette an. Von Hüften, die von seinen Erektionen nicht genug bekommen konnten, waren sie am äußersten Ende der Tristesse angelangt, bei blutenden, freudlosen Löchern. Freude hatte er derzeit nirgendwo. Erst vor ein paar Tagen hatte ein kleiner Aufstand vor Halle 2 stattgefunden. Mehrere Arbeiter hatten ausgerechnet und vorhersehbarerweise unter der Ägide von Herrn Spack knittrige Plakate angefertigt, darauf schäbige Parolen wie »Wir fordern Luft« – Luft, dass er nicht lachte –, »Recht auf Erholung im Heim« – »Wir verarmen«. Er war oben im Büro gewesen und hatte feige hinter den Wollvorhängen am Fenster gestanden. Leb wohl, Arbeit, lebt wohl, ihr Drähte, Nieten und Ösen, er, Theodor, war es nicht länger wert. Nach zwei Schnäpsen und einem Wurstbrot war der Lärm auf dem Vorplatz immer noch nicht abgeebbt, im Gegenteil, zu den zehn protestierenden Arbeitern hatten sich weitere zwei gestellt, schmutzige Fäuste, triste Buckel. Mit dolchspitzem Blick trat Theodor hinter den Vorhängen hervor und mitten vor das Fenster. Erschreckte, aber weiterhin aufmüpfige Gesichter von unten. Zu dem Aufstand gesellte sich Nieselregen. Theodor stand und starrte auf das lumpige Saubohnen-Konglomerat hinab, zehn Minuten vergingen, noch einmal fünf. Den Arbeitern wurde unter dem Blick des herrlichen Patriarchen unwohl. Wie anders die Macht sich anfühlt, ist sie unsichtbar. Steht sie aber in voller Pracht, gleicht sie den Blitzen des Zeus. Ein Arbeiter nach dem anderen tröpfelte von dannen, bis auf Herrn Spack. Mit vom Regen beschlagenen Brillengläsern blieb der schmächtige Unterwerksaufseher noch ganze dreißig Minuten auf dem Vorplatz und starrte zu Theodor hinauf.

»So, du hast also dein Monatliches. Aber ich habe noch keine Antwort auf meine Frage: Würde ich mir den Sack abschneiden und den Rest gleich mit, zackbumm, tabula rasa, würdest du mich noch wollen?«

»Hör auf, hör doch auf, du machst alles kaputt.« Alba schlug die Hände vors Gesicht. »Ich weiß nicht, was du willst, Theo, was soll ich dir sagen? Ja, würde ich? Nein, ich liebe dich auch ohne? Es ist mir egal, wie du aussiehst? Lass mich doch bitte in Ruhe.«

Wieder griff sie nach ihrem Bauch. Wenig überzeugend. Er packte den Spazierstock.

»Fett würde ich werden, fett wie ein Ochse. Haare hätte ich auch nicht mehr, weder dort noch dort, noch dort. Und dann, was machst du dann? Neben dem gestrandeten Wal im Bett liegen?«

Alba schwieg. Große Müdigkeit überkam ihn. Vergebens, der Kampf gegen das Ende, unnötig, sie zu verletzen. Sie war für ihn ins Sauerland gekommen, hatte alles zurückgelassen. Ihre Tränen bei der Überfahrt. Sie hatte nie vor ihm geweint, aber ihr Gesicht war oft rot und fleckig, wenn sie aus dem Bad kam. Er nahm ihr die Geheimniskrämerei damals wie heute übel und spottete über ihre Heimat, die dienernden, buckelnden Eingeborenen, die Häuptlinge ohne Macht, die mageren Antilopen, öde Wasserkrug-Zeremonien, das krümelige Essen, immer war irgendwo Hirse drin, immer lagen irgendwo Bündel voller Plunder, sein wackeliger Büroschuppen, Hans-Horst, ein Puffvater, der seinesgleichen suchte.

Theodor konnte die Ausmaße ihres Heimwehs nicht umreißen.

»Es ächzt im Körper, weißt du, das Vermissen«, sagte sie und hielt dabei die Hand an ihre Kehle. Theodor hasste ihr Heimweh, und er redete sich ein, Afrika zu hassen, weil es sie von ihm fortzog. Je mehr er vorgab, Afrika zu hassen, desto mehr weinte sie. Hatte das Heimweh je aufgehört? Was dachte sie, wenn sie allein im Garten saß? Sie trug oft die Kleider, die sie von zu Hause mitgebracht hatte, es waren vier, aus der Mode gekommene Schnitte, die nicht nach Deutschland passten. Und trotzdem hatte sie sich lange bemüht. Sie hatte gelacht und Fotos von ihm gemacht, Musik gespielt und Tennis. Um ihn zu überraschen, trug sie manchmal kein Höschen und sagte es ihm in Momenten, in denen er sich unmöglich vergewissern konnte. Keine Frau erregte ihn wie Alba, die jetzt weinte, aber weiterhin nichts sagte. Und da war sie wieder, seine Wut, eine Mischung aus Trunkenheit und Kampfeslust, ein tiefer, ununterdrückbarer Zorn gegen sie und alle, die ihn zu verschmähen schienen. Alba, von der er glaubte, sie habe in Afrika beschlossen, ihm ihr Leben zu widmen, was geheißen hätte, sich auf immer seinem Egoismus hinzugeben, Alba wollte ihn nicht mehr, hockte starr, mit angezogenen Beinen auf dem Bett, das Laken nicht mehr wie Wasser, sondern wie ein Leichentuch um den anmutigen Körper gewickelt. Er wollte sie küssen, auf ihr Bettzeug masturbieren und auf die Bank im Garten, wo sie immer saß. Neulich war es ihm passiert, für Sommer war es kühl, und Wind wehte, die Hände wurden ihm dabei klamm, sodass er zwischendurch die eine Hand in die Tasche stecken musste, die andere hervorholen, den Handschuh ausziehen, es war alles etwas umständlich. Er hielt es nicht aus, die Sehnsucht, diese

Macht, die sie über ihn hatte. Er wollte sich vor der Bank auf den Boden werfen, der an dieser Stelle ausgetreten war und nicht mit Gras bewachsen, Schlamm und Erde würden auf seiner Wange kleben, hatte es dann aber gelassen. Oh, du, heirate mich, sei ganz mein. Theodor hätte aufschluchzen mögen, doch so weit würde es noch kommen. Er hatte an den schlanken Pistolenlauf oben in der Schublade seines Arbeitstisches gedacht und war ins Haus gegangen.

Jetzt, in ihrem Schlafzimmer, kam die Mattigkeit, aber er machte weiter: »Kommen wir auf den Eunuchen zurück. Antworte mir ehrlich, nun mach schon! Willst du das?«

»Hör auf!«, kreischte Alba und sprang vom Bett auf. Nackt rannte sie durchs Zimmer – oh Göttin Diana – und grapschte eine Zigarette vom Toilettentisch. Anstatt sich wieder in das Laken oder sonst was zu wickeln, blieb sie nackt.

»Verschwinde!«, schrie sie, Spucke flog aus ihrem Mund. »Geh weg. Und wenn du es wissen willst: Ich würde dich abstoßend finden, so, wie ich dich jetzt abstoßend finde. Was ist nur mit dir los? Hör doch nur auf, fahr ins Werk, unternimm was, geh weg, weg, weg.«

Von ihrem Ausbruch besänftigt, antwortete Theodor ruhig und konzentriert: »Ich verstehe, meine Liebe, für dich bedeutet, zusammen mit mir und unbekleidet in deinem Zimmer zu sein, inzwischen Nichtsnutzerei. Na, etwas anderes habe ich nicht erwartet. Ganz wie du willst, ich gehe. Ich rauche nur noch diese Zigarette zu Ende. Du kannst dir in der Zwischenzeit überlegen, ob du mir nicht doch etwas zu sagen hast.«

»Ich habe dir nichts zu sagen, nichts. Geh weg, lass mich

in Ruhe.« Unbekleidet rannte Alba auf ihn zu und schlug ihn auf die Brust. Theodor hob schützend die Arme und, mit einer Wendigkeit, die seinem Körper bisher fremd gewesen war, sprang er auf. Er packte sie bei den Handgelenken, zog sie durch den Raum und schleuderte sie an die Wand, hielt sie dort fest, gespießter Schmetterling, endlich, und drückte ihr das Knie in den Unterleib. Der Biss, der seinen Daumen traf, nahm ihm die Luft.

»Du Verrückte.«

Er ließ sie fallen. Zitternd und mit gekniepten Augen begutachtete er die Bisswunde, die rotblau anlief, aber nicht blutete.

»Du gehörst eingesperrt. Wer beißt, gehört eingesperrt.«

»Ich habe mich verteidigt.«

»Du hast mich angegriffen. Du kannst froh sein, dass ich nicht die Gendarmerie rufe.«

»Du hast mich dazu gebracht. Deine widerwärtigen Worte. Du hörst nie auf, nie.«

Theodor blickte hart. Seine Stimme klang ihm anders als sonst, als sei unter der normalen Tonspur eine zweite, schrillere dazugekommen oder als redete zusammen mit ihm die Puppe eines Bauchredners, leise zwar und kaum eigenständig zu hören, aber der fremde Klang war trotzdem da.

Alba war wieder im Bett und unter dem Laken nicht zu sehen. Die Luft in ihrem Schlafzimmer war schlecht, es roch nach Schweiß und Haut. Schräg unter dem Toilettentisch verlaufend, bemerkte Theodor eine Kolonne Ameisen. Zeit zu gehen. So majestätisch wie möglich stand

Theodor auf und zupfte ein paar unsichtbare Fusseln von seinen Hosenbeinen. Der Biss schmerzte. Seine Seele schmerzte mehr.

*

Hoch und golden nannte ihn seine Frau, und Unterwerksleiter Josef Spack hasste sie dafür.

»Dieser hohe und goldene Mann«, summte sie. »Und der Name. Theodor. Was der wohl bedeutet.«

Sie stand am Waschbecken und schrubbte Steckrüben. Nach sieben Kindern war ihr Mund eingefallen, und der Unterbauch hing zwischen ihren Oberschenkeln. Ihr Haar ergoss sich wie schmuddeliges Wasser ihre Wangen hinunter bis auf die Schultern. Grete Spack war einmal gut aussehend gewesen, nie schön, aber ausreichend apart, kleine Brüste, gleichmäßig beieinanderstehende Augen. Als sie das erste Mal zusammen in Iserlohn am Fluss spazieren waren, war es kalt gewesen und ihre Hände waren blau angelaufen. Er hatte sich vorgestellt, sie zwischen seinen Handflächen zu wärmen, bis sie wieder rosa glänzten.

»Hoch und golden, wie eine Messingvase«, sagte Grete gerade. »Und die feine Dame, die er immer dabeihat. Ein herrlicher Mann. Diese Anzüge.«

»Sag, was weißt du denn. Messing ist nicht edel.«

Zittrig zündete Spack mit der einen krummen Zigarette die nächste an. Seine Brillenbügel kniffen ihn in die Haut über den Ohren.

Grete Spack wechselte unvermittelt das Thema.

»Du bist blass. Mager. Was hält er überhaupt von deinen Plänen?«

»Wer?«

»Na, Hasselt.«

»Ah, der *Goldene*«, äffte Josef Spack. »Der oft genug Pfefferkörner zwischen den Zähnen hängen hat. Nix sagt er. Weigert sich. Der Hund.« Müde beobachtete er die Volten einer über dem Tisch kreisenden Fliege und schnippte Asche auf das Wachstuch. Anrichte, Nähmaschine, Tisch, Herd waren blitzeblank, aber in den Zimmerecken lagerte Schimmel, fleckige Bodenplatten. Draußen vor dem braungelben Gebäude standen gruppenweise Abfalleimer mit aufquellenden Deckeln. Die drittgeschossige Wohnung, in der sie zu neunt lebten, hasste er, wie er versuchte, Grete zu hassen, die derweil unbeirrt weiterschrubbte, wobei ihre Gesäßbacken so wabbelten, dass er trotz allen Ärgers im Schritt hart wurde und dabei noch unglücklicher. Schon lange wollte sie ihn nicht mehr. Kam er von hinten nahe an sie heran, erwartete sie ihn mit irgendeinem Befehl – »Wo ist die Butter, es gibt keine Butter mehr. Geh bei Friebsken welche holen. Und dann mach mir Kaffee.« Und Josef Spack machte immer genau das, was Grete wollte. Doch seit Kurzem regte sich in ihm Widerstand gegen alles und das Leben, wie es war. Das Werksleitertreffen neulich, er hatte die Wut und Unsicherheit in Hasselts gerade nach vorne schauenden Augen gesehen und das säuerliche, um die Lippen gehisste Lächeln, als er das Arbeitererholungsheim vorschlug. Wie es ihn, den Übergangenen, Unbeachteten beflügelt hatte. Hasselt auf die Pelle rücken, ihm immer weiter auf die Pelle rücken, bis er nachgab. Bald würde man ihn anschauen, wenn er dürr durch die Werkshalle ging und grüßte. Alle würden ihn beachten, auch die Arbeiter, für die er einstand, und das wurde denen auch langsam klar. Man brauchte ihn, Spack, eben doch für mehr als nur Nägel und Nadeln.

Er wusste genau, wo das Erholungsheim stehen sollte, und zwar oberhalb des steilen Abbruchs am Waldrand neben der Drahtzieherei. Dort hatten die Bäume sich etwas in den Hintergrund geschoben, und es verblieb ein breiter Streifen verwahrloste Wiese. Es war nicht das erste Mal gewesen, dass er das Projekt nahelegte, aber das deutlichste. Das erste Mal war im vergangenen Winter gewesen, der Schnee hatte geblendet, der Himmel so hell, dass man nicht hinsehen konnte. Hasselt, in einem grauen, mit braunem Pelz besetzten Mantel, hatte Eröffnungsworte zum Weihnachtsmittagessen für die Angestellten von Werk 1, 2 und 3 gesprochen. Gerade Beine, hohe Stirn. Arrogant sah er über die zusammengestrickt wirkende Arbeitermenge hinweg bis hinten an die Wand, von wo Sekretärin Schürze schließlich Käse und Brot auffahren ließ. Brot und Käse von jemandem, der dreimal am Tag Tier in sich reinstopfte. Das mit den Käsescheiben, in der Mitte schlierig, an den Rändern trocken, würde Spack Theodor nicht verzeihen. Wurst hatte er seit über einer Woche nicht mehr gegessen, Fleisch gab es alle zwei Wochen sonntags, die großen Stücke für ihn, zwei kleine für Grete, Knochenbrühe für die Dreckskinder, die sie dummerweise nicht müde geworden waren zu zeugen. Er hatte Gretes Körper kaputt geritten, nun stieß sie ihn weg, und Spack blieb zur Befriedigung seiner mit der Zeit hoffentlich versiegenden Bedürfnisse höchstens die gedrungene Masse der Nichtprofessionellen in falschen Fellmänteln, die nachmittags im »Café Rose« an den Tischen saßen, in Dreier- oder Vierergruppen, ihre Zigaretten in mit Sand gefüllten Stehaschenbechern ausdrückend, mit kleinen runden Handtaschen und kappenartigen Hüten.

»Aber du bist Unterwerksaufseher. Er muss dir doch zuhören.« Grete hatte sich zu ihm umgedreht; beschämt blickte er auf das Tischtuch, um ihre Zahnlücke nicht sehen zu müssen.

»Und er sollte dich besser bezahlen.«

»Er weiß doch, wie wir leben. Das Schwein weiß alles.«

»Und?«

»Er hält es für ausreichend.«

Er hörte tiefes Schwalbengeräusch, bald würde es regnen. Josef Spack überschlug schwerfällig die Beine.

»Die Wohnungen der Unterwerksleiter seien, soweit er wisse, trocken und gut angebunden. Genug ist genug, mehr kann er nicht, will er nicht geben. Das Arbeitererholungsheim kommt für ihn nicht infrage. Aber der wird schon sehen. Die Angestellten regen sich. Sie schauen ihn mürrisch an, ich sehe es, verdammt. Bald boykottieren sie.«

»Weißt du, jemand sollte ihn ...« Grete machte eine grobe Handbewegung.

»Wieso, weil wir nicht in einem Palast leben können wie der? Das ist so, es ist nun mal alles so, verdammt, ich kann da kaum was machen. Niemand kann. Wir sind nicht geboren wie die da.« Sein Zeigefinger piekte gen Zimmerdecke.

»Du redest immer dasselbe. Bist eifersüchtig. Hättest auch gern alles Geld der Welt.«

Alles Geld der Welt. Josef Spack stand auf und trat ans Fenster. Ein Hasselt zu sein war gewiss etwas Besonderes. Theodor Hasselt sah aus wie viele Menschen, gesünder vielleicht und eleganter, und dennoch war er ganz anders. Weil er ein Hasselt war, weil er zur feinen Gesellschaft gehörte, zu den reichsten Menschen im Sauerland. Der Patriarch, hineinkristallisiert in das Bild des widerlichen Drahtseilfabrikanten, stand, zumindest aus Sicht der ihm unterstellten Arbeiter und sicherlich aus Sicht von Josef Spack, moralisch fragwürdig an der Spitze hiesiger menschlicher Verhältnisse. Und trotzdem. Trotzdem duckmäuserten alle und wollten was von ihm, er ja auch. Geld, Hilfe. Doch eigentlich war es Liebe.

Neulich hatte er Herrn Hasselt mit seiner Neuen im Büro überrascht. Er saß auf dem Sofa, mit Blick zur Tür, Anna oder Alfa, oder wie sie hieß, auf einem Stuhl direkt daneben. Den linken Unterarm hatte die Frau mit den Haaren einer Wahnsinnigen auf die Sofalehne gestützt. Vorne klaffte ihr Kleid etwas auf, aber man sah nichts von der Brust. Am kleinen Finger der aufgestützten Hand trug sie einen breiten goldenen Ring mit eingelassenem Stein. Hasselt saß wie immer gerade, allerdings wie nach einem müden Anfall ein wenig zurückgelehnt, trug kein Jackett, nur Hemd und Krawatte mit blinkender Nadel. Er hatte den rechten Arm erhoben, und seine Finger spielten mit dem baumelnden Ohrring der Frau.

Als Spack eintrat, blickte das Paar ihm mit schweren Lidern entgegen, blieb aber genauso versunken sitzen wie bisher. Als wolle er ihn einladen, das üppige Geschmeide zu berühren, hob Hasselt den Ohrring an und neigte ihn sachte in Richtung Unterwerksleiter. »Lupenreiner Karat, Spack. Lupenreiner Karat.«

*

Marthe war allein in ihrem Haus, das sie wie das hohle Innere einer Glocke umgab. Aus dem Garten wehte der traurige Geruch gemähten Grases. Dreschmaschinen tosten in der Ferne. Der Sommer ging zu Ende. Sie lag auf dem Sofa und blickte durch die halb geöffneten Verandatüren hinaus. Nur noch schwimmen gehen, dann war der Tag endlich vorbei. Schwer stand sie auf und lief über die Terrasse den Hügel hinunter zum Schwimmbecken. Sie setzte sich an die Ecke des Beckenrandes in die grelle Sonne und tauchte die Beine ein. Im Sommer treiben Fliegen tot im Wasser und kleben, geht man wieder an Land, wie Sommersprossen an den Beinen. Ihre Eingeweide fühlten sich an, als seien sie mit einem Strick zusammengebunden. Es zog im Bauch, wenn sie an Theodor dachte, und auch, wenn sie die Gedanken an ihn zu verdrängen versuchte.

Bis zu Theodors Afrikareise war sie überzeugt gewesen, nichts im Leben je bereuen zu müssen. Ihr Leben, ihre Entscheidungen gehörten ihr allein, sie hatte Geld und war ungebunden. Nun empfand sie zum ersten Mal so etwas wie Bedauern. Sie hatte Theodor auf diese absurde Reise gehen lassen, und seitdem war er dunkel und böse geworden. Sie hatte ihn verschmäht, war seinem Körper ausgewichen, dabei hatte sie nie einen anderen gewollt. Hatte sein Anwesen abgelehnt, seine Drahtzieherei, sein Getue um das Jagen und das Tischdecken verspottet, zumindest die inneren

Augenbrauen hochgezogen hatte sie, er wusste das. Und er hatte es ihr nicht verziehen, obwohl er sich nie etwas anmerken ließ. Fast nie. Sie hatte den Zug verpasst, weil sie dachte, sie hätte alle Zeit der Welt. Es fühlte sich an wie der letzte Zug, den sie je hätte besteigen wollen.

Und dann auch wieder nicht. Theodor erschöpfte. Sein Argwohn allem gegenüber, was sich unmittelbar ihm selbst und seinen Bedürfnissen widersetzte, laugte diejenigen aus, die ihm nah waren. Er ließ nicht nach in seinen Befragungen oder unendlichen Analysen der anderen, die ihm aufgrund seiner Ichbezogenheit fremd blieben, Befragungen, die in weiten Teilen aus Projektionen seiner eigenen Ängste bestanden, wie ein Jäger, der seine Schüsse nur dann setzt, wenn das ins Visier genommene Wild bewegungslos dasteht und geduldig wartet, bis er abdrücken kann.

»Liebe Marthe, ich weiß, du hast es nicht gern, aber ich muss doch noch einmal nachfragen, ob es stimmt, dass du und Walter Drosten damals zusammen wart.«

Wenn sie dann mit zusammengekniffenen Lippen schwieg, unerheblich, ob Theodor mit seiner Frage einen wunden Punkt berührt hatte, ob sie schlichtweg keine Lust auf Inquisition hatte oder ob sie ihm durch ihr Schweigen mitteilen wollte, er läge daneben – sie lag selbst immer daneben, denn weder Schweigen noch Worte konnten Theodors Misstrauen dämpfen.

»Ich bin dir nicht böse wegen dem, was du nun gleich sagen wirst«, sagte er im vorgetäuschten Ton zarter Beeinflussung. »Ich weiß es, ich weiß es doch. Aber es täte dir gut, dich den Dingen zu stellen. Ich will nur dein Bestes, und dazu gehört, dir beizubringen, die Wahrheit über dich selbst zu sagen. Glaube mir, endlich die Wahrheit zu hören, befriedigt das Bedürfnis nach eindeutigen Vorstellungen. Das Ausräumen von Zweifeln beruhigt die Seele, unerheblich, ob man in seinen Vermutungen recht hat oder nicht.«

Marthe war Produkt ihrer Klasse. Tief im Innern hatte sie Theodor vielleicht nie von ganzem Herzen geliebt, obwohl er ihr Typ war. Er schwamm, war sportlich, redete nicht viel, kaute auf den Spitzen von Bleistiften, wenn er lächelte, lächelte er voller Freude. Seidensocken würde er nie tragen. Inzwischen fragte sie sich, ob sie ohne Theodor dem Erstbesten verfallen wäre, der anders gewesen wäre als Albert, mit dem sie gewissermaßen schon verlobt gewesen war, bevor ihre Mutter sie überhaupt empfangen hatte. Doch trotz ihrer Rolle als außerordentliche Geliebte war sie immer Marthe geblieben. Elegant, mit schweren Knochen. Sie hob den Fuß und spritzte etwas Wasser auf die Bodenplatten am Beckenrand. Sie würde Theodor niemals aus ihrem Leben wünschen, aber wenn sie Vergangenes wiederholen könnte, würde sie dafür sorgen, ihn nicht zu treffen.

Marthe presste die Hand auf ihren rumorenden Bauch. Eigene Entscheidungen. Sie hatte entschieden, so lange als möglich allein zu wohnen, nur manchmal Zeit in der Villa Luft zu verbringen. Die Heirat mit Albert würde im Winter stattfinden. Das passte, denn Marthe war Winter. Eisige Wasserwelle. Kristallglas mit Champagner. Durch die Zimmerfluchten ihres Hauses wehte Wind. Zu essen gab es bei ihr wenig, das Kühlzimmer hinter der Küche war mehr leer als voll. Marthe aß gern Joghurt. Trauben. Dünn wurde sie nie.

Sie sah blinzelnd in den Himmel. Seltsame Wolkenformen tauchten auf, es schien bald Regen zu geben. Sie musste ins Wasser, bevor es losging. Marthe liebte es, im Regen zu schwimmen, ihr Gesicht nass von den Tropfen, der graue Himmel wie ein Topfdeckel über ihr. Regen machte das Wasser im Becken weicher. Auf dem Rücken liegend, war sie noch schöner als an Land.

Der Himmel wurde pflaumenfarben. Sie ließ ihr Kleid fallen und zog den Badeanzug an, der noch von gestern hingeknüddelt auf der Liege lag. Er war aus gewachster Baumwolle, ausgetragen und hässlich orange, aber niemand bekam sie je so zu sehen, außer Theodor, der sie ohnehin nie richtig anschaute. Sie hüpfte in das niedrige Ende des Beckens und tauchte sogleich unter. Wasserblasen lösten sich von ihrem Körper, als sie sich vom Beckenrand abstieß. Theodor abwaschen. Sie schwamm immer gut, kräftig, egal, wie schlecht es ihr ging.

Am tiefen Ende des Beckens unterbrach sie und hielt sich am Rand. Füße ohne Boden. Kleine Luftblasen flimmerten auf ihren Oberschenkeln. Sie hatte ihm nie gezeigt, dass sie ihn verstand. Jetzt war es zu spät. Marthe tauchte abermals unter und stieß sich ab. Zwei Züge Luft ausatmen, einen Zug einatmen. Blasen kamen aus ihrem Mund, flogen in ihre Haare. Was würde passieren, wenn sie einatmete? In der Ferne grollte Donner, dann ein Blitz. Noch regnete es nicht. Marthe schwamm weiter.

In der Mitte des Beckens machte sie halt und nahm Rückenlage ein. Der dunkle Himmel ließ die Statuen und Möbel rundum grell weiß aussehen. Marthe versuchte, sich zu erinnern, welche mythologische Frauenfigur den Hades durchschwimmen musste, zu ihrem Mann in die Unterwelt. Noch ein Blitz durchriss die Wolken. *Sie ruft die Menschen an, die Götter, ihr Flehen dringt zu keinem Retter, wie weit sie auch die Stimme schickt.* Unwirsch und wachsam wie Ida Rubinstein als Kleopatra blickte Marthe nach oben. Weiterhin kein Regen. Sie hatte das Ballett allein in Paris gesehen und in der ersten Reihe gesessen. Sie konnte die Schuhe der Tänzer auf dem Bühnenholz hören, ihr Parfüm riechen. Seitdem trug sie den Duft »Shalimar« und hatte Paul Poirets Dschungeltapeten im Foyer ihres Hauses anbringen lassen. Nun fiel ihr auch der Name der Frauengestalt ein. Persephone. Oder vielleicht war es doch Eurydike, die den Hades verlassen durfte, um auf ihre eigene Hochzeit zu gehen.

In Griechenland war Marthe nie gewesen und war nie weiter als bis Paris gekommen. Sie saß gern in der Kirche Saint-Germain, liebte die dunkelgoldenen Decken und dass es dort meist leer war. In Paris war der Bruder ihres Vaters, Onkel Buri, der allein lebte wie sie und an der Sorbonne Literatur lehrte. Im Sommer trug er rapsgelbe Sakkos, und seine Gamaschen waren zu weit. Im sechsten Arrondissement lebte Buri in nur einem Zimmer voller Bücher und Zeitschriften. Sein schmales Bett, eher eine Chaise, war eingequetscht zwischen zwei Regalen. Teller mit Angegessenem, Weinflaschen auf Beistelltischen. Im Fahrstuhl, der zu Buris Zimmer hinauftrug, arbeitete ein zierlicher Mann aus Marseille, manchmal roch sein Atem nach Muscheln und Cognac.

Noch ein Blitz, dann die ersten Tropfen. Marthe drehte sich vom Rücken auf den Bauch, probierte kurz die Position Wasserleiche. Sie bekam Gänsehaut. Mit erhobenem Kopf begann sie, das Becken diagonal zu durchschwimmen, dann an der Längsseite, dann wieder diagonal, das-ist-das-Haus-vom-Nikolaus, wie unpassend, obwohl es spät im Sommer war und die ersten Blätter braune Ränder bekamen.

Mehr noch als Paris liebte Marthe ihr Zuhause, die dunklen Waldseen und brackigen Teiche, die Zweige und Dornen, wie Waldpartien in Parkanlagen übergingen. Graugrüne Baumstämme. Manchmal stellte sie sich vor, wie es wäre, in den trockenen braunen Blättern zu schwimmen, die das Jahr über dort lagen, wo es Eichen und Buchen gab.

Regen prasselte nun auf die Steinplatten, die das Becken umgaben, Tropfen verwüsteten die glatte Wasseroberfläche. Der eben noch lilafarbene Himmel war jetzt graubraun. Im Regenwind zerfallen. Das Wasser schwappte in kleinen Wellen, ihr Gesicht wurde kühl, doch ihr Körper fühlte sich warm an. Schon wurde der Himmel wieder blasser, bald würde das Unwetter aufhören, aber noch nicht, vielleicht in einer Stunde. Plötzlich überkam sie Lust zu rennen. Sie schwamm an die Seite des Beckens und kletterte über die Leiter hinaus, ging dann zum äußersten Ende der Terrasse, dort, wo die Hecken waren. Blätter kratzten an ihren Schenkeln. Marthe nahm Anlauf und rannte in großen Schritten über die nassen Bodenplatten. Die Luft war frisch. An der Beckenkante stieß sie sich mit dem rechten Fuß ab und riss das linke Knie in die Höhe. Als sie im Wasser aufschlug, jauchzte sie. Es regnete weiter, ihrem Bauch ging es besser.

Sie dachte an Theodor und Alba, eingepfercht in dem

Haus, das er »Käfig« nannte. Zwei bleicher werdende Gestalten, Seelenwracks. Beide tranken viel, beide nahmen Schlafmittel. Dass sie sich zankten, voneinander entfremdet waren, gleichzeitig wie opiumsüchtige Affen aneinanderklammerten, entging Marthe nicht. Wenn sie mit dem Wagen vorfuhr und ausstieg, hörte sie manchmal Schreie, die verstummten, sobald sie an der Tür klingelte. Beide brachten nicht das Beste, sondern das Schlimmste ineinander hervor.

Marthe drehte sich wieder auf den Rücken. Jetzt war ihr kalt. Kurz wünschte sie, Theodor hätte sehen können, wie sie ins Wasser sprang. Aber wahrscheinlich hätte er sich geschämt, wenn sie sich so gehen ließ. Also war es gut so, gut, dass er nicht hier war. Marthe breitete Arme und Beine aus, trieb durch das Wasser wie ein Blatt. Etwas Sonne kam durch die Wolken.

*

Kurz bevor es anfing zu regnen, war Frau Zirrsonn in den Garten gestürzt. Der Himmel leuchtete violett, verwischte Wolken, die Wiese unter den Obstbäumen war übersät mit grellen Gänseblümchen. Wind zerrte an den Laken an der Wäscheleine und wehte die Kräuter und den hellgrünen Kohl im Beet nahe der Hauswand platt. Sie trug den Wäschekorb, auf den Gartenfliesen machten ihre zu großen Schlappen Platschgeräusche. Sie krallte die Zehen zusammen, um nicht von den Sohlen abzurutschen. Eine jähe Böe rauschte durch die Kronen der Obstbäume bis hin zu der hohen Gestalt weiter hinten auf der Wiese.

Herr Hasselt, tadellos gekleidet, stand allein und hielt etwas in der Hand, Frau Zirrsonn erkannte den Spazierstock. In seiner anderen Hand flatterte ein Stück gelber Stoff, den er vor sich auf das Gras legte. Strichregen setzte ein. Sie rannte platschend über die unebenen Fliesen zur Wäscheleine und begann, die Laken abzunehmen. Hoffentlich war sie fertig, bevor er sie bemerkte. Obwohl sie ihm dringend sagen musste, dass die Rohre in der Küche einen neuen Anstrich brauchten und dass es unabdinglich war, diesmal auf die Qualität der Farbe zu achten, damit nur zwei Farbschichten aufgewandt werden mussten, nicht vier.

Donnernasse Luft. Regentropfen rannen ihre Wangen herab wie Tränen. Hinter ihr kamen Schritte.

»Ich wünschte, es würde aufhören zu regnen, Sie nicht auch?« Dampf beschlug Theodors Brillengläser. Er trug keine Krawatte. Trotz Unwetter setzte er sich auf die Steinbank neben der Wäscheleine. Sein Rücken krumm. Schwer. Er schwieg und hielt den Spazierstock fest, die Knöchel an seiner schönen Hand waren weiß.

»Sie wird gehen«, sagte er, und seine Stimme klang nach dürrem Holz. In der anderen Hand, das sah Frau Zirrsonn nun genau, hielt er das gelbe Kleid der gnädigen Frau. »Und nun geht der Sommer.« Dann, um einen natürlichen Ton bemüht und lauter als vorher: »Endlich, Regen. Dann haben wir ja genug Wasser in den Leitungen.«

»Ja, endlich.« Frau Zirrsonn faltete das letzte Laken in den Korb. Sie überwand sich: »Herr Hasselt, wegen heute Morgen, das mit dem Herrn Pastor …«

»Ich bitte Sie.«

Theodor hob gnädig die Hand. Bedauernswert, der glubschige, heischende Blick der kurzen, dicken Frau. Er stellte sich vor, die Zirrsonn würde vor ihm niederknien und seinen Siegelring küssen. Doch die Zeiten waren vorbei. Theodor überspielte das Geräusch seines plötzlich knurrenden Magens mit einem Räuspern. Dann sagte er noch einmal: »Ich bitte Sie.«

»Wie meinen, der Herr?«

Theodor wusste, dass seine Stimme die Zirrsonn in Angst und Schrecken versetzte, und bemühte einen ruhigen, jovialen Blick, dabei den Hauch eines leidenden Lächelns andeutend. Begriffsstutzigkeit blieb Begriffsstutzigkeit. Welches Verständnis er in dem tumben Gesicht mit den Kaffeebohnen-Augen immer wieder erhoffte, war ihm selbst nicht klar. Von der Zirrsonn war er über mindestens drei Gesellschaftsklassen hinweg getrennt, sie gehörten verschiedenen Arten an, die Zirrsonn dem Reich der verbrauchten Gesichter und knittrigen Hände, der männlichen Frauen und der Fußwarzen. Erst neulich hatte Theodor sie dabei beobachtet, wie sie einen alten – seinen alten – Kinderwagen durch den Garten schob, von dem er nie geahnt hätte, dass es ihn noch gab, und die Liegefläche bis an den Rand mit Gartenkräutern und heruntergefallenen Äpfeln füllte. Dagegen entstammte Alba, verblassende Savannenkönigin, dem Reich der Frauen mit parfümierten Händen, die an zwanzig von dreißig Tagen die Hände an den Unterbauch pressten, weil sie ihr Monatliches hatten, und von Ehemännern in vornehmen Sakkos oder mit goldenen Schulterklappen bedient wurden.

Als sie heute Morgen nackt vor ihm stand, kam zu dem Gefühl der Erregung eines der Scham. Lächerlich, ihre tränenverschmierten Brüste, das ganze Pathos ihres Leids. Noch lächerlicher er, seine dramatische Fragerei, überhaupt alles, was sie je körperlich oder geistig verbunden hatte, aufgesetzt und peinlich kam es ihm vor, die Armseligkeit seines Malaria-Anfalles vor fast einer Ewigkeit in Afrika und ihr Gehabe und Getue um sein Wohlergehen. Er hatte im Bett gelegen, und sie hatte ihm kleine Schlucke Portwein eingeflößt, während die durch die Schlitze der Jalousien hereindringende Sonne ihre Gesichter schwefelfarben schraffierte. Lächerlich ihre Sucht nach Fotografien, die Zweisamkeit ausdrücken sollten, er im Sessel hinter ihr stehend, sie sitzend, die eine Hand auf der Lehne, die andere sachte auf dem Rücken des Bluthundes ruhend. Lächerlich, seine mit Kleidern, Versprechen und vornehmen Abendgesellschaften gekaufte Zuneigung, die ohnehin von dem anderen überstrahlt werden würde.

Alles andere als lächerlich war allerdings ihr Heimweh, die Tränen der Überfahrt, während der Schiffsbug sich durch die Wellen klaubte und Meerwasser aufspritzte, das als Regen niedersank. Dann die dicker werdende Horizontlinie, Aussicht auf Boote und Segelschiffe, die immer schmaler werdende Wasserlinie zwischen Schiff und Kai. Ankunft in Hamburg, die Menschenmenge und winkende Taschentücher. Alba hielt den Hut im Wind fest. Dann kam die Zugfahrt, die Landschaft, rasend schnell vorbeifliegend wie die bunten Scherben eines Kaleidoskops. Während der Fahrt ruhte seine Hand auf Albas Knie, sachlich und gebieterisch.

Zu Hause sog er endlich feuchte Luft ein, endlich Kiesgeräusch beim Gehen. Das Sauerland, umgeben von Ruhrgebiet und Siegerland, Land der Scherenschleifer, der verblassenden Geschichten und der Kaffeetische unter Bäumen, nie hatte er es mehr vermisst als im Moment ihrer Ankunft.

Jetzt, wo alles zerbrach, stachen die Konturen seiner letzten Tage in Transvaal besonders scharf hervor. Er erinnerte sich genau an die wie ein Krater in ihm aufbrechende Vorfreude. Die Abreise nahte und damit das wohlverdiente Ende seines Aufenthalts im Niemandsland, Nimmerland, Nimmerwiedersehenland. Knapp über eine Woche hatte Theodor noch aushalten müssen und dann: keine an seinen Türen scharrenden Eingeborenen mehr, keine Hans-Horst'schen Pufffeiern nebenan. Aus und vorbei mit gedunsenen Wangen, zerrütteten Därmen und seinen afrikanischen Sonnenaufgang würde er künftig alleine genießen können. Was wollte der Mann mehr? In einem Anfall von Großzügigkeit hatte er Heide und Reingard angeboten, mit ins Sauerland zu kommen, das Angebot mit einem dreifach wiederholten »Vergesst den Staub, zurück in den Schlamm« aufgelockert, doch sie hatten nach viel zu kurzem Zögern lachend abgelehnt.

»Wir können hier nicht weg. Noch nicht. Wir haben nicht nur Alba. Die Eingeborenen sind auch unsere Kinder.«

Mumpitz. Dass die sich nicht schämten. Na, die würden schon noch im Sauerland aufschlagen.

Obwohl nur wenig in seinem Leben so abscheulich erniedrigend gewesen war wie der afrikanische Schuppen, der sich »Büro« nannte, hatte Theodor in dieser letzten Zeit und in einem Anfall verfrühter und uneingestandener Nostalgie begonnen, lieb gewonnene Gesten zu kultivieren. Mehrfach am Tag schlug er vorvorvorletzte, dann irgendwann vorletzte Akten zu und genoss den sich auftuenden Staub, der bei jedem Seitenschlag kurz im dünnen Lichtstrahl des Fensters glitzerte.

Die meist lethargisch vor sich hin dampfende Alba hatte ihn mit einem Mal an ein unruhig scharrendes Gnu erinnert. Sie war aufgeregt wegen des Umzugs gewesen, tat unbeteiligt, doch er hatte das Leuchten in ihrem Gesicht gesehen, was selbstverständlich auch von ihrem Tablettenmischmasch kommen konnte, wer wusste das schon. Und wen kümmerte es auch. Hauptsache, sie kam, und zwar nicht nur unter ihm. Sondern Seite an Seite, als seine zukünftige Fast-jetzt-schon-Frau, in Bälde Mutter seiner Kinder. Im Sauerland, so hatte er es sich vorgestellt, würde er mit Alba die Pfade seiner Welt beschreiten, er der Häuptling, nur dass er keine bunten Umhänge trug wie afrikanische Dorfchefs. Diese Anführer, die sich unnahbar mit einem Tross Begleiter umgaben und bei ihm, Theodor, um Geschenke baten. Von den schrillen, leuchtenden Stoffen und allerlei Zierrat ihrer Kleidung prallte die Sonne derartig ab, dass man kaum hinschauen konnte. Nein, er, Theodor, würde allein schreiten. Auf Gras würden er und Alba treten, er würde sie darauf betten, auf Moos, die Augen gen Himmel, nur noch Weiß darin vor Wonne. Auf Straßen, Gehwegen, ja, auf dem gesamten Iserlohner Asphalt würde er sie herumzeigen, alle würden sie bestaunen, ohne sie anzufassen, als sei sie ein verdammtes Kunstwerk aus Berlin, ein eigens für ihn eingeflogener Kokoschka oder am besten noch was aus London, Kunsthändler mit Samthandschuhen, goldene Gatter, das ganze Pipapo und nur für ihn. Kurz und zwanghaft stellte er sich Hans-Horst im Gewand des Kunsthändlers vor und nicht im ewigen Sarong. Absurd. Na, sie hatte er jedenfalls heimgebracht, wenn er schon ohne vollendetes Kap-Projekt zurückgekommen war, ohne vermaledeiten, bis in den fichtigen Norden führenden Triumphweg auf Schienen und Stahl, dann zumindest mit Trophäen-Frau, herrlich wie ein edles Tier und nun fern und bösartig.

Der Tag war heiß gewesen, an dem er zum letzten Mal in den Türrahmen seines Arbeitsschuppens getreten war und auf den staubigen Platz und das Farmhaus blickte, sehr weit dahinter kahle Bergkuppen, zerklüftete Granitfelsen, darunter gelagerte Wälder aus Wasserbäumen und grasige Halden. Auf dem Platz tat sich nichts, ungewohnte Leere. Eine magere Ziege hoppelte durch die grelle Sonne in den Schatten unter einer Plane. Bei Hans-Horst war ebenfalls alles still, schlaff hängende Zelttüren. Theodor tätschelte die Tasche seines Sakkos. Da, so, sehr gut, die Zigaretten waren sicher untergebracht, lagen straff und unzerknickt an seiner Hemdsbrust an. Seit seinem Malariaanfall und dem anschließenden raffinierten Diebstahl seines gesamten Rauchvorrates hatte er nie wieder auch nur eine einzige Zigarette herumliegen lassen. Eigentum blieb Eigentum, geteilt wurde nicht.

Wie zuversichtlich er gewesen war. Sie trug sein Kind, oh, sprießender Samen … Bei dem Gedanken durchschoss es immer noch heiß und schamvoll sein Gemächt. Er würde in dem Kind weiterleben, hatte sie gesagt und bedeutsam geschaut.

»Na, so viel Drama braucht's nicht gleich.« Lächelnd, aber auch mit sachtem Unwillen hatte er ihr die Hand vom Bauch genommen. »Noch trägst du ja nichts Schweres.«

Er hatte Alba angewiesen, ihren Eltern bloß nichts von der Schwangerschaft zu sagen.

»Als würden sie dich dann gehen lassen. So modern sind sie, dich ohne Mann hierzubehalten.«

Verrückt, verzwickt, dachte er im Nachhinein. Er hatte sich für nichts und wieder nichts hinters Licht führen lassen. Eine vorgetäuschte Schwangerschaft, die ihn zwingen sollte, sie mitzunehmen, obwohl er sie ohnehin gebeten hatte, eine Schwangerschaft, die, hätte es sie wirklich und sichtbar gegeben, allerdings genau das Gegenteil bewirkt hätte von dem, was anschließend passiert war.

Naiv und großspurig hatte er sich an dem heißen Tag der Vorfreude eine letzte Bürozigarette angezündet, die halbe Rauchmenge gleich dort im Türrahmen ausgepafft, dann nur bis auf Höhe des Kehlkopfes inhaliert. Wie immer. Paff, zisch, sanfter Rauch flog in die Luft. Normalerweise hätte spätestens jetzt der Kopf der obersten Zigarettendiebin Frau Na-da-za-le um irgendeine Ecke gelugt, doch auch die ließ sich nicht blicken. Seltsamer Tag. Ohne den üblichen, fast bis zum Mittag in der Luft hängenden Dunst vom Morgentau. Immer noch wunderte er sich, was da wohl los gewesen war. Diese Leere. Diese Stille. Miasma im Boden, das irre Lachen der Schicksalsgöttin, und er merkte es nicht, hörte nichts. An diesem letzten Tag war es ihm so vorgekommen, als habe irgendwo eine Kulthandlung stattgefunden, zu der er nicht eingeladen worden war. Na, musste ja nicht immer alles kreuchen und fleuchen, hatte er gedacht, sich die Zigarette zwischen die Lippen geklemmt und mit der rechten Hand eine Fliege am Revers zerschlagen. Der Aufprall seiner Hand hatte ihn husten gemacht.

Erst ein paar Tage zuvor hatte er vor seinem Büroschuppen und in Antizipation seiner Abreise die Flagge der preußischen Provinz Westfalens hissen lassen, sie dann aber rasch wieder abgenommen. Verlorene Liebesmüh, niemanden hatte es interessiert. Er hatte etwas Asche ins gelbe Nichts des Sandes geschnippt. Alba. Sie in sein Leben holen. Nicht mehr alleine sein. Bald.

Undenkbar, dass er noch vor wenigen Monaten geglaubt hatte, Alba würde hier mit ihm glücklich leben. Undenkbar, dass sie ihm in den ersten Wochen entgegengerannt war wie ein bergabwärts stürzendes Rennpferd, wenn er abends aus der Drahtzieherei kam, dass sie sich für ihn schön gemacht oder nackt in seinem Morgenrock auf ihn gewartet hatte.

Unfasslich peinlich, dass er wegen ihr kontemplierte, die Jagd aufzugeben. An der Grenze zur Idiotie, die Abendessen mit scharwenzelnden Nachbarn, dick verzierten Speisekarten, die er ihr erlaubte anfertigen zu lassen, als wäre sie Madame Pompadour, getürmtes, glänzendes Essen aus so vielen Schichten Teig, Ei und Fleisch, dass die tumb und traurig vor ihm im Regen stehende Zirrsonn zum ersten Mal so etwas wie Freude beim Kochen zu verspüren schien.

Alba, die sich schämte, mit ihm schwimmen zu kommen, weil sie nicht schwimmen konnte und es ihm verheimlichen wollte. Er, der sich weigerte, mit ihr Minigolf zu spielen, der ihrer Musik nur mit halber Aufmerksamkeit lauschte. Ihre Heulerei und ihr verräterischer Fettschmier um den Mund, wenn er zu oft zu spät aus der Drahtzieherei kam; ihr wissender und tapferer Blick, wenn er nachts noch vor ihrer Tür stand. Das panische und selbstbeherrschte Lächeln, wenn er von Marthe redete, der angeblich klemmenden Tür in Halle 3, du weißt doch, wie das ist, trödelnde Eingeborene, trödelnde Arbeiter, alles dieselbe Plörre, Liebste, nicht, nicht so schauen, komm lieber her und zieh dich aus. Wenn er sie küsste und auf seinen Schoß zog, versuchte sie immer öfter, ein Gespräch anzuleiern, lass uns reden, über irgendetwas, etwas Interessantes, na gut, aber nur zehn Minuten, nicht länger, versprich es, Theo, mein Theo. Ihre müden und wachsamen Augen, erst nur das zaghaft weggedrehte Kinn, der sich wegwindende Hals, später kamen Schultern und Arme dazu. Es war ein anderes Sich-vor-ihm-Wegducken als das in Afrika, als sie sich aufreibend wohlerzogen und stilvoll am Türrahmen festhielt. Sie wurde dunkler.

Dann der Abend in der Villa Luft, der die Tür zum Ende öffnete. Alberts leuchtender Blick, ihm gegenüber Marthe, reglos und kalt wie ein Sternbild, weder zu ihm, Theodor, herüberschauend noch sonst irgendwohin. Albas idiotisches Geschnatter, plötzlich war mehr Leben in ihr denn je, und sein eigenes Schweigen. Gabelkratzen auf dem Teller. Eisiges Schweigen auch auf dem Heimweg, nur der Kies unter ihren Füßen war lauter. Sein inneres Wiederkäuen dieses Abends, der Moment im Schlachthaus, auch hier: Zwanghaftes Wiederkäuen, drehen und wenden, nein, es stimmte, so hatte er es gesehen. Wie er dann retten wollte, was noch zu retten war, die kläglichen Ausflüge ins Umland, die sie unternahmen, er immer mit zusammengebissenen Zähnen und dem Drang, sie zu verhören, bis sie wund war. Wund zwischen den Beinen.

Immer wieder Versuche der Selbstbeherrschung, des geraden Rückens, zwanghafte glatte Rasur. Er lauerte im Korridor, auf der Terrasse, im Garten, manchmal legte er sich sogar in ihr Bett und wartete dort. Masturbierte etwas. Wo war sie gewesen, warum vermochte Albert ihr den frohen Glanz auf der Nase zu geben? Welch Niedergang, worüber noch reden? Die immer längeren und unerträglicher werdenden lauen Abende im Käfig, offene Verandatüren, er im Anzug und mit Fliege, sie mit wehenden Kleidern, oben herum weiterhin mehr nackt als angezogen. Beide schweigend rauchend, einsam. Bremsen zerstachen ihre Arme, zu hören war nur das karge fistelige Geräusch heimischer Zikaden.

Ihre Versuche, ein Gespräch anzuzetteln: »Ich würde gern auch einmal tanzen gehen, das könnten wir doch zusammen tun, Theo. Es gibt in Hagen ein neues Tanzlokal für Swing. Oder vielleicht könnten wir einmal etwas Neues kochen lassen, etwas Französisches oder etwas aus der Schweiz. Kennst du übrigens den Roman *Heidi*?«

Doch er war kaum noch anwesend, weilte nicht mehr bei ihren Worten, sondern ausschließlich bei ihren vermeintlichen Taten. Zittrige, kribbelnde Wut kam in ihn. Immer häufigere Ausfälle, Schreie, und je lauter er war, desto stummer wurde sie. Die betroffenen Blicke von Mutter und der Zirrsonn stachelten ihn an. Gefühle von Verbannung im eigenen Haus. Und gleichzeitig der Verdacht einer unerklärlichen Geduld, mit der Alba ihn manchmal noch anblickte. Sie waren doch glücklich gewesen, auch wenn es nur wenige Monate waren.

Jetzt wurde aus Wut Kälte. Frau Zirrsonns Locken hingen platt an den Seiten ihres Gesichtes herunter, sie schaute betroffen.

»Herr Hasselt, die Flusskrebse, ich erinnere mich, Ihre Verdauung hat das letzte Mal doch sehr gelitten. Ich dachte für heute Abend an eine Variante ohne Sahne.«

Theodor klang mechanisch, aber aufmerksam: »Gut, gut. Bitte achten Sie, wie immer, auf die Tellerfarbe, vermeiden Sie Rot. Heller Schiefer wäre angemessen.«

»Sehr wohl. Marmorkuchen zum Nachtisch würde das Ganze farblich abrunden.«

Theodor stutzte. Zirrsonn und ästhetisches Feingefühl waren ihm fremd.

»Sicher«, sagte er knapp.

Frau Zirrsonn zog Luft ein. »Herr Hasselt, da wäre etwas.«

»Was?«

»Etwas, das ich sagen wollte.«

»Aha.«

»Also, wenn ich –«

»Wenn Sie eine Gehaltserhöhung erbitten wollten, muss ich passen. Das mit der Badewanne für Ihren Geburtstag hat jedes Maß gesprengt.«

»Nein«, Frau Zirrsonn räusperte sich enervierend dürr. »Nein, das wollte ich nicht sagen.«

»Ja, was denn dann?«

Theodor zubbelte am Griff seines Spazierstocks, schlug ihn dann mehrfach kurz gegen den Schaft seines Stiefels.

»Es geht um die gnädige Frau.«

»Sie meinen Mutter?«

»Ach, nein, ich meinte natürlich das gnädige Fräulein.«

»Frau Zirrsonn, bitte kommen Sie zur Sache. Wenn es darum geht, dass dem gnädigen Fräulein heute früh unwohl ist, das weiß ich. Ich hoffe, Sie haben sie allein gelassen, wie ich es angeordnet hatte. Geputzt werden muss in ihren Zimmern heute nicht, morgen auch nicht, vielleicht übermorgen. Ihre Tür bleibt abgeschlossen, ob von innen oder von außen. Zum Mittagessen wird sie nicht herunterkommen, am Abend auch nicht. Von den Flusskrebsen bitte ein Drittel abziehen.«

Wie eine Biene im Sturzflug redete die Zirrsonn weiter.

»Ich habe nachgedacht … Also, was die Waschstube angeht, da müsste ich schon einmal durchmoppen.«

»Nicht Waschstube. Badezimmer. Es ist ein Badezimmer.«

»Selbstverständlich. Aber darüber wollte ich gar nicht mit Ihnen –«

Theodor war wie immer nicht besonders empfänglich für das Feingefühl anderer.

»Frau Zirrsonn, es tut mir leid, Ihnen das sagen zu müssen, aber Sie tendieren dazu auszuweichen, insbesondere wenn es um das gnädige Fräulein geht.«

Mit einem Ruck stellte Frau Zirrsonn die Wäschewanne auf die Gartenfliesen. Der Regen hatte nachgelassen, noch war der Himmel grau. Mit entschlossenem Blick schaute Frau Zirrsonn Theodor ins Gesicht, durch seine beschlagenen Brillengläser hinweg bis in das Innerste seiner Iris.

»Herr Hasselt, Fräulein Alba geht es nicht gut. Sie ist einsam, vielleicht ist sie mondsüchtig. Kennen Sie die Mondsucht?« Frau Zirrsonn verfiel in den näselnden Ton von Nachschlagewerken: »Ich habe gehört, die Mondsucht, auch Somnambulismus genannt, ist ein Zustand der Schlafartigkeit oder der Wachartigkeit, sie kommt zustande, wenn, also –«, – aha, man hielt den Ton der Belesenheit nicht lange durch – »vielleicht kennen Sie das Buch aus der Schweiz, das kleine Mädchen mit dem Heimweh. Die lief auch nachts durch die Gänge und schlief dabei. Fräulein Alba tut dasselbe. Und dazu noch unbekleidet. Sie braucht Hilfe. Vielleicht könnten wir ihre Mutter bitten, doch einmal auf Besuch zu kommen.«

Theodor stand auf, stemmte die Fäuste in die Hüften und stellte die Beine in breitere Positur. Nicht nur las man hinter seinem Rücken anscheinend dieselben Bücher, man wurde auch noch unflätig und fordernd.

»Seien Sie ganz beruhigt, Verehrteste. Ich kann Ihnen versichern, Alba ist nicht mondsüchtig, sie ist höchstens zu oft betrunken, vollgestopft mit Tabletten. Ein Grund mehr, dafür zu sorgen, dass sie ihr Zimmer so wenig als möglich verlässt.«

Als hätte die Zirrsonn sich von Herrn Spack höchstpersönlich einwickeln lassen, doch bitte nicht länger das Lied des Herrn zu singen, der sie fütterte, fuhr sie fort: »Ich würde Ihnen wirklich gern die Schuppen von den Augen nehmen, Herr Hasselt. Ich denke, es wäre an der Zeit, das gnädige Fräulein mit den Aufgaben zu betrauen, die einer Dame von ihrem Rang und künftigen Gattin zukommen. Außer das mit den eingeschlagenen Speisekarten könnte sie zum Beispiel regelmäßig das Gedeck auswählen, hier und da Anweisungen geben, Sie wissen ja, Ihre Mutter ist ja nicht mehr –«

Theodor meinte, nicht richtig zu hören oder eher viel zu gut zu hören. Schleichende Übernahme. Argwöhnisch und verwundert betrachtete er den tropfenden, runden Frechling, der sich gerade energisch einen Teil seiner Haarmatte hinter das Ohr zu klemmen versuchte. Er schwieg. Harter Blick, hochgezogene Augenbraue, so ist's gut, er durfte nicht aufhören, sich so zu benehmen, wie es Geschlecht und Rang erforderten. Unbeeindruckt, imposant, schweigsam bis weit über die Grenzen der Wortlosigkeit hinaus. Doch er konnte nicht anders. Mit launischem Prinzregentengesicht sagte er: »Allmählich reicht es mir. Ich bitte Sie, nehmen Sie die Wanne und gehen Sie in die Küche und da bleiben Sie, bis ich Sie rufe.«

Nicht lange musste die Zirrsonn in der Küche ausharren. Nachdem sie aufgebracht und steif vor Angst zur Beruhigung eine Tasse Kümmeltee getrunken, dann ergeben am Fenster gestanden und hinaus in den Garten geschaut hatte, wurde sie gerufen. Ob sie wohl herauskommen könne, zusammen mit der eigentlich für das Frühstück vorgesehenen kalten Platte und einer Karaffe Wein, Jahrgang 1924, egal, welchen, aber bitte, das Jahr musste stimmen. Nur kurz kontemplierte Frau Zirrsonn, den Gehorsam zu verweigern. Dem Ruf des Patriarchen folgend, trat sie schwer beladen hinaus in den Garten, in den Händen das Tablett, die Tageszeitung unters Kinn geklemmt. Von Theodor fehlte jede Spur. Frau Zirrsonn stieß mit der Kniescheibe gegen den Gartentisch; aus Albas geöffnetem Fenster drangen leiernde Bratschentöne, als wolle das Instrument den sanften Singsang von Schwachsinnigen in einer Klinik imitieren. Zigarettenrauch wehte zu ihr herüber, von wo, war unklar. Schließlich erblickte sie ihn. Hoch und majestätisch stand er vor dem alten Kirschbaum. Über einen der Zweige hatte er Albas Kleid gehängt. Mit seinem Spazierstock schlug er auf den gelben Stoff ein.

*

Theodor verstand es zu horten: Draht, Nägel, Geld, Aktien, Erde und Wald. Nur die Liebe zu Alba und von Alba konnte er nicht horten, sie sickerte in die Zeit hinein und verblasste. Er hätte einen Korken gebraucht, einen Verschluss, einen mit Schloss versehenen Schrank, um sie zu bewahren, doch er fand nichts davon. Es half nichts, dass er Verstopfung bekam, wenn er auf der Toilette saß und sobald Albas Schritte in der Nähe erklangen.

Unlängst hatte Alba mit Mutter Heide telefoniert. Sie hörte, wie Heide am anderen Ende der Leitung Rauch ausblies.

»Weißt du, Liebes, du solltest vielleicht nicht immer so willfährig sein. Deutsche Männer sind anders als die von hier. Hier kommt man als Frau nicht weit, wenn man sich nicht so richtig … na, egal. Hast du es mal mit Ignorieren versucht?«

»Das Letzte, was ich versucht habe, war das mit den Rosen«, sagte Alba und schaute von ihrem Fenster hinaus in den Garten. Das Gras wirkte greller als sonst, die Teichrosen giftgrün. Sie blinzelte.

»Was für Rosen?«

»Das war doch deine Idee!« Heides Vergesslichkeit tat Alba weh. »Als ich mir Rosen nach Hause bestellt und dann so getan habe, als kämen sie von einem anderen Mann.«

Heide lachte leise. »Wie hat er reagiert? Also bei deinem Vater hat es damals gut geklappt. Er konnte sich gar nicht mehr einkriegen vor –«

Alba unterbrach. »Er hat gekocht vor Wut und mir bissig hinterhergeschaut, egal, wo ich im Haus war. Vielleicht hat er mir auch gar nicht geglaubt, ich weiß es nicht, er spricht ja nie wirklich.«

»Versuch doch einmal, ihn zu ignorieren. Mach gar nichts mehr. Aus. Basta. Kalt sein. Hart sein.«

Heide rührte schabend und nervenaufreibend mit dem Löffel in einem Glas, dann fiel der Löffel klappernd auf den Tisch.

»Sag, Mama, trinkst du schon? Du hast doch nie vor sechzehn Uhr –«

»Nothing stays the same, mein Schatz. Du wirst sehen, das wird ihn wahnsinnig machen. Kalt sein. Hart sein.«

»Du wiederholst dich.«

»Ja, weil du nie zuhörst! Immer woanders. Immer alles besser wissen. Bleib also mal hart, du kannst das doch, ich hab dich doch gesehen, als er hier bei uns war und wie du dich immer im Türrahmen festgehalten hast, als er –«

»Du hast das gesehen?«

»Um Himmels willen, bist du naiv. Dein Vater hätte dich nicht so zudröhnen sollen.«

»Mutter!«

*

Gegen Albas neue Kühle kam er nicht an. Schwer wie eine Statue betrat sie die Zimmer, in denen Theodor war, und sie begann, ihn zu stören, seine Mahlzeiten, die Momente, in denen er las oder dachte. Mit ihr wehte Blumenduft aus dem Garten herein; ihr Parfüm umgab sie wie ein Panzer. Malve und Kamille ließen sich dort nieder, wo er nicht mehr sein sollte, Alba nahm den Raum ein, den sie einander tief in ihren Herzen immer weniger zugestanden. Der Name ihrer im Garten blühenden liebsten Rosenart wurde Theodor zunehmend gleichgültig. Zumindest redete er sich das genauso ein.

Alba hatte begonnen, am Tisch zu sitzen, ohne zu essen und zu trinken. Von den Speisekarten, die sie für ihre Feste anfertigen ließ, war sie selbst zur Speisekarte geworden, alles verzeichnend. Wer hielt die Gabel zu abgespreizt, kratzte laut auf dem Teller, verschüttete Sauce. Ihr Schweigen krittelte und notierte seine Mängel. Alba mit der gesprenkelten Marmorhaut, von der Logik einer Grabkammer, Stirn aus makellosem Stein, verfiel in die vollkommene Abschottung der Aufziehpuppe. Ihr tags anmutiges und bei Nacht leidendes Schweigen betäubte Theodor, wie ihre Streitereien ihn betäubt hatten. Ob zu viele Worte oder zu wenige: Alba, die Statue, wurde zur verlorenen Kultur seiner Liebe.

Vielleicht plante Theodor deswegen die Treibjagd, ihn sehnte nach Gewirr und Schatten, nach dornigen Büschen, durcheinanderliegenden Blättern, nach Gerüchen, die von der Erde kamen und nicht von dem metallen wirkenden Automaten, der vorwurfsvoll durch die Korridore seines Käfigs geisterte.

Vielleicht hoffte Theodor, dem, obwohl er es nicht zugegeben hätte, Albas Heimweh durchaus bewusst war, eine Jagd würde sie besänftigen. Doch dies ist reine Spekulation. Jedenfalls plante er, sich großherrschaftlich zu inszenieren. Die Jagd müsste sich entfalten wie eine mittelalterliche Tapisserie, in den Farben Rot und Gold. Etwas Tannengrün. Fanfaren würden das Nahen der Hirsche ankündigen. Die Jagdgesellschaft, ausgestattet mit Hellebarden, Harnischen und Schwertern, wäre groß, die Anzahl der Jagdhunde noch größer. Oder aber die Jagd müsste in den Weiten Afrikas stattfinden, in der Hölle der Lemurenschreie. Sie würden in aller Frühe aufbrechen, ohne Frühstück, Nasen und Ohren geschärft für Wind und Tiergeruch.

Doch eine Treibjagd im Sauerland um 1926 herum war weder mit der mittelalterlichen »Chasse« noch mit der weitläufigen afrikanischen Jagd zu vergleichen. Treiber stolperten scheppernd und ungeordnet durch kratziges Dickicht, die erlegten Tiere waren nicht groß und herrlich, sondern klein und mit Drahthaar bedeckt, nicht gelb, gestreift oder wild gemustert. Sie waren braun oder schlammfarben, tröteten oder brüllten nicht, sondern grunzten oder waren stumm.

Dennoch nahm das Ereignis in seinem Geist immer wuchtigere Dimensionen an, und Theodor stürzte sich unter Ausschluss aller weiblichen Wesen seines Haushaltes in die Vorbereitungen. Entlang der geplanten Route, die in den Parkanlagen beginnen sollte, die sein Anwesen umgaben und in den Wald mündeten, ließ er rote Papierfahnen und Laternen hissen. Die Jagd würde in Kreisform verlaufen und dort enden, wo sie begonnen hatte. Auf dem

Rasen wurden Tische aufgebaut, »Waidmannsplatten«, viel Fleisch, getrocknet oder in Aspik, Schnaps und harter Käse, Pralinen und zu Blüten gedrehter Marzipan. Pferde gab es nicht, Hundemeuten auch nicht, nur Theodors Bluthunde und die Jagdhunde der Geladenen, darunter die übliche Gruppe, die Horstens, die Falbens, die Kleinens und die Wetterspechte, Pfarrer Würtz. Außerdem Albert.

Pastor Franz hatte Haus- und Hofverbot, weswegen Bauschekleidmutter der Treibjagd ostentativ fernbleiben und bei »Neuhaus« auf *ihren* Pastor mit den verwegenen, glatt rasierten Wangenknochen warten würde, um über Hefekuchen neue Weisungen in Empfang zu nehmen. Was Bauschekleidmutter anlangte, würde sie Pastor Franz fromm ergeben bleiben. Fortan verlegte sie sämtliche Treffen mit dem Hochverehrten an den hinteren Ecktisch des so beliebten Gasthauses. Dort sitzend und Süßigkeiten knabbernd, eingefangen in wabernden Zigarettenrauch, verkörperte sie jene passiv-aggressive Trägheit, die Damen einer bestimmten Schicht und eines gewissen Alters dann zu eigen wird, wenn ihr Körper schon längst begonnen hat, etwas anderem zu dienen als den Pflichten möglicher Fortpflanzung.

*

Am Tag der Jagd wirkte Theodor noch höher als sonst, mit makellos sauberen Schuhen und angegossen sitzendem Jagdrock. Sein Blick war ruhig mit etwas Freude darin. Schon frühmorgens wartete er auf der Wiese auf die ersten Gäste. Er saß auf der Bank nahe dem Festzelt und hatte beide Hände auf die Knie gelegt. Ganze zwei Stunden blieb er so sitzen, dann regte sich Unbehagen. Niemand kam. Theodor stand auf, ging durch den Park zurück zum Haus und über die Terrasse in die Küche. Die Zirrsonn war dabei, eine Pastete mit Petersilienlaub zu verzieren, und summte dabei in schrägen Tönen das von Alba oft auf dem Klavier vernommene »Vedrai carino«. Als verstünde die Zirrsonn irgendetwas von der Lust auf Heirat, geschweige denn von Mozart oder *Don Juan*.

Theodor, nach seinem verregneten Schwächeanfall im Garten besonders herrisch, gleichzeitig verunsichert über das Ausbleiben der Jagdgäste, blaffte etwas in Richtung seiner Haushälterin, ging inspizierend die Anrichte entlang, einmal hin, einmal her, Hände auf dem Rücken verschränkt, leicht vorgebeugt. Dann wieder hinaus.

Hinten auf der Wiese standen zwei Gestalten mit geschulterten Gewehren. Beim Näherkommen erkannte er Albert – natürlich – und den rotnasigen Herrn Drosten. Sonst war von der herrschenden Riege sauerländischer Industrieller niemand gekommen, und es würde auch sonst fast niemand mehr kommen. Hier und da tröpfelte eine Handvoll neugieriger Nachbarn zweiter Klasse mit ihren Ehefrauen ein, die umgehend begannen, das Büfett zu umvölkern. Gesprächsfetzen waren zu hören. »Welche Eleganz, das sieht man nur bei den Reichen« – »Also, ich weiß gar nicht, was Sie haben, ich mag das Gefühl von Knorpel zwischen den Zähnen« – »Ich habe gehört, die Tollwut geht unter den Füchsen um«.

Mit betont federnden Schritten kam Albert auf Theodor zu, blieb einen Meter entfernt stehen und strich sich verlegen oder aufsässig durchs Haar. Der nun folgende Austausch war kurz und aufgebracht.

»Na, Alter«, begann Albert. »Ich befürchte, die Jagd ist nichts mehr für unsere sauerländischen Patrizier. Pferderennen hingegen –«

»Ich weiß nicht, ob dies der Moment für Scherze ist.«

Große und ärgerliche Mattigkeit kam in Theodor. Plötzlich wurde es unvorstellbar, mit dieser minderwertigen Gruppe, angeführt von Albert, der als Einziger mit dem Pferd gekommen war, loszuziehen, um karge Leben zu nehmen.

»Mir gefällt dein lässiger Ton nicht. Was du tust, ist ein ziemlich starkes Stück«, sagte Theodor.

Albert trat einen Schritt zurück. »Ich weiß nicht, was du meinst, Alter. Wenn du auf Marthe anspielst: Denkst du, ich weiß nicht, dass ihr –«

»Und was denkst du, was ich weiß und nicht weiß?«

»Nun ja, wenigstens spricht bei euch niemand von Hochzeit.«

»Ich frage dich noch einmal, woher weißt du, maßt du dir an zu wissen, wer von was wie bei mir zu Hause spricht?«

Schweiß trat auf Alberts Oberlippe. Er drangsalierte seine Haare, indem er sie binnen Sekunden mehrfach vorwärts und rückwärts raufte. »Theo …«

»Gut, du scheinst dich daran zu erinnern, dass ich einen Namen habe.«

»Ich wollte nur sagen –«

»Was, *was* willst du sagen?« Theodor wurde laut. Die ersten Gäste schauten zu ihnen herüber. »Ich kann dir sagen, was du sagen willst. Dass du deine verdammten, fettigen, kleinen Finger zukünftig von ihr –«, Theodor unterbrach sich und straffte die Knie. Unwürdig, das alles. Sollten sie doch. Sollten sie alle doch.

»Was hast du plötzlich?«, fragte Albert und schaute seltsam. »Du schwankst. Bist du betrunken?«

Theodor schwieg. Er war nicht betrunken, doch das ging Albert nichts an. Etwas durchfuhr ihn schmerzhaft. Auf der Terrasse über dem Esszimmer konnte er Albas Silhouette ausmachen. Sie trug ein gewölbtes himmelblaues Kleid und einen tief in die Stirn gezogenen, übergroßen Strohhut. Eiskalter Blick. Komm doch, oh, komm. Warum nur? Es hätte gut sein können.

Mit einem Räuspern wandte er sich den anderen Gästen zu.

»Danke, vielen Dank«, sagte er zu niemandem im Besonderen und gab die Anweisung zum Blasen des Jagdhorns.

*

Später würde Theodor sich an seine Treibjagd in verzerrten, einzeln aufpoppenden Eindrücken erinnern, wie die absurden, nie ganz zusammenhängenden Bilder in einem Ladenkino. Die Tiere blieben der Jagd ebenso fern wie die Gäste. Der Wald war kratziger denn je, Fichtenzweige und Hülsekrabbelbusch staksten in jeden nur möglichen Pfad hinein, unter dem Laub wuchs versteckte Brombeere, stachelige Schlingen umfassten die Fußgelenke von Treibern und Jägern. Man stolperte. Magere Nachbarsjungen mit vorstehenden Zähnen und müde Arbeiter der Drahtzieherei schlugen auf Blechbüchsen oder rieben Stöcke aneinander, um vielleicht doch noch ein oder zwei Rehe oder Hasen aufzuscheuchen. Auf Wildschweine wagte erst gar niemand zu hoffen. Irgendwo ertönte das irre Gelächter eines Spechts. Die Jäger waren gen West und Südwest ausgeschert und positionierten sich auf verschiedenen Hochsitzen. Albert blieb mit unanständig funkelnden Sporen zu Pferde, Theodor zu Fuß. Herr Drosten, rotgesichtig und mit abgekauten Fingernägeln, stürzte mit fuchtelnden Armen einen Hang hinunter, griff vergeblich nach Zweigen, blieb liegen, stand wieder auf und humpelte.

Unerwartet genoss Theodor den Wald. Zwar sah er niemanden, aber alles klapperte und knarzte, Schritte zerbrachen Zweige, und Vögel flatterten auf. Nebel hing in Senken; der zwischen den Baumwipfeln durchscheinende Himmel war dunstig.

Obwohl Theodor seinen das Haus umgebenden Wald besser kennen sollte als irgendjemand sonst, verlor er kurzfristig die Orientierung. Die Landschaft erschien ihm fremd und hügeliger, als er sie in Erinnerung hatte, dicht und primitiv. Erstaunlich leer. Er erschoss einen Fasan. Schrot zerfetzte die braune Brust. Er ließ den zitternden Vogel liegen. An der engsten Stelle eines überwucherten Pfades blieb er stehen und versuchte, an nichts zu denken. Von jenseits der Baumkronen einfallendes Licht traf seine Augen, und die in glitzernde Perlen zerfallende Sonne malte ein wirres, schattiges Muster auf sein Gesicht. Er blinzelte. Im Unterholz knackte es. Äste teilten sich, ein Rehbock stob über den Pfad. Schade, zu spät ins Visier genommen.

Ihm kamen alte Sätze aus Schulzeiten in den Sinn, vermutlich von Herodot. Er hatte den genauen Wortlaut vergessen, doch sie gingen ungefähr so: *Entkräftet vom Marsch legten die Soldaten eine Pause ein, um im Tempel zu opfern. Später würden sie berichten, sie hätten die Gorgonen gesehen. Diese hätten sie nicht in Stein verwandelt.* Die Reisen des Alexander. Und er? Pferderennen überholten die Jagd, Besichtigungen von Warenhäusern waren beliebter als Feste daheim. Arbeiter überholten den Patriarchen. Frauen überholten ... Hier mochte er nicht weiterdenken, nicht jetzt, mit dem im fantasievollen graubraunen Jagdrock besonders prahlerischen, fortwährend den Hals seines Pferdes tätschelnden Albert in der Nähe, mit der zur Furie transformierten Alba auf seinem Balkon, die, da war er sicher, durch sämtliche sie räumlich trennenden Blattadern und Tannenzapfen jetzt gerade zu ihm hinüberstarrte, um ihn, außerhalb der eigenen Gesellschaft stehend, zu verhöhnen. Ihr wie aus einer Tube quellendes Haar schmerzte ihn besonders. Nie wieder würde er es berühren.

Theodor hob das Gewehr und begutachtete den Abzug, als wolle er ihn begreifen. Alba, mit dem Gesicht aus Stein, die seins gewesen war, erst voller Abwehr, dann voller Angst, ihm zu missfallen. Die immer noch ihm gehörte. Nie würde er ablassen. Er würde weiter ihre Taille packen, nur ohne Zärtlichkeit. Wie schnell sie ihn in Afrika geduzt hatte, oh, afrikanische Liebe, die verglomm wie die letzte Zigarette des zum Tode Geweihten. Theodor vermisste den Sturm, mit dem er in sie hineinexplodiert war, vom unteren Teil seines Bauches ausgehend, als brennender, endlos wirkender Strom in sie kam, auf den jedes Mal leere und traurige Atemlosigkeit folgte, begleitet von stets demselben Gedanken: großartig, genau so.

Theodor hielt sich nicht für einen schlechten Menschen, zumindest nicht über alle Maßen schlecht. Allerdings auch nicht über alle Maßen gut. Äußerlich betrachtet, war er das Innbild der Achtbarkeit, wohlhabend, gebildet und hart. Innen war er der Nosferatu seiner eigenen Hölle. Würde er weinen, wären seine Tränen aus Staub.

Als Kind hatten er und Albert die Kunstbände und Geschichtsbücher in der Bibliothek der Villa Luft nach Kampfdarstellungen durchsucht und waren auf die Opfer von Pompeji gestoßen. Man hatte Gipsausgüsse von ihnen gemacht, darunter den eines Sklaven und seines Besitzers. Beide waren binnen Sekunden am Ascheregen erstickt, beide zeigten gänzlich unterschiedliche Gesichtsausdrücke. Die Augen des Sklaven waren vor Furcht aufgerissen, sein Mund ein stummer, bestialischer Schrei. Ganz anders sein Besitzer, der die Augen leicht geschlossen hatte, den Mund zusammengepresst, die gesamte Haltung aufrecht und nicht etwa panisch, sondern stoisch und weltmännisch. Wie gerne hätte er den Gipsabguss des Sklavenbesitzers in der Empfangshalle des Käfigs aufgestellt, sein Alter Ego und männlicher Urahne, der noch nicht auf verzierten Stühlen saß und Zigaretten an seine Lippen führte, mit dem gelassenen Gesichtsausdruck des Lebemanns.

Im Sauerland nahte das Ende der bauschigen Kleider und der herrischen, tief in der eigenen Würde ruhenden Männer. Die Streifen glänzender Bahnschienen, die Theodor von der Südspitze Afrikas gen Norden des Kontinents verlegen wollte, würden im Sauerland, wie in Deutschland, bald das Gewimmel schluchzender Gestalten transportieren, die in Güterwaggons auf blutigem Sägemehl und unter schmierigen Fenstern letzte Worte flüsterten. Die Türen der Villa Luft würden zufallen, der Käfig würde verdunkeln. Vielleicht aber auch nicht.

*

Theodor zündete eine Zigarette an. Der Treiberei überdrüssig, stapfte er zurück zur Wiese, die Hand fest um den Lauf des Kurzlaufgewehrs geklammert, mit dem Vater tot im Garten gefunden worden war, ruhig, kalt, tief in Gedanken, den Kragen des aufgehakten Hemdes offen stehend, durch Laubmeer und Schlammlöcher watend, während jenseits der Bäume das Getöse der Jagd langsam verebbte, sich raschelnd entfernte; er war bald wieder zu Hause im Käfig. Als er auf die Wiese hinaustrat, sah er, dass Alba vom Balkon verschwunden war. Theodor atmete tief ein und lächelte freudlos gen Jagdgesellschaft.

*

Gleich würde es vorbei sein, die ganze aufgedunsene, lächerlich kleine und verfressene Bande würde sich trollen. Albert, weiterhin makellos und hoch zu Ross wie ein Kavallerist, war mit dem erlegten Rehbock der einzige erfolgreiche Jäger des Tages. Vom Pferderücken aus blickte er zu Theodor hinüber, aufmerksam, feindselig, als wäre er der zwar benötigte, aber letztlich zu vernachlässigende Hofnarr einer unwichtig gewordenen Festlichkeit.

»Ist das alles, was erlegt wurde? Ausgerechnet von mir«, hörte er Albert zu Pfarrer Würtz sagen, der, einen Teller in der Hand balancierend, ehrerbietig zu dem Stahlfabrikanten aufschaute. »Und die anderen«, fuhr Albert fort. »Wo sind die anderen? Mein Gott, das ist doch wirklich …«

Etwas in Theodor zerbarst. Entrüstet, mit zusammengebissenen Zähnen fluchend, stürmte er in schweren, matschigen Stiefeln auf Alberts Pferd zu und griff grob die Zügel. Das Pferd riss den Kopf hoch und versuchte, schräg auszuweichen. Albert gab ihm die aus der Nähe schon weniger glänzenden Sporen, dabei fiel ihm das Glas aus der Hand. Es blieb funkelnd im Gras liegen. Das Pferd tänzelte, stand dann still.

»Verschwinde endlich«, sagte Theodor leise. Seine Brille rutschte ihm auf die Nasenspitze und schien dabei sein Gesicht zu zerkratzen. »Und lass mich in Ruhe. Lass mich endlich in Ruhe.«

Albert, offenbar sachte erschreckt, sagte: »Na, Theo, nun beruhige dich mal. Es sind wohl die Nerven, wie?«

Stumm kehrte Theodor ihm den Rücken. Auf dem Weg zum Haus erreichte ihn Alberts letzter Wortfetzen wie ein Genickschlag.

»Aber den Bock, den … Trophäe … mitnehmen!«

*

Seit der unterkühlten Treibjagd herrschte brüllende Hitze; binnen eines Tages war der Himmel zum Backofen geworden. Im Wald hatten die Vögel es aufgegeben zu singen und in der Drahtzieherei bahnte sich ein Aufstand an, das roch

Theodor zwanzig Meter gegen den Wind und trotz des proletarischen Gestanks von kaltem Kaffee und Apfelschnitzen, der die Essenssäle der Werkshallen jeden Tag Schlag zwölf für mindestens eine halbe Stunde penetrant durchzog. Bereits frühmorgens über diversen Akten in seinem Büro sitzend, klebte ihm das Hemd mehr oder weniger sofort am Rücken, da half es nichts, wenn er die Fenster aufriss. Der Sommer war nicht das, was er mal war.

Herr Spack war bereits zwei Tage nacheinander zu spät zur Arbeit erschienen, immer öfter warfen Angestellte Theodor grimmige Blicke zu, überall böse heruntergezogene Mundwinkel. Wie das gehen sollte, wer die Grundsteuer für diese Arbeitererholungsheime zahlen sollte, wer für die Instandhaltung, die Sanitäranlagen aufkommen sollte, Begrünung wollten sie wahrscheinlich auch noch, Tulpen im Vorgarten. Sich den finanziellen und logistischen Aufwand vorzustellen, dazu waren seine Arbeiter nicht findig genug. Was sollte als Nächstes kommen, Ferien, Badekuren, ein Gästetrakt in jeder Baracke?

»Unser Geist, unsere Nerven sind zerrüttet, unsere Körper kaputt und müde«, stand in dem widerlichen Pamphlet, das man ihm heimtückisch unter seiner Bürotür durchgeschoben hatte, außerdem stilistischer und frevelhafter Unsinn wie »Arbeitskraft ist Seelenkraft«, »Sie haben doch genug Wald«, »wir brauchen nicht viel, nur das Mindeste«, »nehmen Sie sich die Essenbecks zum Vorbild«; letzteres Fragment war mit Ausrufezeichen versehen.

Hätte Theodor den Herrn Spack unterstellten Arbeitern Aktenbezeichnungen zuordnen müssen, hätte er sich bisher für »risikolos, kann warten« entschieden und sie ganz hinten in den Schrank geworfen. Aus und vorbei. Herr Spack hatte ganze Arbeit geleistet, das musste Theodor ihm lassen. Die Taugenichtse, ohne den Schneid eines Robinson Crusoe, die zu allem ihren dümmlichen Senf dazugaben, ohne auch nur das Geringste von wirtschaftlichem Streben, monetärer Vorhersehung und von Arbeit um der Arbeit willen zu verstehen, noch weniger als von den unumstößlichen Klassengesetzen, die die Tage in feste Arbeitszeiten und Phasen äußerster Enthaltsamkeit aufteilten und die es ihm auf rein körperlicher Ebene unmöglich machen wollten, die Papiere zu signieren, die ihm nun schon seit Wochen aufgenötigt wurden, wurden immer gefährlicher.

Was hätte Vater getan? Sicherlich keine Bordellgutscheine verteilt, wie er, Theodor, es sich kurz ausgemalt hatte – nur zu gern hätte er das Gesicht des Rehs im zartgrünen Kimono bei Ankunft der Plebejer gesehen –, auch keine Bons für das Kasino, sozusagen zur Ablenkung und um die Illusion eines möglichen Nebenverdienstes herzustellen.

Theodor stand vom Schreibtisch auf, eine Hitze war das, wo blieb die Schürze mit dem Ersatzhemd, ah, da kam sie ja, mit rotem Gesicht, in der einen Hand einen schwarzen Fächer, in der anderen einen blauen.

»Herr Hasselt, welcher darf's sein?«

Frau Schürze wedelte abwechselnd mit dem einen, dann mit dem anderen Fächer.

Theodor schaute konsterniert. »Ich verstehe nicht. Wo ist das Ersatzhemd?«

»Die sind aus, bitte verzeihen, wer hätte diese Hitze denn vorausahnen können, einfach schreck-lich, die Füs-se in meinen Schuhen quel-len schon über …«

Frau Schürze tupfte sich dramatisch und mit dem selbstgerechten Blick der für nichts und wieder nichts Leidenden die Stirn. Was fiel der Idiotin ein?

»Wozu diese Fächer?«, fragte er.

»Nun, einen für Sie, den anderen für mich. Also, ich kann Ihnen gleich sagen, mir ist die Farbe egal, Luft bleibt Luft.«

»Tatsächlich«, sagte Theodor trocken und paranoid. Die Schürze wusste doch hoffentlich nichts von der Verbindung »Alberta«.

»Sie glauben also, ich nehme einen Fächer zur Hand. Wie wäre es, wenn ich mich dann gleich hier vor aller Augen entmannte?«

»Aber, Herr Hasselt.« Frau Schürzes Augen wurden groß. »Wie kommen Sie … es geht doch nur darum, ich meine, also … ich habe gelesen, ein hoher Wasserverlust führt im Körper zu Vorgängen, deren Konsequenz noch gar nicht wissenschaftlich vorhersehbar –«

Theodor atmete tief. Dann noch einmal.

»Es reicht. Offenkundig nähern Sie sich der Dekadenz. Wir sind hier nicht auf der Pariser Bühne. Bitte gehen Sie und bringen Sie mir eine Schüssel Wasser, dann kann ich mir zumindest den Nacken erfrischen.«

Theodor saß noch Stunden im dampfenden Büro, Arbeitszeit ist eben Arbeitszeit, ging dann als Letzter vom Gelände der Drahtzieherei.

*

Die Familiengruft der Hasselts, im Winter umgeben von Pfützen und verklebten Pflanzensträngen, im Sommer von

Enzian. Mit Marmorengeln und Blumenranken schwer behangener Stein. Zufrieden schaute Theodor am immer noch kochend heißen Feierabend an dem alten Gemäuer hoch. Wie viel Leben lag hier begraben, Menschen, Mäuse und Ratten lagen dicht. Vater mit Morgentau auf den Brauen, zehn Jahre war es her.

Vater war froh gewesen, aber auch still und dunkel. Er mischte heimlich Schnaps in seinen Morgenkaffee; mittags und abends trank er ihn frei heraus. Sein Gesicht hing über den Tassen und Gläsern wie eine welke Rose. Beim Essen rauchte er, die Zigarette zwischen Ring- und Mittelfinger geklemmt. Sein hoher Stuhl umgab ihn wie eine Krinoline. Er hatte Mutter verehrt und Mutter ihn. So erinnerte Theodor sich, und so sollte die Erinnerung bleiben. Theodor erfand die Liebe zwischen seinen Eltern dort, wo er seine Liebe zu Alba verneinte. All das Sehnen, das Wollen, dann ihre Abkehr – Alba hatte ihn in jeder Hinsicht zu Fall gebracht, durch sie hatte er die einzige Niederlage seines Lebens erlitten.

Theodor, dem der Schutz des Eigentums oberstes Gebot war, hatte zugelassen, dass an seinem Eigentum gezerrt und genagt wurde. Albas offenes, krauses Haar, die lose Kleidung, ihre ganze unsinnige wahnhafte Freizügigkeit, die sie alle, die gesamte sauerländische Gesellschaft, er wusste es noch genau, von Beginn an misstrauisch beäugt und dann lachend als »afrikanische Marotte« abgetan hatten. Er hatte die Gefahr unterschätzt, die von Alba ausging, wobei Gefahren, unerwartete Vorgänge, bisher nicht da gewesene Momente doch eigentlich wie nichts anderes geeignet waren, ganz instinktiv die natürlichen

Abwehrkräfte einer gesellschaftlichen Kaste wie einen Schutzschild hervortreten zu lassen. Und er hatte versagt. Er hatte seinen Stamm beschämt, der ihn durch Arbeit und Erfolg auf das Heute vorbereitet hatte. Ob es die Bügelfalten in den Hosen waren, die Frage, wie ein Schnurrbart gestutzt werden soll, ob harte oder weiche Hüte oder die Tatsache, dass im Hause Hasselt Koteletts mit Papiermanschetten serviert wurden: Was Manieren und Aussehen anging, waren die Hasselts ganz oben angekommen, und dennoch oder gerade deswegen hatte Theodor es nicht kommen sehen. Er hätte auf der Verlobung vor der Abreise aus Afrika bestehen, dann die Ehe mit viel Getue eingehen sollen.

»Zum Kuckuck noch mal«, rief er aus und schaute in den grauen und heißen Himmel. In einiger Entfernung fuhr ein Motorrad vorbei. Blätter legten sich auf seine Seele. Warum hatte er, als Alba ihn bat, sie zur Frau zu nehmen, nicht sofort und laut Ja gerufen, um so und nur so den einzigen gesetzlichen Anspruch zu erwirken, mit dem sie ihm gehören würde? Für die Nachkommen, »den Wurf«, wie er gerne scherzend sagte, stets scherzender, als ihm zumute war, dabei das Weh hinter seinem Brustbein ignorierend. Ob das alles nicht ohnehin in der neuen Zeit verschwunden wäre? Wer wusste es schon, die Frage lohnte nicht. Doch noch ruhte die Gesellschaft auf der Ehe und all ihren Konsequenzen. Nur, so weit reichte sein Kalkül, war für die Ehe heute Liebe vonnöten. Wie war es möglich, dass die Liebe nicht käuflich war, anzulegen in Staatspapiere, selbstredend mit Zinsen. Was wäre ihm alles erspart geblieben. Ihm.

Sie gewinnen. Mit ihr den buchstäblichen großen Wurf wagen, so, wie er es sich immer ausgemalt hatte. Erst arbeiten, dann heiraten, dann weiterarbeiten. Noch ein Haus kaufen. Tief in seinem Innern tauchte eine vage Erinnerung an das Parfüm auf, das Alba in Afrika getragen und dessen Flakon er sich in Form einer goldenen Ananas vorgestellt hatte. Als die Eisenbahn-Sache in Transvaal schiefging, berührte ihn das seltsamerweise nicht weiter. Kurz hatte er in Afrika überlegt, nebenbei mit Macadamianüssen und Eukalyptusblättern zu handeln, es dann wegen des eingeschränkten internationalen Absatzmarktes verworfen. Als er noch jünger war, hatte er, diffus und es immer wieder verwerfend, Reeder, Leichtathlet oder Rabbiner werden wollen, obwohl er mit dem Meer, Sprinten oder dem Judentum nichts zu tun hatte. Doch durch eigene Kraft, Stimme, Körper oder Grundbesitz Raum einzunehmen, Zuschauern und Zuhörern Achtung abzuverlangen, schien ihm bei allen diesen Berufen oder eher Berufungen reizvoll. Abgesehen von der Drahtzieherei, entsprachen sie wohl am ehesten der inneren Vision seiner selbst, als dass er tatsächlich danach gestrebt hätte, sie auszuüben. Theodor liebte die Drahtzieherei, die Feinheit der Arbeit, wie sich an manchen, besonders sonnigen oder grauklaren Tagen das durch die Werksfenster hereinfallende Licht glitzernd auf metallenen Schnüren brach. Er liebte den leeren, sachte traurigen Geruch seiner Arbeit, die gelbliche, jeden Teint matt und schal aussehen lassende Beleuchtung der Korridore und Hallen, weil sie ihm ein sonderbares und tröstliches Gefühl der Genugtuung bereitete.

Mit krampfiger Kehle dachte Theodor an Albas Hände. Was war sie ihm für ein Trost in seiner Einsamkeit gewesen. Wie sie sein Leben erhellt hatte. Ihre Gestalt, die großen Haare, ihr Tiefflug in die Affäre mit Albert, und er konnte sie nicht halten. Kein Sonnenaufgang, sondern Sonnenuntergang. Was sollte er ihr geben? Pferde, mehr Kleider, noch mehr Schmuck – sie konnte alles haben, Musik, Notenhefte, Platten, Foxtrott oder wie das hieß, sie konnte immer und so laut spielen, wie sie wollte, meinetwegen auch nachts. Vielleicht sollte er ihr das sagen, spiel nachts, weck mich mit dem Geklimper, du Licht ohne Trost, die du das unirdische Gewand der Moira trägst, deren schicksalhafter Riss sich durch mein Leben zieht. Mit unbewusster und vielleicht etwas dramatischer Würde fasste er sich an die Brust.

Wind blies ihm ins Gesicht. Weißdorn umwuchs den oberen Teil der Tür, der hinunter in die Gruft führte. Hierher hatte der »wahre Offizier« Vater gebracht, womit er den Tod bezeichnete. Als Kind hatte Theodor sich vorgestellt, im Mausoleum lebten Felsgeister und Gnome, die sich nachts im Wald herumtrieben, und Vater hatte gelacht. Er kam spät aus der Drahtzieherei. Tief zerstreut las er bis spät in die Nacht. Manchmal hatte er aufgeblickt und Geräuschen gelauscht, die nur er hörte. Oft vertiefte er sich, tief über seine Schreibtischplatte aus blauem Leder gebeugt, in die Übersetzung von Shakespeares *Antonius und Cleopatra,* las ganze Absätze laut vor, die Theodor nur als Fetzen erreichten, denn Vater flüsterte. »Der Tod drauf stolz wird, uns zu holen«, »Gebt mir mein Kleid, steckt mir den Reif, ich fühl // Unsterblichkeitssehnsucht in mir«, und immer und immer und immer wieder Kleopatras Nilfahrt, »Die Barke, drin sie saß – ein glühender Thron, // Flammend im Fluss; das Heck getriebnes Gold; // Purpurn die Segel, parfümiert, dass selbst der Wind // Nach ihnen liebeskrank wurd«.

So entstand aus den Tiefen des Sauerlandes, der dunklen Zimmer und dunklen Wälder eine Traumgrotte in Theodor, das Bild einer unnachgiebigen Landschaft, die er einmal selbst bereisen wollte. Vater hatte nie reisen wollen, verspürte nie Dringlichkeit, irgendwo anzukommen. Er trug die ursprungslose Schwermut vergessener Prinzregenten oder zu spät im Jahr noch fliegender Käfer in sich, die seine Lippen rot färbte und seine Haut blass.

Der Ennui, der in Vater wütete und seine Augen tränen ließ, war still und leise in ihn gekommen. Nicht rasend und lärmend wie ein wildes Tier, nicht als Schakal oder Affe, sondern klein, fast unsichtbar und leise wie ein Floh, ohne große Geste.

Vaters Schwermut war die Krankheit einer zylindertragenden Generation, die der Krieg auch sprachlich in die Bedeutungslosigkeit hatte sinken lassen. Die Generationen nach dem ersten großen Krieg hielten Zigaretten zwischen den Lippen und spielten Brettspiele. Sie schwatzten schrill und lärmend, ohne Geduld oder Höflichkeiten für die Antworten anderer, so verschieden von den Zeiten seiner Jugend, als es buchstäblich zum guten Ton gehörte, langsam und überdeutlich zu sprechen.

Nicht viele Trauergäste waren zu Vaters Beerdigung gekommen, der Leichenzug war schmal gewesen, Theodor hatte allein im ersten Wagen gesessen. Der einzige Sohn, das einzige Kind. Dafür erwarteten Albert und Marthe, so wurde gemunkelt, an die fünfhundert Hochzeitsgäste, und das im Winter. Der junge und molligere Pastor Franz hatte Vaters Trauerrede gehalten.

Nach der Bestattungszeremonie war Theodor in das Büro des Nachlassverwalters gegangen, um der Verlesung des Testaments beizuwohnen. Auch hier war er allein. Herr Schulte hatte eine ockerfarben eingerichtete Kanzlei. Das Jahr über trug er Anthrazit und in der Brusttasche ein himbeerrotes Taschentuch. Er und Vater hatten sich ein Leben lang gekannt, doch die Tränen verließen Herrn Schultes feuchte Augen nicht. Er räusperte sich, bot Theodor eine Tasse Kaffee an, die er ablehnte.

»Als einzigem direktem Nachkommen hat Ihr Vater Ihnen alles vermacht. Abzüglich der Erbschaftssteuer und der Pension für Ihre Mutter ist das eine hübsche Summe. Verbleibt einzig, die Steuer von den Wertpapieren abzuziehen, in die Ihr Vater investiert hatte, das sollte aber kein Problem sein. Verluste wird es kaum geben, mit Geld kannte Herrmann, pardon, Herr Hasselt sich aus. Insgesamt könnten Sie von dem Geld selbst im Ausland großzügig investieren, und es wäre weiterhin reichlich da.«

Herr Schulte schwieg kurz, fügte dann hinzu, wobei viel Schweiß auf seine Oberlippe und seine Stirn trat, die er mit dem Taschentuch abwischte: »Ich weiß, Ihr Vater hat gelitten. Es war immer unklar, woran und warum. Um es poetisch zu formulieren: Es schien, als sei seine Gegenwart eine Vergangenheit, die zur unerfüllbaren Zukunft geworden war. Entschuldigen Sie meine Offenheit.« Er räusperte sich. »Ihr Vater sagte stets, dass Sie den Sinn für Schönheit von ihm geerbt hätten.«

Jetzt, am Grab, stieg eine Welle von etwas in Theodor auf, und er verstand nicht, was es war. Er dachte an Alba, als sie noch zu ihm aufschaute und sich seinem Besitzinstinkt nicht widersetzte.

Damals hatte er Vaters Jagdhunde behalten und seine Bücher. Friedrich, der alte Diener, hatte gekündigt. Unmöglich, in den nun anbrechenden neuen Zeiten zu dienen. Frau Zirrsonn war geblieben. In den Tagen nach Vaters Selbstmord – »die Schwermut hat ihn geköpft«, hörte er sie zu dem Gärtner sagen, der ebenfalls dabei war, seine Sachen zu packen, »geradezu geköpft« – hatte sie das Haus einer großen Reinigung unterzogen. »Seife entfernt die Trauer«, murmelte sie wieder und wieder.

Was Vater über Alba gedacht hätte, wagte Theodor sich nicht auszumalen, und nie lag er so falsch. Der alte, schüchterne Herr Hasselt, mit dem feinen Sinn für Worte, Bilder und Katastrophen ausgestattet, wäre von Alba zurück ins Leben katapultiert worden. Nietzsche zitierend, bezeichnete Vater die eigene Schwermut lächelnd als »Windstille der Seele, die einer glücklichen Fahrt und lustigen Winden vorausgeht«, als Luft, die die Leerstellen eines Spinnennetzes ausfüllt, dessen zerbrechliche Fäden für Vater Sinnbild des Lebens waren. Im Toten Meer seiner Seele, die von unfruchtbarem Kargland umgebene, flaue See, auf der nichts mehr geschah – keine Schiffe segelten, die Vögel nicht flogen und deren Tiefen kein Mysterium mehr bereithielten –, wäre Alba das dringend benötigte, wirbelnde Blatt der Veränderung gewesen, die arcimboldinische Zauberpflanze, die, so viel wäre sicher, er ihr erlaubt hätte, in seinem Zimmer aufzuhängen.

So aber blieb Vater in der Einöde und begann, Zigaretten rauchend und träge, von Gewalt zu träumen. Vor den mit Bildern behangenen Wänden seines Zimmers verfiel er in die innere puritanische Raserei, die dazu führte, dass er sich an dem Morgen, da er das letzte Reh ausgeweidet hatte und in den trüben Augen des toten Tieres etwas von sich selbst zu erkennen glaubte, die Öffnung seines Kurzlaufgewehres in den Mund schob. Vater, mit den gütigen Augen.

Plötzlich schwankte Theodor, trat einen Schritt zurück, schwankte noch einmal. Schwer und verlassen stand er noch eine Weile an Vaters Grab, an ihrer aller Grab. So war es dann wohl. Die Zeit rollte, und mit ihr rollte die Tat, dachte Theodor ohne Rührung. Nächste Woche würde er das mit den Arbeitererholungsheimen noch einmal überdenken. Bald also.

*

Der Brief lag auf dem Esstisch, weiß und schneidend, ohne Briefmarke. Sie war ins Esszimmer getreten, um dort vor dem großen Grammophon die ersten Schritte des Swing zu proben, den sie sich vorgenommen hatte, im Hagener Tanzlokal dann richtig zu lernen. Theodor würde nicht mitkommen, das musste er nicht erst sagen. Sicher hatte es ihn verärgert, dass sie das Wort »Swing« englisch aussprach und auf das westfälisch eingeschobene »Z« vor dem »S« verzichtete. Oder er war nervös, weil sie sich entgegen seinen Erwartungen über das Leben in der Stadt auf dem Laufenden hielt, sie wusste zum Beispiel immer, welcher der zwei beliebteren Iserlohner Konditoren gerade neue Kreationen entwarf, nicht, dass dies oft geschah, aber immerhin manchmal, und die *Praktische Berlinerin* ergänzte den Rest, insbesondere, was die moderne Musik anging.

Am liebsten hätte sie sich nun auf Theodors Sessel geschmissen, doch er würde genau merken, dass die Sitzkuhlen sich danach anders verteilten, und dann wäre wieder die Hölle los. Also zog sie das Grammophon auf und setzte sich auf den Stuhl am Esstisch, von wo aus sie den Brief zum ersten Mal erblickte. Vielleicht ein Verehrer, vielleicht ein Jäger, ein Bankier, ein Adeliger, nein, kein Baron, kein Fürst würde ihr schreiben, dafür aber ein gewisser Industrieller. Gleich. Gleich. Erst einmal die Musik. Es war nicht Swing, sondern Foxtrott, wunderbar, den konnte sie. Bei den ersten Takten von *Why don't you do it* spannte sie die Halsmuskeln an. Ich liebe ihn eben doch, dachte sie und wusste nicht, wen genau sie damit meinte. Sie wippte mit dem Fuß, stand auf und öffnete ihre Arme, als würde sie von einem Tanzpartner geführt. »Bitte schön, gerne, ach, Sie müssen die Blume nicht zwischen den Zähnen halten, ich tanze auch gern ohne.« Alba kicherte, drehte sich, wirbelte, dachte nicht mehr an die Langeweile und die Traurigkeit, nicht mehr an die dunklen Fichten da draußen, nicht mehr an die öden Höfe, niedrigen Zäune, gelblichen Häuser, tristen Geschäfte, pappigen Kuchen. Gleich heute Abend würde sie das neue taubenfarbene Kleid anprobieren, das sie aus Köln hatte kommen lassen, nachdem sie ein anderes grünes, das am Bauch viel zu eng saß, entsetzt hatte zurückgehen lassen. Den Frühsport mit anschließenden Atemübungen würde sie auch wieder aufnehmen, die Wangen regelmäßig abtupfen und pudern, bis sie nicht mehr glänzten. Außer Atem fiel sie zurück auf den Stuhl.

Der Brief war bereits geöffnet worden. Im Umschlag befand sich ein gefaltetes Blatt Papier mit Wasserzeichen und Goldrand, darauf eine geschwungene, steile Schrift aus königsblauer Tinte. *Wir heiraten und laden ein … Marthe & Albert.* Jeder Buchstabe ein Schnitt, ein Blutfleck in der Seele. Wie naiv, sich eben noch vorzustellen, es wäre ein Verehrerbrief für sie gekommen, den sie an der Brust verbergen könnte, während sie mit Theodor zu Abend aß. Ihre Augen wurden dunkel, doch es kam keine Träne. Eine Weile saß sie auf dem Stuhl, mit dem Brief in den Händen, als hielte sie ein Gebetsbuch. Der Foxtrott spielte weiter, die Töne drängten in ihre Kehle, von dort in den Bauch, wo sie steckenblieben. Jäh lag ein Schatten, trotz des hellen und heißen Tages. Pinke Dahlien, scharfe, hellgrüne Blätter, Sommerblumen, als hätte Kokoschka sie gemalt, über allem lag nun ein gräulicher Film. Oh, Liebe, oh, Liebeskummer. Wie dumm sie war. Eine dumme Gans. Idiotin. Sie zog sich am Haar, hinten am Nacken, bis es schmerzte. Ruhig faltete sie das Papier wieder zusammen und steckte es in den Umschlag zurück, legte ihn wieder auf die Mitte des Esstischs, genau so, hoffte sie, wie sie ihn vorgefunden hatte. Der Foxtrott spielte immer noch und rauschte in ihren Ohren. Schweiß rann zwischen ihren Brüsten hinab, oh, widerliche Gehänge, für nichts zu gebrauchen. Laut begann sie, eine Arie zu summen, gegen den Rhythmus des Foxtrotts ansingend, gegen den Schmerz in ihrem Kopf.

»Was ist denn hier los?« Theodors Stimme durchschnitt den Lärm. »Madame spielt wohl Tanzlokal.« Er lehnte lässig im Türrahmen und zog langsam, Finger für Finger, seine Handschuhe aus, mit denen er Auto fuhr. »In den Lappen fühle ich mich wie die Schürze in ihren Schuhen«, lächelte er. »Ah, da, ich sehe, du hast die Einladung gefunden.«

»Ich weiß nicht, was du meinst.« Albas Ohren pochten.

»Was sagst du? Himmel, ist das laut hier drin.« Theodor ging zum Grammophon und nahm die Nadel von der Platte. »Nun, noch einmal. Was sagtest du?«

»Ich sagte nichts.«

Alba verschränkte die Hände im Schoß und schaute ihn fest an. Löwin, du.

»Der Umschlag dort vor dir.« Theodor stippte das Papier mit dem rechten Zeigefinger an. »Ich sehe es doch, Verehrte, er liegt nicht mehr so wie vorhin. Ich hatte ihn rechtwinklig zur Tischecke platziert, nun aber liegt er bei zirka achtzig Grad.«

»Das mag sein, Theo. Ich ... lass mich doch bitte etwas. Ich genieße die Musik.«

Theodor hüstelte. »Das klang aber gerade gar nicht so. Du hast dagesessen und laut vor dich hin gebrabbelt.«

Alba hielt sich die Hände an die Ohren. »Lass mich doch bitte, lass mich doch bitte nur ein Mal in Frieden.« Außer sich sprang sie auf. »Immer bist du an mir dran, wie diese bösen Kinder, die Stäbe durch Käfige stecken, ja, Käfige, um die Tiere darin zu quälen, die sie angeblich lieben. Immer redest du, redest und palaverst wie ein schlechter, garstiger Clown. Ich will dich nicht hören, geh, geh doch.« Sie griff den Brief vom Tisch und warf ihn Theodor mit der Kante an den Kopf. Dann riss sie wahllos ein paar Blumen aus der Vase und schleuderte sie auf das Tischtuch, riss dann an dem weißen Stoff.

»Du denkst, nur du kannst das mit dem Tisch, was? Da, ich zeig's dir, hier.«

Mit einem Krachen flog die Blumenvase weg und auf den Boden. Von einem Moment auf den anderen ruhig und würdevoll fasste Alba ihren Rock, stieg über die Scherben hinweg und ging hinaus.

»Heute Abend gibt es Pilze mit Zwiebeln«, sagte sie über die Schulter. Sie hinterließ eine Wolke Blumengeruch.

*

Am dritten Tag der großen Hitze saß Theodor im Garten unter dem Essigbaum. Wegen diesem Baum hatte er die Wände ihres Zimmers mit Essigbaumtapete verkleiden lassen, weil die filigranen, gefächerten Blätter denen der afrikanischen Akazien glichen, die sie so liebte.

Er saß, die Beine angewinkelt, die Knie zusammen. Aus der Küche wehte der Geruch von zerkochtem Gemüse. Das Reh war heute schweigsam gewesen, keine Stöhnerei, keine vorgetäuschte Lust. Stattdessen flache, fast geizige Atemzüge, ebenso geizig hochgeschobener Stoff, der nur ein wenig von ihrem Unterbauch frei gab, eine auf dem Kissen ausgebreitete, pomadige Haarmatte. Im Nachhinein widerlich. Als er sich langsam auf ihren Bauch entleerte, danach wieder zu Atem kam, sah, wie sie mit bleichen Nägeln und mit auf einem Mal freigiebig über den haarigen Innenschenkeln aufgeklapptem Morgenrock die Scheine zählte, die er ihr gegeben hatte, packte ihn wieder die Empörung, der sengende Zorn auf Alba, Bauschekleidmutter, die dummen Gänse, die für Hampelmänner und Blutsauger dahinschmolzen. Mit dem Reh war der Verkehr aufrecht, geradlinig, beleuchtet vom billigen und zu hellen Licht eines Messingkronleuchters. Gesichter voneinander abgewandt. Mit Alba war jede Begegnung ein aufreibendes Fest gewesen, dem diverse weihevolle Rituale wie Körperwäschen, Heimsportübungen, das Ausprobieren von Gewändern, Strümpfen, Bustiers vorausgingen, alles das unter großem Tamtam vorangekündigt, von lauter, sämtliche Korridore hinunterhallender Grammophonmusik begleitet und ausgeführt, dann ausführlich nachbesprochen.

»Und das hier, lieber Liebster«, sagte sie lachend, »ist noch gar nichts im Vergleich zu dem, was ich zu Hause veranstaltet habe.« Als er wissen wollte, warum derlei Prozedur auf der Farm nötig gewesen war, schwieg sie und kam ganz nah an ihn, legte ihm die Arme seitlich um die Hälfte seines Torsos. »Ich liebe dich, Theo. Nur das zählt.« Wenn er sie dann mit dem Verweis auf die hier im Sauerland aus allen Himmelsrichtungen, aus Köln, dem Hunsrück, selbst aus Berlin eintrudelnden Postkarten nutzloser, wohlhabender Männer von sich stieß, schaute sie wund.

Einen Körper lieben – Liebe als Gleichklang zweier Gerüche und Geister. »Anima«, das griechische »anemos«, was Wind bedeutet. »Ich liebe deinen dunstigen, chaotischen Geist«, las Alba einmal in einem Roman, und dann las sie die Passage ihm vor, die wundersam in ihm nachhallte. »Ich liebe es, dass er in Mund und Ohren dringt, auf deiner Haut liegt. Wie kannst du anders sein als der Wind?«

Von Wind zu Luft war es nicht weit. Wie er diesen Satz mittlerweile hasste. Noch ein paarmal hatte er versucht, sich nachts zu Alba zu legen; jedes Mal hatte sie die Beine oder Arme weggezogen, wenn er zu nah kam. Ihr Nachthemd war verrutscht, aber sie wagte nicht, es gerade zu zupfen. Er hatte noch eine Weile in der Dunkelheit gewartet und geraucht, hoffend, der Rauch würde sie in die Augen beißen, bis sie sie öffnete, öffnen musste, doch sie hatte die Lider zusammengepresst und sich schlafend gestellt. Er wollte ihr die Locken aus dem Gesicht schieben, dass die Hündin ihn nur ansähe. Manchmal stand er auf und begann zu reden, während sie steinern im Bett lag. Er stellte immer dieselben Fragen, entwarf immer ähnliche Szenarien, die er ihr vorhielt, skandalöse, marternde Welten, bis sie sich an der Seite des Bettes einkrümmte und das Laken über den Kopf zog. Ihr Kopf schmerzte von dem Rauch, sie begann, still zu weinen. Wenn er sah, dass ihre Schultern zitterten, ging er, nicht ohne ihr letzte Gemeinheiten zu hinterlassen.

»Er sieht aus wie ein Hering. Schmeckt er denn auch wie ein Hering, sag es mir, schmeckt sein Hering wie ein Hering?« – »Ich hoffe, du zahlst ihn.«

Ebenso gerne würde er pragmatischere Dinge von ihr erfahren, warum es sie in die Villa Luft zog, wer ihrer Ansicht nach gebildeter war, Albert oder er, was ihr durch den Kopf gegangen war, als sie Albert das erste Mal sah, die Villa Luft, das Tischgedeck der Essenbecks; was sie gedacht hatte, bevor sie ihn traf, und vor allem sollte sie ihm sagen, was er, Theodor, tun könne, gegen »Alberta«, wie er die beiden Münder und Zungen trennen könnte, zerhacken, aufbrechen. Seltener wiederum tat sie ihm leid, wenn er dort im Dunkeln stand, nicht von ihr abließ, redete, Worte wendete, Sätze zwei, drei, vier Mal wiederholte, in Variationen, aber doch immer gleich. Dann wollte er ihr sagen, nun komm, meine Schöne, du bist müde, die Augenringe, komm in meine Arme, morgen früh werde ich mich nicht trauen, dich zu wecken. Stattdessen fragte er, hustend von den vielen Zigaretten: »Wenn ich dich nun in Leim tauchte oder Honig, von Kopf bis Fuß, ja, auch deine Fußsohlen würde ich in Leim tunken, und dann würde ich einen Brotkrumen an jede Körperstelle setzen, an der er dich begrapscht hat, welche Stelle würde frei bleiben?« Bei solcherlei Fragen begann sie, laut zu weinen, und ihre geschwollenen Augen wurden noch röter. Wenn sie ihn nur getreten hätte oder den Aschenbecher nach ihm geschmissen, wäre alles in Ordnung gewesen. Er hätte sie dann küssen wollen, halten, nein, nicht halten, dann hätte sie sich womöglich wie früher an ihn geklammert wie ein Lemur, seine Arme umkrallt und den Unterleib an ihn gedrückt, ein Griff, den sie sicherlich bei Albert ebenso vornahm und bei jedem anderen Gelackmeierten, nur: Es würde bei ihm kein doppeltes oder dreifaches Spiel mehr geben. Theodor war müde. Innerlich wankte er, äußerlich nicht. Alba war es wichtiger, begehrt zu werden, als ihm selbst, als Marthe, als jeder Frau, die er kannte. Wahrscheinlich dachte sie noch, es sei nur angemessen, dass die Hose eng wurde, wenn er sie sah. Nun blieb die Hose schlaff, auch wenn er sich zur Gleichgültigkeit zwingen musste, indem er an scheußliche Dinge dachte, wann immer er befürchten musste, es sei gleich so weit, an rohes Fleisch auf Tellern, Erdkrümel unter den Füßen oder das quietschende Geräusch von an Porzellan reibendem Stoff.

Theodor streckte kurz die Beine aus. Die Zukunft nahte oder entfernte sich, je nachdem. Sie würde bleiben, heimkehren konnte sie nicht, kein Farmer würde sie nehmen. Zu Albert konnte sie selbstredend ebenso wenig. Die Hochzeit würde unweigerlich kommen. Lethargisch und schlaff, wie sie mit Ausnahme ihrer körperlichen Prozeduren war, würde sie weder Arbeit finden können noch Arbeit finden wollen, auf immer in ihrem Reich der Abwesenheit weilen.

»Ich würde gern Künstlerin sein, Theo. Manchmal träume ich davon. Eine Arcimboldina«, lächelte sie. Sie hatte an ihrem Schreibtisch gestanden, vor sich zwei Zwiebeln, »das sind die Wangen«, Rettiche, »hier schau, so an der Seite angebracht, werden die Stängel zu Haaren«, lackiert wirkende, gezackte Blätter, die er in seinem Garten noch nie gesehen hatte, »der Hemdskragen«, Trauben, »ein Schnurrbart«, Brombeeren, »die Augen, obwohl, solche Augen sind eigentlich furchtbar, bösartig, wie die kleinen, schwarzen Steine, die in den Köpfen merowingischer Figuren stecken, du weißt schon«.

Und Theodor wusste nicht oder nicht genau. Er kannte Draht und Stahl. Bedingungslose Technik und kompromisslose Ökonomie waren sein innerer, die Drahtzieherei sein äußerer Raum, zumindest tagsüber, kauernd und lauernd über Halle 1, 2 und 3, und das jeden Tag in der Woche, mit Ausnahme von Karfreitag. Abends und zu Hause in seinem Sessel erwachte das eisige Biest in ihm, und dennoch … und dennoch schaffte sie es, mit ihrem unter Obsthüten festsitzenden Blick, den langen Wimpern, ihm, dem empörten Patriarchen, Sperma und Geld abzuluchsen, für Sekt und Feste, Gelächter und Gegirre. Nur Mutter sein wollte sie nicht, seinen Samen in sie senken, um sich durch ihren Körper zu überleben, gelang ihm nicht. Die afrikanische Schwangerschaft war Lüge gewesen, kein zerronnener Wunsch.

Sie würde also hierbleiben, im Garten, im Haus. Sicher würde sie das. Welch Niedergang. Worüber sollten sie künftig sprechen? Mit Ausnahme der peinlichen Befragungen in ihrem Zimmer verlief ihr Beisammensein stumm. Auch ohne ihre statuenhafte Kälte wäre es ihm schwergefallen, ihr zu komplimentieren wie einst. Trat sie in das Esszimmer oder den Salon, wenn Mutter oder die Zirrsonn da waren, mit dem aufgesetzten Lächeln der höheren Tochter, dem knallroten Mund, das Haar wüst und herrlich, brachte er es nicht länger über sich, ihre Schönheit mit angemessenen Worten zu versehen. Überhaupt seltsam, dass sie nun Lippenstift auftrug, eine klaffende Wunde in der Mitte ihrer vom Sommer bewahrten Blässe, Antithese Afrikas, sauerländische Essenz. Theodor hustete, spuckte aus. Da fiel ihm ein, Albert trug lila Krawatte, das war es also, da lief der Hase wieder einmal lang. Die Idiotin. Diese unfassbar dumme Idiotin. Wenn sie ihm, Theodor, nur sagen würde, ich will ihn nicht, wollte Albert nie, er ist hässlich und einfältig, sein Geld bedeutet mir nichts, seine Epauletten hängen matt, die Villa Luft ist ein abstruses Gebilde, ich liebe es, bei dir zu sein, ich liebe dich, mein Salamander, mein Löwe, soll er doch mit Marthe glücklich werden, dann wäre alles gut. Einfach sagen, raus damit, und es wäre vorbei, die Kruste über seiner Liebe würde gesprengt.

Doch Alba schwieg. Pflanzlich, menschlich, vielleicht war sie weniger Statue als an den Rändern faseriges Holz, der Ast eines Baobab, eine faule Prinzessin, die erst den Eltern, dann dem Patriarchen und seiner bauschigen Mutter jedwede Verantwortung für das Leben-an-sich zuschob, während er, mit geraden Beinen und gerader Schrift, Anweisungen gab, Fakturahefte gewissenhaft mit jedem noch so kleinsten Detail füllen ließ, der sich mit dem Proletariat seiner Drahtzieherei herumschlug, Arbeitern mit kärglichen Plakaten eine Absage nach der anderen zu erteilen versuchte, während die dummen Hennen auf sein Tischleinen kleckerten und auf seinem Porzellan Essensreste zurückließen. Einer der Schmutzfinken hatte es gewagt, ihm seine belegte Zunge herauszustrecken, oh, was wusste Alba schon von der Wirklichkeit trister schwarzer Knopfaugen … Schluss nun, er driftete ab. Vater war immer großzügig gewesen, so sollte es sein. Wo Vater, wenn er betrunken war, mit dem Gewehrlauf gewedelt hatte, wollte er ihr eine kleben, aber nüchtern.

Gestern, nach der Entdeckung des weißen, oh, so weißen Hochzeitsbriefs hatten sie zusammen in ihrem Zimmer beim Kaffee gesessen und stumm in ihren Tassen gerührt. Die Essigbaumtapete hatte sie umgeben wie ein Wald, der Tisch, an dem sie saßen, stand an den geöffneten Fenstern mit Blick auf den Garten. Ihr Stuhl hatte gewackelt, also war er aufgestanden und hatte ein Stück gefaltetes Papier unter das anscheinend kürzere Stuhlbein geschoben. Dann ging es. Er schaute sie erwartungsvoll an. Ein Dankeschön blieb aus. Doch sie rang sich zu ein paar Sätzen durch.

»Gut, der Kaffee. Wirklich.«

»In Hagen ist der Waggon eines Zuges entgleist, es gibt einen Toten.«

Dann: »Mutter hat telegrafiert, die Nilpferde werden langsam zur Plage«, »Der Bimsstein, du weißt schon, der, den ich für die Füße nehme, ist ausgegangen. Ich muss unbedingt eine Bestellung aufgeben«. Der letzte Satz war offensichtlich einer zu viel gewesen. Ihre Worte waren zu intim, zu locker dahergesagt, und Alba, erschreckt über den fast schon aufdringlich vertrauten Ton, lächelte schicklich und schwieg. Unglücklich und hart blieb er noch eine Weile sitzen und verfolgte mit müdem Blick den Flug einer Wespe. Wie unvorhersehbar das Insekt flog, erratisch gleitend, plötzlich und scheinbar ohne Grund die Flugrichtung ändernd, als lebe die Wespe in einer Zeit, die sich ohne Gesetz entfaltet. Schließlich nickte er ein. Dabei wurde er von Alba beobachtet, die die eintretende Frau Zirrsonn leise warnte, ihn doch bitte nicht aufzuwecken und das Tablett später zu holen. In seinen kurzen Schlaf drangen verschiedene Geräusche, Hundebellen, jemand rief Frau Zirrsonn aus dem Garten etwas zu. Als das Telefon im Korridor klingelte, sprang er erleichtert auf und stürmte hinaus. Als er das Zimmer wieder betrat, war Alba nirgends zu sehen. Aus dem Badezimmer drangen Worte und Albas Stimme in zwei Tonlagen, die eine hoch, die andere tief.

»Was möchten Sie denn, Verehrte, sagen Sie es mir, und Ihr Wunsch wird mir zum Befehl«, sagte die tiefe Stimme.

»Ach«, kicherte die helle Stimme. »Nichts, rein gar nichts.«

»Nun sagen Sie schon. Möchten Sie einen Apfel, eine Traube für Ihr Gesicht?«

»Wenn Sie schon so direkt fragen, eine Pflaume bitte, denn mir fehlt eine Wange.«

»Nichts leichter als das. Ich werde Ihnen eine Pflaume bringen, Sie mit Pflaumen überschütten, ja, übergießen, sodass nur noch Ihr Kopf oben herausschaut.«

»Und wie komme ich dann wieder hinaus?«, kicherte die helle Stimme weiter.

»Ich ziehe Sie hinaus«, raunte die dunkle.

»Ich verstehe nicht. Ziehen Sie mich hinaus, oder ziehen Sie mich aus?«

Oh, wie abscheulich, dachte Theodor. Wie niederträchtig. Er lauschte weiter.

»Lass doch das Schweigen«, sagte die helle Stimme gerade. »Du bist kein böser Mensch. Sei doch wieder der, der du einmal warst.«

»Ich weiß nicht, was Sie meinen« – die dunkle Stimme verfiel in einen melodischen Singsang –, »ich war nie anders, ich bin immer gleich. Gleich lieb. Gleich hart. Es ändert sich nichts.«

»Du siehst es nicht.«

Nun klang die helle Stimme aufgebracht.

»Was sehe ich nicht?«, fragte die dunkle Stimme gedehnt.

»Du siehst nicht, was du tust. Was deine Worte tun. Worte schmerzen, verstehst du das nicht? Dazu braucht es keine Tritte. Worte machen Narben, schlimmere sogar, unsichtbare.«

Die helle Stimme zitterte.

»Was du für einen Unsinn redest, Mumpitz, Verehrteste«, die dunkle Stimme klang, als würde sie Zigarettenrauch inhalieren. »Und überhaupt, ich weiß gar nicht, was du meinst mit *Worten*. Träume sind Schäume, Worte sind Qualm. Nichts bedeutet etwas.«

»Nichts bedeutet etwas«, wiederholte die helle Stimme. »Nichts, nichts, nichts bedeutet etwas. Umarme mich.«

»Nein«, sagte die dunkle Stimme hart. »Das hast du nicht verdient.«

Dann hörte er ein Rumpeln, als würde ein Stuhl von der Tür weggeschoben, dann wieder davor. Alba schluchzte. Theodor fühlte alten, neuen Schmerz hinter dem Brustbein. Er ging fort.

Seitdem hatte er ihre Stimme nicht mehr gehört. Theodor streckte den Rücken, blickte hoch in die fächerigen Zweige des Essigbaumes. Von unter der Krone her betrachtet, schien der Baum weder Anfang noch Ende zu haben, die länglichen Blätter an den übereinander aufgetürmten Zweigen glichen ausgefransten Flammen, ein Sturm könnte den glatten Stamm mühelos zur Seite biegen und zu Boden schmettern. Er würde nicht mehr ins Bordell gehen. Wind raschelte durch die Blätter und stieß die Zweige auseinander. Gleißende Sonne.

»Du hier.«

Alba trug ein weißes, dreifach geschichtetes Spitzenkleid, ihre Haare quollen nicht, sondern waren hochgesteckt. Kein Lippenstift.

»Darf ich?«

Theodor machte eine Geste mit der Hand. »Bitte.«

Alba nahm neben ihm Platz. Sie saß gerade, die Hände im Schoß gefaltet. »Die Luft tut gut.« Ihre Stimme klang jung.

»M-mh.«

»Darf ich auch das?«

»Was?« Theodor wurde wachsam.

»Na, das.« Sachte lehnte Alba ihren Kopf an seine Schulter. »So, das meinte ich. Ich habe solche Kopfschmerzen.«

»Du nimmst zu viel von dem Zeug.«

»Das Schlafmittel?«

»Ja.«

»Ich weiß.« Sie seufzte und schloss die Augen. Die Ränder ihrer Lider waren dunkelgrau angelaufen. »Die Sonne brennt.«

»Nein, sie wird vom Baum gefiltert.«

»Der Baum. Ja.« Alba atmete tief ein. »Theo, ich wollte dir etwas sagen.«

Übelkeit kam in ihn. Vielleicht war sie gekommen, ihn zu erlösen. Sie drückte ihren Kopf fester an seine Schulter und rieb sich die glänzende Nase. Um ihre Stirn herum waren ihre ohnehin lockigen Haare abstrus künstlich aufgedreht und verströmten zu seinem Entsetzen einen Geruch von Pomade, der ihn an das Reh denken ließ.

»Worum geht es?«

»Du hattest recht.«

Seelenflackern. Sodbrennen. Theodors Magen krampfte.

»Ich verstehe nicht, was du meinst. Wenn du auf den Schatten anspielst, es hat mich immer gewundert, wie du in Afrika deine Blässe so gut bewahren –«

»Nein, das meinte ich nicht.« Sie atmete tief, und er glaubte, ein Rasseln in ihrer Brust zu hören. »Du hast gesagt, wenn du es nur wüsstest, also, wenn du das, was du wissen wolltest, genau erfahren könntest, oder zumindest das, was von deinen Vermutungen wahr ist und was nicht, bestätigt sähest, dann wäre alles gut. Du sagtest, dass die nackte Wahrheit die Seele beruhigt.«

Theodor straffte den Rücken so abrupt, dass Albas Kopf seitlich von seiner Schulter rutschte. »Habe ich so etwas von mir gegeben? Daran erinnere ich mich nicht.«

Albas Augen flackerten unsicher. »Doch, Theo, das hast du.«

»Du klingst, als wolltest du mir ein Geständnis machen. Oder willst du mir Dinge sagen, über die wir noch nicht gesprochen haben? Zum Beispiel, dass du ihn bei seinem Vornamen nennst. Tust du das? Sicher tust du das. Nur mir gegenüber nicht. Da ist er immer nur ›er‹ oder ›dein bester Freund‹. Sag es dann nun, sprich seinen Namen vor mir aus.«

»Theo, bitte, darum ging es nicht. Ich wollte dir nur sagen, dass –«

»Schluss jetzt.« Theodor war aufgestanden. »So, wie ich dich einschätze, gibt es nichts Neues zu berichten oder zu besprechen. Ich weiß alles, was ich wissen muss, und du bist nicht gewillt, auch nur einen Deut nachzugeben.«

»Nachgeben womit?« Albas Augen wurden feucht und ihre Stimme schrill. Theodor bemerkte einen bräunlichen Fleck am weißen Kragen ihres Kleides. »Du weißt doch gar nicht, was ich sagen wollte.«

»Ich weiß immer, was du sagen willst, Verehrte. Wenn du denkst, du könntest jemanden finden, der dich so versteht wie ich, dann liegst du gründlich daneben, das kann ich dir aber versprechen.«

Alba wischte sich die Augen. Sie schaute schräg an

Theodor vorbei auf den Boden, wo nichts war außer trockenem, ausgetretenem Gras. Ihr Gesicht war ruhig wie ein Rosenkranz. Ihr wurde kühl, am milchigen Himmel schien die Sonne wie Zink. Die Terrassentür, die in die Küche führte, stand offen, durch die pinkfarbenen Blüten der Hecke, die Terrasse und Garten trennte, schimmerte das Kleid von Frau Zirrsonn, die Kräuter schnitt. Oder lauschte.

Sie wollte nach Hause. Würde ihr Leben fortan so sein, hier, mit ihm? Treibjagdgefühle, seine laute Stimme in ihrem Zimmer oder Schweigen. Nicht, dass es noch darauf ankäme. Hoffentlich würde sie nicht hässlich werden, aufgedunsen wie ein regenschweres Schaf. Der Nachmittag begann; in der Ferne läuteten die Glocken des Kirchturms. Seine Eifersucht, dass er die Trennung von ihr wieder und wieder durchspielte, ihr Warten, ob und wann er nach Hause käme, und oft roch sie das Parfüm der anderen an ihm, eher ein Geruch nach süßer Feige. Trotzdem wollte sie in seine Arme, wollte seine Hände an ihr, diese vollkommenen Hände mit dem Siegelring eines Fürsten. Kein Mann in Afrika trug Siegelring.

Gestern Nacht hatte er wieder versucht, sie zu befragen. Diesmal hatte sie sich im Bett umgedreht und ihn angeschaut. Seine feinen Augenfältchen lagen tief im Schatten. Als er zu bestimmten Fragen anhob, hatte sie einen Hustenanfall vorgetäuscht, sich dann lange und laut die Nase geschnäuzt. Irgendwann war er gegangen, ruhiger als sonst.

*

Sie würde also gehen. Die Türen des Hauses für immer schließen oder zumindest für lange Zeit. Vaters Kopfhautschuppen würden vermodern, falls irgendwo noch welche lagen, obwohl sie seit Jahren vermeintlich nichts anderes getan hatte, als die Hausangestellten anzuweisen, doch bitte überall zu saugen, wieder und wieder, den Staubsauger hatte sie aufwändig aus den Vereinigten Staaten einschiffen lassen, und bitte auch abzustauben, Vasen, Lampenschirme, Bettgestelle, selbst hinter dem Mahagonischrank im Wohnzimmer hatten gräulich angelaufene Schuppen gelegen. Die schwarzen Fensterläden wären also zu, kawumm, das Haus läge im Dunkeln und der hässliche Brei, in dem Theodor, Alba und Albert wateten, weit hinter ihr.

In Paris war Onkel Buri gestorben, das Zimmer im sechsten Arrondissement gehörte per Nachlass nun ihr. Buris Bücher und Gamaschen gehörten ihr. Seine angetrunkenen Flaschen und gelben Jacketts. Nicht, dass sie das alles brauchte, aber es war ein schönes Gefühl, Buris geliebte Dinge behalten zu dürfen. Und sie hatte ein neues Zuhause, ein unerwartetes, anderes Zuhause, das sich als sachte Möglichkeit vor ihr aufgetan hatte, als sie den dünnen Umschlag von Onkel Buris Notar öffnete, und das in den vergangenen Wochen zu einer Tatsache gewachsen war.

Sie würde nach Paris gehen. Die Hochzeit mit Albert würde sie verschieben, wenn sein Ego es aushielt, ansonsten würde sie diese Ehe ganz ausfallen lassen. Sie brauchte die Essenbecks nicht, die zugigen Salons und hochstieligen Rosengestecke. In Paris wäre sie zum ersten Mal allein, kein Mann um sie, kein Theodor, der vorwurfsvoll starrte, weil sie sich in seine mies geführte Buchhaltung einmischte oder ihre Handtasche in seinem Büro abstellte, Theodor, den sie so vermisste und gerade deswegen nicht mehr sehen wollte. Keine Eisenspäne mehr, kein Wurstbrot, keine Fakturahefte. Keine Eulen in der Nacht, keine kalten Hände in der Früh auf dem Weg in die ewige, staubige, trotz Hochbetriebs verlassen wirkende Drahtzieherei.

Stattdessen Asphalt, Häuser und Lüster. In Paris würde sie andere Kleider tragen, tailliert und wehend. Als Erstes würde sie bei Bon Marché ein weißes, schwarz gepunktetes Chiffonkleid kaufen und damit in die Tuilerien gehen. Unter den flachen Pappeln würde sie lila Macarons essen, ganz langsam, und den Buchverkäufern zusehen, ohne ein Buch zu kaufen. Marthe las nicht oder nur selten. Sie las ausgewählte Bücher, sehr langsam und über mehrere Monate hinweg, manchmal zwei oder drei Mal hintereinander, bis die Seiten knittrig wurden. Für den neuartigen, langatmigen Roman von Herrn Proust, dessen Schlafzimmer, so erzählte ihr Buri, mit Kork ausgelegt war, hatte sie fast fünf Monate gebraucht.

Sie würde also fernab vom Sauerland in Buris kleiner Wohnung leben, Verehrer haben, die mindestens zwanzig Jahre älter waren als sie, und sich nachmittags Bier aus dem Hotel »Ritz« kommen lassen, es noch gekühlt trinken. Sie hatte von Leuten gehört, die ganz in dem Hotel lebten, das wäre auf Dauer vielleicht auch eine Möglichkeit, im »Ritz« leben, Geld genug hatte sie, umgeben von den interessantesten Parisern der Zeit, Contessen, Herzögen, Madame Ritz persönlich. Sie, Marthe, würde nichts mehr tun, was mit Beruf und Ehrgeiz zu tun hatte, nur auf der Hotelterrasse sitzen, eigentlich eher ein Garten mit Volieren, oder in Fluren auf Goldsesseln und zerstreut die Gäste beobachten. Manche unter ihnen würden mit der Zeit ihre Bekannten werden, vielleicht Freunde. Sie hatte gehört, dass im »Ritz« Marquisen mit Pumas spazieren gingen oder lebende Kaninchen für Haustier-Boas liefern ließen. Dicke Prinzen blieben in Badewannen stecken, daraufhin wurden die Wannen im gesamten Hotel ausgetauscht. Sie würde regelmäßig vom Vorderhaus des Hotels gen Hinterhaus in der Rue Cambon spazieren, wo alles Unwiderstehliche und Schöne aus Paris ausgestellt war, um bei jedem Schritt zum Kaufen-und-nochmals-Kaufen anzuhalten, Jade, Koralle, Pelze, Ohrringe in Tropfenform.

Obwohl sie sich im Gegensatz zu ihren kutschfahrtsüchtigen Vätern erstaunlich selbstständig bewegten, schwammen, ritten und auf die Jagd gingen, würden weder Albert noch Theo sie je besuchen kommen. Beide Männer reisten nicht weiter als nach Köln an die Rennbahn oder nach Düsseldorf an die Königsallee. Theodors Afrika-Reise war erstaunlich gewesen, und seitdem war alles kaputt und in Scherben.

Frankreich war Theodor äußerst suspekt: »Da riecht alles nach Parfüm, das Essen schmeckt nach verdammter Seife. Außerdem, sag ich dir, jetzt hör mir mal zu, verdammt noch mal, immer dieses Aus-dem-Fenster-Gestarre, ich re-de mit dir, ich sag dir also, das sind alles Päderasten da. Die Männer. In deinem Frankreich.«

Theodor hatte das Glas gehoben und ihr zugeprostet. Es war ihr letztes gemeinsames Abendessen bei »Neuhaus« gewesen, kurz nach seiner Rückkehr aus Afrika. Marthe hatte ihm erzählt, sie wolle demnächst Buri besuchen, der, so deuteten es seine Telegramme an, weniger gesund wirkte als sonst. Die Haut auf Theodors Stirn und den Ohrenspitzen war gerötet und absurd gepellt, sein Gesicht glänzte feist und selbstherrlich.

»Ich sag dir, mich kann nichts mehr erschrecken, meine Liebe. Noch nicht mal Menschen, die mir zu nahe kommen. Arbeiter und so. Auf der Farm kam mir jeder immer zu nah. Diese großen, staunenden Augen, jedes Mal, wenn ich es wagte, mir außerhalb meines Arbeitsschuppens eine Zigarette anzuzünden. Quarzen hier, quarzen da, alle wollten immer nur *quarzen.*«

Theodor äffte etwas nach, was der Akzent der Eingeborenen sein sollte. Herr Neuhaus trat mit Schnitzelplatte und Schnaps an den Tisch. Glänzend dunkelrotes Jackett, pomadiges Haar. »Biddeschön, Herr Hasselt, die Dame.« Neuhaus nickte leicht nach rechts, nach links, palaverte drei Sätze mit Theodor, der ungewohnt heiße Frühling, die Situation der Arbeiter, aus drei Sätzen wurden vier, dann zehn, Marthes Gedanken schweiften. Theodor sprach präzis und melodisch.

»Im Grunde verhält es sich doch so. Im Grunde ist es ein großes Pech, dass jemand wie dieser Karl Marx überhaupt einen Verleger gefunden hat. Seine schwer erträgliche Pervertierung von Hegel verleitet die Arbeiter zu allerlei Aktionen.«

Neuhaus nickte beflissen und tumb, sagte nichts, höchstens so etwas wie: »Tja, aha, ja.«

Theodor setzte sich gerade hin, und sein ansonsten scharfer Blick wurde kurz leer vor Enttäuschung, er fuhr noch etwas fort, sie erinnerte sich an Satzfetzen – »Wer kann heutzutage schon tun, wozu er Lust hat … das mit den Arbeitererholungsheimen … Sein Sie froh, dass Sie ein Restaurant haben, als Drahtzieher, kann ich Ihnen sagen …«

Der Abend bei »Neuhaus« hatte unpersönlich geendet, Theodor, dem plötzlich schlecht geworden war, war zur Toilette gestürzt und nach zwanzig Minuten wieder an den Tisch gekommen. Mit »verdammte Panade, verdammt noch eins« war er auf seinen Stuhl geplumpst und hatte Marthes Hand gegriffen. »Na, wo waren wir stehen geblieben, mein Äffchen?«

»Ich möchte nach Hause, Theo, bitte lass doch den Wagen vorfahren.«

»Was ist?«

»Nichts.« Sie rieb sich die Stirn. »Ich bin nur müde.«

»Du bist gelangweilt.«

Theodor paffte einen Rauchring in ihre Richtung.

»Nein, bin ich nicht.«

Marthe nippte an ihrem Schnapsglas. Widerlich.

»Ich langweile dich.«

Da war's, der übliche, ungeduldige Handschlag aufs Tischtuch. Wie müde er sie machen konnte, binnen Sekunden. Nur er.

»Nein.« Sie zupfte unsichtbare Fusseln vom Tischtuch. »Du langweilst mich nie, das weißt du doch.«

»Kaum eine Frau kann so charmant lügen wie du. Ich langweile, öde an. Ich weiß es genau, du guckst so, wie du guckst, wenn du im Büro raus aus dem Fenster guckst.«

»Sag, wie redest du denn?«

»Wie red ich denn?« Da wieder, die geballte Faust saust auf den Tisch. Er blickte sie an wie ein Fuchs im Bau.

»Voller Klischees und Wiederholungen; es ist enttäuschend.«

»Aha, da grapscht also jemand seine Handtasche. Willst wohl wirklich gehen.«

»Ihre Handtasche. Sie nimmt *ihre* Handtasche. Korrekt. Ich möchte dich nicht länger aufhalten. Herr Neuhaus guckt schon, um dein Wort des Tages noch einmal zu bemühen. Wir sehen uns morgen in der Drahtzieherei.«

»Du klingst wie ein Rechnungsbuch. Komm her, verdammt.« Er griff ihr Handgelenk und zog sie zu sich. Wie immer hatte sie es geschehen lassen.

*

Als Alba am Morgen aus dem Bett stieg, war sie entschlossen. Sie würde ihm endgültig die Wahrheit sagen, die er verdiente, und sie war viel karger und schlimmer als die Geschichten, die er zu ihr erfand. Sie würde seine Vermutungen durch Beweise bestätigen oder widerlegen. Zuerst würde sie sich noch einmal schön für ihn machen. Sie griff zur Bürste und kämmte ihre Haare in langen, harten Strichen, drehte ihre Stirnlocken zu wohlüberlegten Korkenziehern. Ausgezeichnet. Nun das weiße, lange Kleid ganz aus Spitze, ein Totengewand, dazu helle Schuhe. Kein Lippenstift, dann sahen die Zähne weißer aus. Vor dem Spiegel probte sie verschiedene Gesichtsausdrücke, hochgezogene rechte Augenbraue, dann die hochgezogene linke. Zusammengepresste Lippen, sodann schmollende, brav lächelnde. Gut, gutgutgut. Die Haut war rein, das Kinn haarlos. Etwas Puder auf die Schultern, unter die Achseln,

Kleid noch mal kurz öffnen, Arme hoch. Sie stand vor dem Spiegel und zog hektisch an dem Stoff, knöpfte die Druckverschlüsse eine Leiste enger. Vorne, hinten, an den Hüften. Saß wie angegossen. Zikadenlärm drang durch die Vorhänge.

Ihr Zimmer hatte hohe, wie Gewitterwolken dräuende Decken, auf den Wänden der dunkelgrüne Essigbaum. Sie schlief auf einem schlichten, geschwungenen Bett aus lackiertem Holz, um sie herum Dinge, die sie gerne für sich inszenierte und die in der letzten Zeit begonnen hatten, zu verdrecken und zu verstauben, der Kosmetiktisch, verzierte Stühle, Bücherstapel, Parfümflaschen, wie Blätter herumliegende Kleider und Schuhe, dazwischen Aschenbecher und Gläser mit angetrockneten Weinresten. Hoffentlich war er im Garten und nicht im Esszimmer. Dort war die Beleuchtung nicht gut, auch ohne Tücher über den Lampenschirmen war es schummrig, und er sollte sie so genau sehen können, als stünde sie in einer Eislandschaft. Na, das war vielleicht etwas übertrieben.

Alba wartete. Noch war es nicht so weit. Sie legte sich aufs Bett, stand dann wieder auf. Wie allein sie war. Allein mit ihren Gedanken, ihren Bildern, dem Wind, der durch den Garten ging. In den Wald ging auch sie nicht allein. Müßig wie die Kundin eines Schönheitssalons blätterte sie in der *Praktischen Berlinerin,* griff dann nach der mit Mett belegten Brezel auf ihrem Nachttisch. Nun bloß keine Flecken machen. Sie schloss leicht die Augen und glitt in den matten Schwebezustand zwischen Wachsein und Schlaf, ein kindliches Entgleiten ins Traumhafte, und sie fühlte sich wie der wartende Held aus einem Buch, eine Troubadourin vielleicht oder ein antiker Soldat an einem Strand, und ein Schiff würde am Horizont auftauchen und sie mitnehmen. Bald würde sie frei sein, innerlich zumindest. Die Wahrheit lässt fliegen, sagte Mama. »Beste Mama, ich liebe dich. Bald kannst du mich besuchen kommen, ich muss nur das Gespräch hinter mich bringen.«

Vom Fenster aus sah sie, dass Theodor auf einer Gartenbank saß. Sie trat hinaus in den Korridor und glaubte für einen Moment, der Geruch nach Bohnerwachs und Staub sei derselbe wie im Farmhaus.

»Nein, neinnein«, flüsterte sie. »Anders.«

Sie befeuchtete die Lippen, fühlte an den nassen Stoff unter den Achseln. Gut, dass das Kleid weiß war. Sie wollte barfuß laufen, nackt, pieksenden Kies unter den Füßen, dann Gras, dann Waldboden, Blätter, Fichtennadeln. Sie hasste Fichten und das auch im Sommer feuchte braune Laub. Einmal war sie bis ganz hinten an die Mauer des Anwesens gegangen, wo die Wiese in die ersten Bäume überging, und hatte die Hände in den Boden gekrallt. Unter der obersten, bröseligen Blätterschicht lag Moder, und sie stellte sich Kröten und Schnecken vor, die sich anstelle von Blumen auf der Erde befanden.

Theodors Stimme zerriss die Erinnerung. »Nun, was wolltest du sagen?«

Alba fühlte sich, als würde sie fallen und sich das Knie aufreißen. »Nichts, ich habe es vergessen.«

Theodor schwenkte den Spazierstock. »Das glaube ich wohl kaum. Du wolltest mir etwas sagen, etwas Wichtiges. Oder hast du es dir anders überlegt und möchtest mir den Gefallen tun, einmal seinen Namen vor mir auszusprechen? Soll ich dir helfen? Al-bert. Albert. Albertalbert-albert.«

Theodor ließ die Konsonanten der Namenskette hart und bemüht gleichgültig aneinanderklingen.

Alba stand auf. Feierlich und ohne ihn dabei anzusehen, sagte sie: »Nein, all das wollte ich nicht sagen. Ich wollte sagen, dass ich es nie mochte, ja, ich habe es geradezu gehasst, mit dir Bridge zu spielen. Das Geräusch aneinanderreibender Karten ist mir zuwider. Ich würde demnächst gern ein Brettspiel versuchen. Ich habe in der *Berlinerin* gelesen, dass ein neues Spiel ›in‹ ist, wie sie sagen. *Mensch ärger dich nicht.* Ein Um-die-Wette-renn-Spiel. Herr Fentrop bestellt auch aus Berlin. Einfach goldig, die kleinen Männchen auf dem gelben Brett. Wir wären die Männchen, immer vier an der Zahl, vielleicht du Rot und ich Gelb, und um die Wette rennend, je nach Würfelwurf, wäre einer von uns schneller und langsamer, oder wir sind gleich. Das Spiel braucht leider keinen Buchhalter, obwohl es ein Wettrennen ist. Schade, dabei weiß deine Mutter doch so gut mit Geldern umzugehen.«

Sie klang konzentriert und ruhig. Er trat an ihre Seite, und sie machte ihm Platz. Zusammen gingen sie ein Stück unter den Bäumen. Theodor holte Atem und bot ihr seinen Arm, den sie unterhakte.

Alba lächelte blass. »Danke.«

Sie erinnerte ihn an auf dem Boden liegende Käfer, die ihre Beine einziehen und sich tot stellen. Sie hatte Angst vor ihm und würde nichts sagen. Er hätte nicht wütend werden sollen, sie nicht zwingen sollen, den Namen des Stahlfabrikanten auszusprechen. Vielleicht hätte er Ausgleich schaffen sollen, ihr auf jede seiner Fragen eine an ihn zugestehen. Zu riskant. Zu nervenaufreibend. Es ekelte ihn an, wie sie verschlossen wie eine Miesmuschel neben ihm ging. Dennoch legte er ihr tätschelnd die rechte Hand auf den bei ihm untergehakten Arm. Ein zartes Wort wollte ihm nicht über die Lippen kommen. Sie neigte den Oberkörper vor und wischte fast liebevoll Graspollen von ihrem Kleidersaum. In diesem unbedeutenden Augenblick wurde ihm klar, dass er ihr fernbleiben würde und sie ihm. Sie war sein Besitz, hoffentlich. Mehr aber war sie nicht.

Aus der Ferne drang Musik bis in den Garten, verwehende Stimmen. Die Essenbecks hatten anscheinend geladen. Beide taten, als würden sie es nicht bemerken. Sollten die anderen feiern, dachte Theodor. Sie beide würden sich hier zu amüsieren verstehen, in dem von Bäumen umgebenen Käfig. Das Brettspiel war keine schlechte Idee, auch wenn ihn der Gedanke an Menschen und Ärger schon jetzt verstimmte. Jetzt gerade von der Seite aus betrachtet, noch verstärkt durch Albas Hand auf seinem Arm, deren klamme Kälte durch den Stoff seines Hemdes drang, lag ihr Gesicht phlegmatisch unter der Spätsommersonne. Der hochgeschlossene Spitzenkragen ihres Kleides verkürzte ihren Hals, das von der Sonne beschienene Weiß machte sie zu etwas Gleißendem, Jeanne d'Arc, eingegossen in eine Rüstung, durch die Licht nur in schmalen Schlitzen drang, eine undurchdringbare Anatomie aus Phosphor und hellen Partikeln.

Würde doch nur jemand jetzt aus der Höhe eines nicht zu hoch fliegenden Vogels eine Fotografie machen, sie beide, untergehakt unter den Obstbäumen, dazwischen

Sonnenflecke, Alba grell und scheinend, Theodor dunkel und schlank, sie um fast einen Kopf überragend, zumindest jetzt, wo ihr Haar nicht überquoll. Er wusste, dass Fotografien nur schlecht menschliche oder tierische Bewegungen festhalten konnten. Zusammen mit Albert hatte er in einem ihrer Kinderspiele versucht, die erste Fotografie, die einen Menschen zeigte, an einer Straßenecke in Iserlohn nachzustellen. Es war mit das Langweiligste gewesen, was sie je unternommen hatten. Daguerres Aufnahme des Boulevards du Temple von 1837 zeigte einen leeren Boulevard, vielleicht frühmorgens, links im Vordergrund stand ein Mann, der sich die Schuhe putzen ließ, ein anderer Mann saß zeitungslesend auf einer Bank, eine Frau schaute aus einem Fenster. Eigentlich war der Boulevard voller Menschen und Fahrzeuge. Doch der Verkehr bewegte sich zu schnell, um von der langen Belichtungszeit erfasst zu werden. Für den Betrachter blieb nur der zufällige Moment, in dem ein Mann sich die Schuhe putzen ließ.

Schmerz verlängert die Zeit, obwohl jeder Tag mit der gleichen Geschwindigkeit vergeht. Heute verspürte Theodor etwas, das ihn an Traurigkeit erinnerte, eine vage Sehnsucht, die von der Sonne kommen mochte oder vom Anblick der Frau aus Afrika, die ihm kurz nach ihrer Ankunft mit leuchtenden Sommersprossen vorgeschlagen hatte, doch ein Löwenjunges von zu Hause einschiffen zu lassen.

Würde also jemand von nicht zu hoch oben ein Foto von ihnen im Garten schießen, würde auch dieses Foto von Licht und Wetter zerfressen werden und einen gelblichen Ton annehmen, so als ob die Zeit Alba und Theodor mit einer Schicht Schlacke versehen und sein Elternhaus, den

Käfig, unter von Blättern abgesondertem gelblichen Staub begraben wollte, die dunkle Auffahrt, dann die helle Wiese, den Park und den Wald, die vor der Küche liegende Terrasse, darauf der rote Punkt, der einmal Frau Zirrsonn war.

Erst fällt der Schatten von Pflaumenbäumen auf Theodors elegante Schultern und den metallenen Knauf seines Spazierstocks. Um nicht die Aufmerksamkeit auf seinen Reichtum zu lenken und dem Gebot der Zeit folgend, hatte Theodor nie erst begonnen, hohe Hüte zu tragen, er trug gar keinen. Von oben also ist seine ganze Gestalt zu sehen, alsdann schraffiert von den schattigen Zacken vertrocknender Rosenbüsche. Gleich würde Theodor dahinter verschwinden; nicht zu erkennen ist sein ernster, in Gedanken versunkener Gesichtsausdruck und das angespannte Gesicht der Frau an seinem Arm, die beim Gehen am liebsten einen ihrer erdrückenden, aus der Heimat importierten Hüte trägt, nicht aber beim Sitzen. Und ganz am Bildrand ist ein knapper Teil des Mausoleums zu erkennen.

Ohne Eile nähern sich Theodor und Alba dem Eingang des Hauses, das sie Käfig nennen. Es gibt die Fotografie, von der Theodor träumt, nicht, und das von oben einfallende Augustlicht verleiht dem Paar den Glanz von schläfrigem Gold. Gleich betreten ihre Füße die Bodenplatten, und die hinter den Büschen wartende Haushälterin, nachdem sie eine weitere, die Pflanzen verwüstende Schnecke vom Eisenkraut gezupft hat, läuft mit tippelnden Schritten in die Küche und beginnt zu singen, als ginge es schon die letzte Stunde so.

Kurz ist man versucht, sich vorzustellen, dass er und sie unverwundbar werden, Denkmäler ihres einstigen Selbst, abgeschottet in dem großen Haus, in dem betäubten Elysium derer lebend, die alles Weitere, die Rezession, den nächsten großen Krieg, Schreie, Leid und Fortschritt nur dumpf und erstickt wie durch einen Schleier wahrnehmen, immer die gleichen Komplimente austauschend, den gleichen Hass ausspeiend, einander mit gespaltenen Lidern betrachtend, die gleichen Wunden in das wunde Fleisch beißend. Daher gehört es sich also anzukündigen, dass das Paar an jenem Nachmittag im Garten im Sauerland im Begriff steht, in den Abgrund zu fallen.

Danksagung

Ich möchte meiner wunderbaren Lektorin Kati Hertzsch danken und meiner ebenso wunderbaren Agentin Meike Herrmann von der Agentur Graf. Und danke an den, der mich so bedingungslos unterstützt, dass ich schreiben kann.

Zitatnachweis

Das Zitat im Motto entstammt: Georg *Büchner, Sämmtliche Werke und handschriftlicher Nachlaß. Erste kritische Gesammt-Ausgabe, Eingeleitet und herausgegeben von Karl Emil Franzos.* J. D. Sauerländer's Verlag, Frankfurt a. M. 1879, S. 184.

Das Zitat auf S. 36 entstammt: Henry James, *Die Flügel der Taube*, Verlag Kiepenheuer & Witsch, Köln, Berlin 1962, S. 165.

Der Text des Liedes auf S. 102 ist die deutsche Übertragung eines Songs aus dem Film *Cabaret* mit Liza Minelli. Übersetzung von der Autorin.

Die Angaben zu Mozarts Leben sowie die Zitate aus seinen Briefen auf S. 110 und 111 entstammen dem Artikel der Autorin *Was Sie über Mozart wissen müssen*, veröffentlicht auf welt.de am 4.10.2017 https://www.welt.de/kultur/article169314137/Was-Sie-ueber-Mozart-wissen-muessen.html

Der Absatz auf S. 143 ist eine Paraphrase des Gedichts *Herbstgesang* von Charles Baudelaire. In: Ders., *Die Blumen des Bösen*, Diogenes Verlag, Zürich 1982, S. 98 f.

Das Zitat auf S. 157 entstammt: Peter Beard, *The End of the Game*, Taschen GmbH, Köln 2015, S. 17.

Das Zitat von Friedrich Schiller auf S. 248 entstammt der Ballade *Die Kraniche des Ibykus*. In: Tatjana Hauptmann, *Das große Balladenbuch*, Diogenes Verlag AG, Zürich 2009, S. 34.

Das Zitat auf S. 287 entstammt: Friedrich Nietzsche, *Die fröhliche*

Wissenschaft, Nikol Verlagsgesellschaft mbH & Co. KG, Hamburg 2017, S. 62.

Die Zitate auf S. 284 und 285 entstammen: William Shakespeare, *Antonius und Kleopatra*, Deutscher Taschenbuch Verlag GmbH & Co. KG, München 2003, S. 247 (284), S. 75 (284) und S. 279 (285).

Das Zitat auf S. 293 ist eine Paraphrase aus: Michel Serres, *Die fünf Sinne. Eine Philosophie der Gemenge und Gemische*, Suhrkamp Verlag, Frankfurt am Main 1993, S. 232.